A noiva do Capitão

~·~ *Série Castles Ever After* ~·~

TESSA DARE

A noiva do Capitão

6ª reimpressão

Tradução: A C Reis 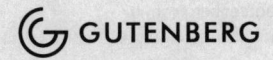 GUTENBERG

EDITORA
Silvia Tocci Masini

EDITORAS ASSISTENTES
Carol Christo
Nilce Xavier

ASSISTENTE EDITORIAL
Andresa Vidal Vilchenski

PREPARAÇÃO
Andresa Vidal Vilchenski
Silvia Tocci Masini

REVISÃO FINAL
Mariana Paixão

CAPA
Carol Oliveira
(Sobre as imagens de Alex Gukalov e Michal Durinik)

DIAGRAMAÇÃO
Larissa Carvalho Mazzoni

Dados Internacionais de Catalogação na Publicação (CIP)
Câmara Brasileira do Livro, SP, Brasil

Dare, Tessa

    A noiva do Capitão / Tessa Dare ; tradução A C Reis. – 1. ed. ; 6. reimp. – Belo Horizonte : Gutenberg, 2024. – (Série Castles Ever After)

    Título original: *When a Scot Ties the Knot.*
    ISBN 978-85-8235-416-2

    1. Ficção histórica 2. Romance norte-americano I. Título. II. Série.

16-09219   CDD-813

Índices para catálogo sistemático:

1. Romances históricos : Literatura norte-americana 813

A **GUTENBERG** É UMA EDITORA DO **GRUPO AUTÊNTICA**

São Paulo
Av. Paulista, 2.073 . Conjunto Nacional
Horsa I . Sala 309 . Bela Vista
01311-940 São Paulo . SP
Tel.: (55 11) 3034 4468

Belo Horizonte
Rua Carlos Turner, 420
Silveira . 31140-520
Belo Horizonte . MG
Tel.: (55 31) 3465 4500

www.editoragutenberg.com.br
SAC: atendimentoleitor@grupoautentica.com.br

Para Bren.
Porque ninguém escreve um romance do nada.
Sua amizade é preciosa para mim.

Maddie sentiu uma vertigem, como se estivesse parada na borda de um precipício.

Ela inspirou fundo, juntou coragem... e pulou.

— Muito bem, eu aceito. Nós podemos nos casar assim que possível.

— Possível? — ele riu. — Esta é a Escócia, senhorita. Não há necessidade de proclamas nem de se casar na igreja.

— Mas você prometeu que ninguém desconfiaria da verdade. Isso significa que precisa parecer que você gosta de mim, pelo menos a princípio. Eu acho que se você fosse mesmo o meu Capitão MacKenzie, e nós tivéssemos esperando tantos anos para ficarmos juntos, você iria querer me proporcionar um casamento adequado.

Ele encurtou a distância entre os dois.

— Senhorita, se eu fosse mesmo o seu Capitão MacKenzie e tivesse passado anos na guerra, sonhando com a mulher que eu desejava ter mais do que a própria vida... — Ele tocou uma mecha do cabelo dela. — Eu não esperaria nem mais uma noite.

Ela engoliu em seco.

— Sério?

— Com certeza. E eu teria feito isto uma hora atrás.

Ele inclinou a cabeça para o lado e baixou o olhar para os lábios dela. Então sua boca fez a coisa mais estranha.

Começou a se aproximar da dela.

Prólogo

21 de setembro de 1808

Caro Capitão Logan MacKenzie,
Só existe um consolo em escrever esta carta absurda. É que você, minha querida alucinação, não existe para que a leia.

Mas eu estou colocando a carruagem à frente dos cavalos. Primeiro, as apresentações.

Eu sou Madeline Eloise Gracechurch. A maior pateta a respirar o ar da Inglaterra. Receio que essa notícia vá ser um choque, mas você se apaixonou perdidamente por mim quando nós não nos conhecemos em Brighton.

E agora estamos noivos.

Maddie não conseguia se lembrar quando foi a primeira vez em que segurou um lápis de desenho. Ela só sabia que não se lembrava de algum momento em que esteve *sem* um deles.

Na verdade, ela costumava carregar dois ou três. Ela os mantinha guardados nos bolsos do avental, ou usava-os para prender o cabelo castanho despenteado ou, às vezes — quando precisava das mãos livres para escalar uma árvore ou pular uma cerca —, segurava-os entre os dentes.

Ela os usava até virarem uns toquinhos. Maddie desenhava passarinhos quando deveria estar fazendo suas lições e rascunhava os ratos da igreja em vez de fazer suas orações. Quando tinha tempo de vaguear ao ar livre, tudo na natureza era válido — dos trevos entre seus pés a qualquer nuvem vagando no céu.

Ela podia atrair *qualquer coisa* para o papel, pois gostava de tudo! Bem, *quase* tudo. Ela não gostava de chamar atenção para si mesma.

Assim, com 16 anos de idade, ela se viu diante de sua primeira Temporada em Londres com a mesma alegria que alguém sente quando lhe oferecem uma dose de purgante.

Depois de muitos anos viúvo, o pai dela se casou de novo, com uma mulher apenas oito anos mais velha que Maddie. Anne, a madrasta, era alegre, elegante e animada. Tudo que sua enteada não era.

Oh, ser uma Cinderela em seus trapos recobertos de fuligem... Maddie teria ficado empolgada por ter uma madrasta má que a trancasse na torre enquanto todos iam para o baile. Mas, em vez disso, ela arrumou uma madrasta muito diferente — uma que adorava cobri-la de sedas, fazê-la dançar e jogá-la nos braços de um príncipe respeitável.

Modo de falar, é claro. Na melhor das hipóteses, esperava-se que Maddie agarrasse um terceiro filho com aspirações à Igreja, ou talvez um baronete falido. E na pior...

Maddie não se saía bem em multidões. Mais precisamente, ela não fazia *nada* em lugares com multidões. Em qualquer local com muita gente — fosse um mercado, um teatro, um salão de baile —, ela tinha a tendência de congelar, quase em sentido literal. Uma sensação ártica de terror a dominava e a multidão de corpos em movimento a deixava rígida e estúpida como um bloco de gelo. Ela estremecia só de pensar em sua Temporada em Londres. Mesmo assim, ela não tinha escolha.

Enquanto seu pai e Anne (ela não conseguia se obrigar a chamar de mãe uma jovem de 24 anos) aproveitavam a lua de mel, Maddie foi enviada para uma pensão para mulheres em Brighton. Era suposto que o ar marinho e a companhia das outras a tirassem de sua concha, antes que a Temporada começasse.

Mas isso não deu muito certo... Em vez de socializar, Maddie passou a maior parte das semanas *com* as conchas, recolhendo-as na praia, desenhando-as em seu bloco de papel e tentando não pensar em festas, bailes ou cavalheiros.

Na manhã em que voltou para casa, Anne a cumprimentou com uma pergunta incisiva:

— Muito bem. Você está pronta para conhecer um cavalheiro especial?

Foi naquele instante que Maddie entrou em pânico. E mentiu. No afã do momento, ela engendrou uma mentira chocante que iria, para o bem e para o mal, determinar o resto de sua vida.

— Eu já o conheci.

A expressão de espanto no rosto de sua madrasta deu a Maddie uma satisfação imensa. Mas em poucos segundos ela percebeu a besteira que tinha feito. Ela deveria ter pensado que sua invenção não liquidaria o assunto. É claro que aquilo só serviu para provocar uma centena de outras perguntas.

Quando ele virá nos visitar?

Oh, uhm... ele não pode. Ele queria, mas teve que ir embora do país.

Por quê?

Porque ele está no exército. É um oficial.

E quanto à família dele? Nós precisamos, no mínimo, conhecer a família.

Mas não dá. Ele é de muito longe. Lá da Escócia. Além disso, estão todos mortos.

Pelo menos conte-nos o nome dele.

MacKenzie. O nome dele é Logan MacKenzie.

Logan MacKenzie. De repente o pretendente imaginário tinha um nome. Antes do fim da tarde ele ganhou cabelos (castanhos), olhos (azuis), voz (grave, com sotaque das Terras Altas), patente (capitão) e personalidade (firme, mas inteligente e gentil).

E naquela noite, a pedido de sua família, Maddie se sentou para escrever uma carta para seu pretendente.

...Neste exato momento, eles pensam que estou escrevendo uma carta para meu noivo secreto que veste saiote escocês, mas estou enchendo uma página de bobagens, rezando para que ninguém espie por cima do meu ombro. O pior de tudo é que não tenho escolha, a não ser colocar esta coisa no correio quando terminar. Ela vai acabar em algum arquivo morto militar. Eu espero. Ou será passada de mão em mão pelos regimentos, sendo ridicularizada, mas é isso o que eu mereço.

Burra, burra, burra. Agora o tempo está passando e quando chegar a hora, vou ter que confessar. Primeiro serei obrigada a explicar que menti a respeito de ter atraído um belo oficial escocês durante minha estadia em Brighton. Então, depois que o fizer, não terei mais desculpas para evitar a real rejeição de inúmeros cavalheiros ingleses na próxima primavera.

Meu querido e imaginário Capitão MacKenzie, você não é real e nunca será. Eu, contudo, sou uma verdadeira e eterna imbecil.

Aqui, receba este desenho de uma lesma.

5 de outubro de 1808

Querido e irreal Capitão MacKenzie,
Pensando bem, talvez eu não tenha que explicar nada este ano. Pode ser que eu consiga arrastar esta mentira por uma temporada inteira. Devo admitir que isso seria bem conveniente. Minha família está me vendo sob uma nova perspectiva. Agora sou uma mulher que inspirou o amor eterno pelo menos uma vez e, falando sério, uma vez não é suficiente?

Porque, veja, você está maluco por mim. Absolutamente consumido de paixão depois de alguns encontros casuais e caminhadas na praia. Você me fez muitas promessas. Eu estava relutante em aceitá-las, sabendo como nosso amor tão recente seria testado pela distância e pela guerra, mas você me garantiu que seu coração é sincero, então eu...

Eu acho que li romances demais...

10 de novembro de 1808

Querido Capitão MacFajuto,
Existe algo mais horripilante do que ser testemunha do caso de amor de seu próprio pai? Argh. Todo mundo sabia que ele precisava se casar de novo para ter um herdeiro. Encontrar uma esposa jovem e fértil era o que fazia mais sentido. Eu só não esperava que ele gostasse tanto disso, com tão pouca atenção à sua própria dignidade. Maldita seja essa guerra interminável e seu efeito que impede luas de mel adequadas, com um mês de duração. Eles desaparecem todas as tardes, e eu e todos os criados precisamos fingir que não sabemos o que estão fazendo. Estremeço só de pensar.

Eu sei que deveria estar feliz por ver os dois contentes, e estou. Muito. Mas até que esse projeto de produzir um herdeiro dê frutos, acredito que vou escrever menos cartas para você e fazer mais caminhadas.

18 de dezembro de 1808

Querido Capitão MacFantasia,
Eu tenho uma nova cúmplice. Minha tia Thea veio ficar conosco. Na juventude ela foi uma mulher escandalosa, arruinada por um conde perverso na corte francesa, mas agora está frágil e inofensiva.

Tia Thea adora a ideia de que eu esteja sofrendo de amor pelo meu oficial escocês em perigo. Eu mal preciso continuar mentindo. "É claro que Madeline não deseja ir a festas e bailes em Londres! Vocês não veem que a pobrezinha está consumida de preocupação pelo Capitão MacKenzie?"

Na verdade, é até um pouco assustador o quanto ela alimenta o meu sofrimento. Ela até convenceu meu pai de que eu deveria começar a receber o café da manhã na cama, como se fosse uma lady casada ou inválida. Eu sou dispensada de qualquer coisa que lembre diversão e me deixam passar o tempo que eu quiser desenhando em paz. Chocolate quente e torradas são levados à minha cama todas as manhãs, e eu leio o jornal antes mesmo que meu pai.

Estou começando a acreditar que você foi minha criação mais genial.

26 de junho de 1809

Querido Capitão Imaginário MacFictício,
Oh, que dia feliz! Repiquem os sinos, soem as trombetas. Esfreguem os chãos com óleo de limão. A esposa do meu pai está vomitando copiosamente todas as manhãs — e na maioria das tardes também. Os sinais são evidentes. Uma coisinha barulhenta, fedida e sinuosa vai crescer e sair para o mundo dentro de seis ou sete meses. A alegria do casal é absoluta e eu fui jogada para as margens desse sentimento.

Não importa. Nós vamos ter o resto do mundo, você e eu. Tia Thea está me ajudando a mapear as rotas da sua batalha. Ela me conta histórias sobre o interior da França, então posso imaginar o que você vai ver quando empurrar Napoleão para o outro lado dos Pireneus. Quando sentir o cheiro de lavanda, diz ela, a vitória estará próxima.

Eu preciso me lembrar de parecer triste de vez em quando, como se estivesse preocupada com você. O estranho é que, às vezes, isso é algo bem fácil de fingir.

Fique bem e inteiro, meu capitão.

9 de dezembro de 1809

Oh, meu querido capitão,
Você vai ficar bravo comigo. Eu sei que lhe jurei meu coração, mas preciso confessar. Eu me apaixonei. Perdi meu coração para outro, de forma irrevogável. O nome dele é Henry Edward Gracechurch. Ele pesa cerca de

três quilos, é rosado e todo enrugadinho... E é perfeito. Não sei como já pude chamá-lo de "coisa". Nunca existiu um anjinho mais lindo e encantador.

Agora que meu pai tem um herdeiro, nossa propriedade nunca irá passar para O Temido Americano e eu jamais serei jogada na pobreza. Isso significa que eu não preciso me casar e, assim, não necessito mais de um pretendente escocês fictício para me justificar.

Eu poderia dizer que nós nos distanciamos e pôr um fim em todas essas mentiras e cartas tolas. Mas agora a Tia Thea está tão apegada a você... e eu gosto tanto dela. Além disso, eu sentiria falta de escrever.

Isso é muito estranho. Eu não consigo me entender.

Mas, às vezes, eu imagino que você entenda.

9 de novembro de 1810

Querido Logan,
(Acredito que a esta altura já possamos nos tratar pelo primeiro nome.)
O que se segue é um exercício de pura humilhação. Nem consigo acreditar que vou escrever isso, mas talvez colocar no papel e enviar para longe ajude a me livrar desse hábito estúpido. Sabe, eu tenho um travesseiro. É um belo travesseiro, confeccionado com penas de gansos. Bem firme e grande. Quase um almofadão, na verdade. De noite eu o coloco em um lado da cama com um tijolo quente por baixo, para esquentar tudo. Então, eu me aconchego ao lado dele e, se fechar os olhos e cair naquele estado semiadormecido... eu quase consigo acreditar que é você. Ao meu lado. Mantendo-me quente e segura. Mas não é você, porque é um travesseiro e você nem é uma pessoa real. E eu sou um problema. Mas agora estou tão acostumada com essa coisa que não consigo dormir sem ela. As noites ficam longas e solitárias demais.

Onde quer que esteja, espero que consiga dormir bem.

Bons sonhos, Capitão MacTravesseiro.

17 de julho de 1811

Meu querido senhor das Terras Altas e capitão,
Você conseguiu realizar um feito e tanto para um homem que não é nada mais que um travesseiro recheado de mentiras e bordado com um

toque de personalidade. Você vai ser um proprietário de terras. A Tia Thea convenceu meu padrinho, o Conde de Lynforth, a me deixar uma coisinha no testamento dele. Essa "coisinha" é um castelo nas Terras Altas escocesas. Castelo de Lannair é o nome do local. Ele deve ser nosso lar quando você voltar da guerra. Esse parece ser o fim perfeito para essa obra-prima do absurdo, não é?

Meu Senhor. Um castelo.

16 de março de 1813

Querido capitão do meu falso coração,
Os pequenos Henry e Emma estão crescendo como mato. Anexei um desenho. Graças à mãe amorosa deles, os dois aprenderam a fazer orações antes de dormir. E todas as noites — fico até com o coração apertado de escrever — eles rezam por você. "Deus abençoe e proteja nosso corajoso Capitão MacKenzie." Bem, do jeito que Emma fala fica parecendo algo como "Capetão Maçante". E cada vez que eles rezam por você, sinto minha alma deslizar para mais perto do fogo do inferno. Isso tudo foi longe demais, mas, se eu revelasse minha mentira, todos ficariam desgostosos comigo. E chorariam por você. Afinal, faz quase cinco anos que nós (não) nos conhecemos em Brighton.

Você já faz parte da família.

20 de junho de 1813

Meu querido e silencioso amigo,
Isso me despedaça o coração, mas tenho que fazê-lo. Sou obrigada. Não posso mais suportar essa culpa. Só existe um modo de acabar com isso.
Você tem que morrer.
Eu sinto muito. Você não tem como saber o quanto isso me dói. Eu prometo que vou lhe dar uma morte heroica. Você irá salvar quatro — não, seis — compatriotas em um feito de coragem e nobre sacrifício. Quanto a mim, ficarei devastada. O que você vê são lágrimas genuínas salpicando este papel. O luto que vestirei por você também será real. É como se eu estivesse

matando parte de mim mesma — a parte que tinha todos esses sonhos românticos, ainda que tolos.

Agora vou me acomodar na vida como uma solteirona, o que eu sempre soube que seria. Nunca irei me casar. Nem dar nem receber carinho ou amor. Talvez, se colocar essas coisas no papel, eu me acostume à verdade sobre elas. Está na hora de parar de mentir e colocar os sonhos de lado.

Meu querido e falecido Capitão MacKenzie...

Adieu.

Capítulo Um

Inverness-shire, Escócia
Abril de 1817

Glub.
Glub-glub-glub.

A mão de Maddie tremeu. Sua pena cuspiu tinta, fazendo grandes borrões na estrutura da asa que ela estava esboçando. A delicada libélula brasileira ficou parecendo uma galinha leprosa. Duas horas de trabalho arrasadas em um breve instante. Mas isso não seria nada se aquelas bolhas significassem o que ela esperava. Cópula.

O coração dela começou a bater mais rápido. Ela colocou a pena de lado, ergueu a cabeça apenas o suficiente para ter uma visão clara do aquário de água marinha e ficou imóvel.

Maddie era observadora por natureza. Ela sabia como sumir no cenário, fosse o papel de parede da sala de estar, os lambris do salão de baile ou a pedra rebocada do Castelo de Lannair. E tinha muita experiência observando os rituais de acasalamento de muitas criaturas estranhas e espantosas, dos aristocratas ingleses às lagartas do repolho.

Quando se tratava de cortejar, contudo, as lagostas eram os seres mais pudicos e formais de todos. Ela estava esperando há meses que Fluffy, a fêmea, mudasse a carapaça e se mostrasse disponível para o acasalamento. Rex, o espécime macho no aquário, também aguardava. Maddie não sabia dizer quem estava mais frustrado, ela ou Rex.

Talvez esse fosse o grande dia. Maddie observava com atenção o aquário, segurando a respiração com expectativa.

Pronto! Atrás de um pedaço quebrado de coral, uma antena cor-de-laranja balançou no ambiente escuro. Aleluia!

É isso, ela desejou em silêncio. *Fluffy. Foi um inverno longo e solitário debaixo daquela pedra. Mas você agora está pronta.*

Uma garra azul apareceu. Depois recuou. Que provocação desavergonhada.

— Pare de ser tão melindrosa.

Enfim, a cabeça inteira da fêmea apareceu quando ela se levantou do seu esconderijo.

E então alguém bateu na porta.

— Srta. Gracechurch?

Isso pôs fim a tudo. Fazendo "glub-glub-glub", Fluffy desapareceu com a mesma rapidez que surgiu. De volta à sua pedra. Droga.

— O que foi, Becky? — Maddie perguntou. — Minha tia ficou doente?

Para ela ser perturbada em seu estúdio, *alguém* precisava estar doente. Os criados sabiam que não deveriam interrompê-la enquanto trabalhava.

— Ninguém está doente, senhorita. Mas chegou uma visita.

— Uma visita? Ora, isso é uma surpresa.

Para uma inglesa encalhada morando nos campos desertos das Terras Altas escocesas, visitas eram sempre uma surpresa.

— Quem é? — ela perguntou.

— Um homem.

Um *homem*. Então Maddie ficou mais que surpresa. Estava definitivamente chocada.

Ela empurrou de lado a ilustração estragada de libélula e se levantou para olhar pela janela. Não teve sorte. Tinha escolhido aquela sala da torre por sua vista, de tirar o fôlego, das colinas verdejantes e do lago vítreo que havia entre elas — a água parecia um fragmento de espelho acomodado entre as duas elevações. Mas aquele aposento não permitia observar o portão nem a entrada.

— Oh, Srta. Gracechurch — Becky pareceu nervosa. — Ele é tão grande.

— Nossa. E esse homenzarrão tem um nome?

— Não. Quero dizer, ele *tem* que ter um nome, não tem? Mas ele não disse. Ainda não. Sua tia pensou que era melhor você ir vê-lo pessoalmente.

Ora. Aquilo estava ficando cada vez mais misterioso.

— Vou descer em um instante. Peça à cozinheira para preparar chá, por favor.

Maddie soltou o laço do avental. Depois de tirá-lo pela cabeça e pendurá-lo em um gancho próximo, ela fez uma avaliação rápida de sua aparência. O vestido cinza-granito não estava muito amassado, mas suas mãos estavam manchadas de tinta e seu cabelo, uma bagunça — solto e desgrenhado. Não havia tempo para fazer um penteado. Também não havia nenhum grampo à vista. Ela juntou as mechas castanhas em suas mãos e as torceu, formando um coque frouxo na nuca que prendeu com um lápis. Era o melhor que podia fazer naquelas circunstâncias. Quem quer que fosse aquele homenzarrão inesperado e sem nome, não ficaria impressionado com ela. De qualquer modo, os homens raramente ficavam.

Ela não se apressou para descer a escada em espiral, e ficou imaginando quem poderia ser esse visitante. O mais provável era que fosse o capataz de alguma propriedade vizinha. Lorde Varleigh só viria no dia seguinte e Becky sabia o nome dele.

Quando Maddie chegou, afinal, no pé da escada, Tia Thea foi se encontrar com ela.

A tia levou a mão ao turbante com ar dramático.

— Oh, Madeline. Finalmente.

— Onde está nosso visitante misterioso? No salão?

— Na sala de visitas. — A tia pegou seu braço e juntas atravessaram o corredor. — Agora, querida, você precisa manter a calma.

— Eu *estou* calma. Ou, pelo menos, eu *estava* calma até você dizer isso. — Ela estudou o rosto da tia em busca de pistas. — O que está acontecendo?

— Talvez você fique chocada. Mas não se preocupe. Quando tudo acabar, vou fazer um elixir para você.

Um elixir. Oh, céus. Tia Thea acreditava ser algo parecido com uma boticária amadora. O problema era que os "remédios" dela, em geral, causavam mais estragos que a própria doença.

— É só um visitante. Tenho certeza de que nenhum elixir será necessário.

Maddie resolveu manter os ombros alinhados e emanar um ar saudável quando encontrasse aquele homenzarrão sem nome.

Quando elas entraram na sala de visitas, a determinação dela foi posta à prova. Aquele não era apenas um homem. Ele era um *homem*. Um escocês alto, imponente, vestindo o que parecia ser um uniforme militar: um kilt xadrez verde-escuro e azul, combinando com o tradicional casaco vermelho.

O cabelo dele estava bastante comprido (castanho, com toques de ruivo) e seu maxilar quadrado mostrava uma barba por fazer há vários dias (ruiva, com toques de castanho). Os ombros largos se afunilavam em um tronco delgado. Uma bolsa preta simples estava pendurada na cintura e um punhal embainhado pendia de seu quadril. Abaixo da barra do kilt, pernas musculosas e peludas desapareciam dentro de meias brancas e botas pretas gastas.

Maddie pediu a si mesma que não o encarasse. Mas essa era uma batalha perdida. A aparência dele era um verdadeiro ataque de virilidade.

— Boa tarde. — Ela conseguiu fazer uma mesura desajeitada.

Ele não respondeu nem se curvou. Sem falar nenhuma palavra, se aproximou dela. No ponto em que um cavalheiro de boas maneiras teria parado, ele continuou e se aproximou ainda mais.

Maddie mudou seu apoio de um pé para outro, ansiosa. Pelo menos aquele homem tinha resolvido o problema de Maddie em encará-lo, pois ela mal conseguia olhar para ele.

O estranho parou perto o bastante para que Maddie inspirasse os aromas de uísque e fumaça de madeira e visse uma boca larga e sensual em meio à barba rala. Depois de longos segundos, ela se obrigou a olhar nos olhos dele. Olhos azuis de tirar o fôlego. E não de um jeito bom. Eram de um tom de azul que dá à pessoa a sensação de ser lançada no céu ou mergulhada na água gelada, arremessada em um vazio sem esperança de volta. Não era uma sensação agradável.

— Srta. Madeline Gracechurch?

Oh, a voz dele era a pior parte. Grave, com aquele sotaque das Terras Altas que arranhava e esvaziava as palavras, obrigando-as a ter mais significado.

Ela concordou com a cabeça.

— Eu vim para casa. Para você — ele disse.

— C-casa... para *mim*?

— Eu sabia! — Tia Thea disse. — É ele.

— Sou eu — o estranho concordou.

— É quem? — Maddie soltou.

Maddie não pretendia ser rude, mas nunca tinha visto aquele homem em toda sua vida. Ela estava certa disso. Ele não era uma figura que pudesse ser esquecida. Aquele homem causava uma impressão e tanto. Mais do que uma impressão, Maddie se sentia esmagada por ele.

— Você não me conhece, *mo chridhe*?

Ela meneou a cabeça. Maddie tinha se cansado daquele jogo.

— Diga-me seu nome.

Ele ergueu o canto da boca em um pequeno sorriso maroto.

— Capitão Logan MacKenzie.

Nãããããão! O mundo virou um redemoinho violento de cores: verde, vermelho e aquele azul perigoso.

— Você disse... — Maddie fraquejou. — Com certeza não disse Cap...

Isso foi o máximo que ela conseguiu. Sua língua desistiu. E então os joelhos cederam. Ela não desmaiou, nem desabou. Maddie apenas caiu sentada. O traseiro dela bateu no divã e o ar foi expulso de seus pulmões.

— Oh!

O escocês a encarou, parecendo estar se divertindo.

— Você está bem?

— Não — ela respondeu com sinceridade. — Estou vendo coisas. Isso não pode estar acontecendo.

Aquilo *não* podia estar acontecendo. Não de verdade. O Capitão Logan MacKenzie não podia estar vivo. Mas ele também não podia estar morto. *Ele não existia.* Fazia quase uma década que todo mundo primeiro acreditou que ela esperava por ele, e depois que sofria o luto por ele... aquele homem que não era nada além de ficção. Maddie tinha passado inúmeras tardes lhe escrevendo cartas — missivas que foram, na verdade, apenas páginas de bobagens ou desenhos de lagartas e lesmas. Ela se recusou a frequentar festas e bailes citando sua devoção ao herói das Terras Altas de seus sonhos — mas na verdade tinha preferido ficar em casa com um livro.

Seu padrinho, o Conde de Lynforth, tinha lhe deixado o Castelo de Lannair em seu testamento, para que ela pudesse ficar mais perto da terra de seu amado. Foi muita consideração do querido padrinho. E quando a fraude começou a pesar em sua consciência, Maddie deu ao seu oficial escocês uma morte honrada, corajosa e completamente ficcional. Ela vestiu preto por um ano inteiro, depois cinza. Todos acreditaram que Maddie estava inconsolável, mas preto e cinza combinavam com ela. Escondiam os borrões de tinta e carvão que seu trabalho produzia.

Graças ao Capitão MacKenzie, Maddie tinha lar, renda e um trabalho de que gostava — sem nenhuma pressão para progredir dentro da sociedade londrina. Ela nunca teve a intenção de enganar sua família durante tantos anos, mas ninguém tinha sido prejudicado. Tudo parecia ter funcionado muito bem. Até aquele momento... Quando algo deu terrivelmente errado.

Maddie levantou a cabeça muito devagar, obrigando-se a olhar para o homem das Terras Altas que tinha se sentado ao seu lado. O coração dela martelava dentro do peito. Mas se o Capitão MacKenzie não existia, quem era aquele homem? E o que ele queria com ela?

— Você não é real. — Ela fechou um pouco os olhos e se beliscou, esperando acordar daquele pesadelo tenebroso. — Você. Não. É. Real.

Tia Thea levou a mão ao pescoço. Com a outra ela se abanou com vigor.

— Só pode ser um milagre. E pensar que nos disseram que você tinha...

— Morrido? — O oficial não tirou os olhos dos de Maddie. Um toque de ironia aguçou a voz dele. — Não estou morto. Toque-me e veja você mesma.

Tocar? Ah, não. Tocar aquele homem estava fora de cogitação. Não haveria nenhum toque. Mas antes que Maddie percebesse o que estava acontecendo, ele pegou a mão dela, que estava sem luva, e a levou até seu casaco desabotoado, encostando-a em seu peito. Eles estavam se tocando. Intimamente.

Um arrepio estúpido e instintivo a percorreu. Ela nunca tinha dado a mão para nenhum homem. Nunca sentiu a pele de um homem encostada na sua. A curiosidade falou mais alto que suas objeções. A mão dele era grande e forte. Áspera por causa dos calos, marcada com cicatrizes e queimaduras de pólvora. Aquelas marcas revelavam que a vida dele tinha sido de batalhas e lutas, assim como os dedos pálidos e manchados de tinta contavam que a vida de Maddie era rabiscar... Uma vida sem nenhuma aventura.

Ele pressionou toda palma dela contra o tecido puído da camisa. A solidez por baixo da peça de roupa era impressionante. E quente. Real.

— Não sou nenhum fantasma, *mo chridhe*. Só um homem. De carne e osso.

Mo chridhe. Ele ficava usando essas palavras... Maddie não era fluente em gaélico, mas ao longo dos anos ela aprendeu algumas palavras aqui e ali. Ela sabia que *mo chridhe* significava "meu coração".

As palavras eram uma expressão de amor, mas não havia afeto em sua voz. Apenas raiva contida. Ele dizia aquilo como um homem que extraiu seu próprio coração havia muito tempo e o deixou enterrado em solo frio e escuro.

Ainda segurando a mão dela, ele afastou a lapela do casaco. O gesto revelou o canto de um papel amarelado no bolso interno. Ela reconheceu a caligrafia no envelope. Era sua.

— Recebi suas cartas, donzela. Até a última.

Que Deus a ajudasse. Ele sabia. Ele sabia da mentira. Ele sabia de tudo. E estava ali para fazê-la pagar.

— Tia Thea — ela sussurrou —, acho que vou precisar daquele elixir, afinal.

Então, Logan pensou, *esta é a jovem*. Finalmente, ela estava ao seu alcance. Madeline Eloise Gracechurch. Nas palavras dela mesma, a maior pateta a respirar o ar da Inglaterra. Mas ela não estava mais na Inglaterra. E pelo modo como ficou pálida nos últimos segundos, ele desconfiou que ela também não estava mais respirando.

Ele deu um pequeno aperto na mão dela, o que a lembrou de respirar. Madeline inspirou fundo e a cor voltou ao rosto. Pronto, assim era melhor.

Para ser sincero, Logan precisou de um momento para se recompor. Ela também tinha tirado seu fôlego. Logan passou muito tempo imaginando a aparência dela. Tempo demais ao longo dos anos. É claro que ela lhe enviou desenhos de todos os benditos cogumelos, lagartas e flores que existiam, mas nunca lhe enviou qualquer retrato dela própria. Pelos deuses, ela era linda. Muito mais bonita do que suas cartas o fizeram imaginar. Também era menor e mais delicada.

— Então... — ela disse —, isso significa que... você... eu... blééé.

Muito menos articulada, também.

O olhar de Logan deslizou para a tia, que de algum modo era *exatamente* como ele sempre a imaginou. Ombros frágeis, olhos agitados, turbante cor-de-açafrão.

— Será que nos permite alguns minutos a sós, tia Thea? Posso chamá-la de tia Thea?

— Mas... é claro que pode.

— Não — a noiva dele gemeu. — Por favor, não.

Logan deu batidinhas no ombro dela.

— Tudo bem, tudo bem.

Tia Thea se apressou em defender a sobrinha.

— Você precisa perdoar a minha Maddie, Capitão. Durante muito tempo pensamos que você estivesse morto. Ela tem vestido luto desde então. Recebê-lo de volta assim... bem, é um grande choque. Ela está muito agitada.

— É compreensível — ele disse.

E era mesmo. Logan estaria surpreso, também, se uma pessoa que ele tivesse inventado e depois mentido a respeito por quase uma década aparecesse à sua porta, do nada, em uma bela tarde. Surpreso, chocado... talvez até receoso.

Na verdade, Madeline Gracechurch parecia estar aterrorizada.

— O que foi que você disse que queria, *mo chridhe*? Um cataplasma?

— Um elixir — tia Thea disse. — Vou preparar um agora mesmo.

Assim que a tia saiu da sala, Logan apertou o punho ao redor do pulso delgado de Madeline e a colocou em pé. O movimento pareceu ajudá-la a encontrar a língua.

— Quem é você? — ela sussurrou.

— Pensei que já tivéssemos estabelecido isso.

— Você não tem escrúpulos? Aparecer aqui como um impostor, para assustar minha tia?

— Impostor? — Ele fez um som divertido. — Não sou impostor, minha donzela. Mas tenho que admitir: não tenho nenhum escrúpulo.

Ela molhou os lábios com uma passada nervosa da língua, chamando a atenção dele para a boca pequena em forma de coração que poderia ter passado despercebida. Pensando no que mais poderia não ter percebido, Logan passou os olhos pelo corpo dela, desde o coque malfeito até... o corpo que devia estar escondido debaixo daquela mortalha cinzenta de gola alta. *Não importava*, ele disse a si mesmo. Ele não tinha ido até lá em busca de atrações carnais. Ele tinha ido para receber o que lhe era devido.

Logan inspirou fundo. O ar ao redor dela possuía um aroma familiar. *Quando sentir o cheiro de lavanda, a vitória estará próxima.*

Maddie levou a mão até a testa.

— Não entendo o que está acontecendo.

— Não entende? É tão difícil de acreditar que o nome e a patente que você tirou da sua própria imaginação poderiam pertencer a um homem de verdade? MacKenzie não é um nome raro. O Exército Britânico está cheio de candidatos.

— Sim, mas eu nunca enderecei corretamente as cartas. Eu escrevi o número específico de um regimento que não existe. Nunca indiquei uma localização. Eu só jogava as cartas no correio.

— Bem, de algum modo...

— De algum modo essas cartas o encontraram — ela engoliu em seco. — E você... oh, não. Você as *leu*?

Ele abriu a boca para responder.

— Mas é claro que leu — ela disse, interrompendo-o. — Você não estaria aqui se não tivesse lido.

Logan não sabia se ficava irritado ou grato por ela completar sua parte da conversa. Ele imaginou que devia ser um hábito dela, que tinha conduzido uma correspondência unilateral com ele durante anos. E então, depois que ele atendeu aos propósitos dela, Madeline teve a coragem de matá-lo. Aquela engenhosa herdeira inglesa pensou que tinha inventado o esquema perfeito para evitar de ser pressionada a se casar. Ela iria aprender que tinha se enganado. Tinha se enganado muito.

— Oh, céus — ela murmurou. — Acho que vou vomitar.

— Devo dizer que esta não é a volta ao lar que eu imaginava.

— Este não é seu lar.

Vai ser, querida. Vai ser.

Logan decidiu dar a Maddie um momento para se recompor. Ele passou os olhos pela sala. O castelo em si era admirável. Uma fortaleza clássica, mantida em bom estado de conservação. O aposento que ocupavam no momento tinha tapeçarias antigas penduradas nas paredes, mas o restante da mobília, ele supôs, era típico estilo inglês. Mas ele não ligava para tapetes e divãs.

Logan parou junto à janela. Era a terra ao redor do castelo que o interessava. Aquele vale era ideal. Uma faixa de terra ampla e fértil que se estendia dos dois lados do lago. Além dele havia colinas que poderiam servir de pasto. Aquelas eram as Terras Altas que seus soldados conheceram na juventude, que tinham desaparecido quando eles voltaram da guerra, roubadas por gananciosos proprietários de terra ingleses — e aquela solteirona excêntrica.

Ali seria a casa de todos eles agora. Ali, à sombra do Castelo Lannair, seus homens poderiam reconquistar o que tinha sido tomado deles. Havia espaço suficiente naquele vale para construir casas, plantar alimentos, começar famílias. Reconstruir a vida. Nada impediria Logan de dar essa chance a seus homens. Ele lhes devia isso. E devia muito mais.

— Você tem que ir embora — ela anunciou.

— Ir embora? De jeito nenhum, *mo chridhe*.

— Você tem que ir. Agora.

Ela o pegou pela manga e tentou puxá-lo na direção da porta. Sem sucesso. Então ela desistiu de puxar e começou a empurrá-lo. Isso também não resultou em nada. Exceto, talvez, na diversão de Logan. Ele era um homem bem grande e ela era só uma jovem pequena. Ele não conseguiu evitar de rir. Mas o esforço dela não foi de todo ineficaz. A pressão de suas mãozinhas nos braços e peito dele tiveram efeito em lugares perigosos. Logan tinha passado um longo tempo sem o toque de uma mulher. Tempo demais.

Enfim, Maddie desistiu de puxar e empurrar e recorreu ao seu último recurso. Implorar. Olhos grandes de filhotinho imploravam por perdão. Mas ela não sabia que essa tática era a menos provável de funcionar. Logan não era homem de se deixar levar pelos sentimentos. Contudo, ele era um homem e, assim, era afetado por um rosto bonito. Com todo o esforço que Maddie fazia, Logan começou a ver um pouco de cor subir às faces dela. E uma centelha intrigante de mistério iluminou aqueles grandes olhos escuros. Ela não ficava bem de cinza. Com aquele cabelo escuro e os lábios rosados, ela ficaria melhor vestindo cores vibrantes. Um verde profundo das montanhas ou azul-safira.

Logan ficou surpreso ao se pegar sorrindo. Maddie ficaria linda usando o xadrez dele.

— Vá embora — ela disse. — Se você for agora, eu posso convencer minha tia de que isto foi um engano. Porque *foi* um engano. Você deve saber disso. Eu nunca quis incomodá-lo com minhas divagações tolas.

— Talvez você não quisesse, mas me envolveu na sua história.

— É um pedido de desculpas que você quer, então? Desculpe-me. Eu sinto muito, muito mesmo. Por favor, se puder me dar essas cartas e ir embora, eu vou ser muito generosa. Ficarei feliz em lhe recompensar por seu incômodo.

Logan meneou a cabeça. Ela pensava que uma propina seria suficiente para satisfazê-lo?

— Não vou embora, minha jovem. Não pela esmola que você deve ter na sua bolsinha de seda.

— Então o que você quer?

— É simples. Eu quero o que suas cartas prometeram. O que você contou para a sua família durante anos. Eu sou o Capitão Logan MacKenzie. Recebi cada uma das suas cartas e, apesar da sua tentativa de me matar, eu continuo muito vivo.

Ele colocou um dedo debaixo do queixo dela e virou o rosto de Maddie para si. Para que ela ouvisse suas palavras e acreditasse nelas.

— Madeline Eloise Gracechurch... eu vim para me casar com você.

Capítulo Dois

Tia Thea se sentou de frente para Maddie à mesa de chá.

— Bem, minha querida. Preciso dizer que esta foi uma tarde das mais surpreendentes.

Maddie não podia negar isso. Ela mergulhou a colher no elixir e ficou desenhando o número oito na bebida fermentada. O encontro com o Capitão MacKenzie a tinha deixado com vertigem.

Eu vim para me casar com você, ele disse. E, como resposta, o que ela disse? Ela o recusou com seu sarcasmo mordaz? Esfrangalhou o sorriso irônico dele com sua sagacidade? Mandou-o de volta para o pôr do sol jurando nunca mais incomodar uma inglesa incauta em sua casa? Rá. Não, é claro que não. Ela só ficou parada ali, imóvel como uma pedra e duas vezes mais estúpida, até que sua tia voltou trazendo o elixir.

Eu vim para me casar com você.

Maddie pôs a culpa na educação que recebeu. Toda filha de cavalheiro era criada para acreditar que essas palavras — quando faladas por um cavalheiro razoavelmente atraente e bem-intencionado — eram sua chave para a felicidade. Casamento, ela aprendeu ao longo de centenas de chás com outras jovens e mulheres, deveria ser seu desejo, seu objetivo... a verdadeira razão de sua existência.

Essa lição estava tão arraigada que Maddie chegou mesmo a sentir um arrepio imbecil de felicidade quando ele declarou sua intenção absurda. Uma vozinha dentro dela ficava pulando e tentando animá-la. *Você conseguiu! Enfim, um homem quer se casar com você.*

Sente-se, ela disse à vozinha. *E fique quieta.*

Ela se recusava a definir seu valor como pessoa com base em um pedido de casamento. Muito menos aquele, que não era um pedido, mas uma ameaça feita por um homem que *não* era um cavalheiro, *não* estava bem-intencionado e era atraente em uma escala muito mais que razoável.

— Eu nunca sonhei que isso fosse possível. — Maddie desenhava, sem parar, círculos com sua colher na tigela. De novo e de novo. — Não posso imaginar como foi que aconteceu.

— Eu também estou aturdida, é claro. Essa coisa de voltar dos mortos é um choque e tanto, sem dúvida. Mais que isso, até... — A tia apoiou o queixo no dorso da mão e olhou pela janela para o pátio. — Dê uma olhada nesse homem.

Maddie seguiu o olhar da tia. O Capitão MacKenzie estava no centro do gramado dando ordens para o pequeno grupo de soldados sob seu comando. Os homens tinham trazido seus cavalos para dentro dos muros do castelo para receberem comida, água e abrigo durante a noite. Eles manifestaram a intenção de acampar ali depois de cuidar dos animais. Estavam praticamente fixando residência. Bom Deus. Como foi que aquilo tinha acontecido? *Do mesmo modo que sempre aconteceu com tudo*, Maddie disse para si mesma... Por culpa dela.

Maddie tinha cometido um erro anos atrás, do mesmo modo que uma criança faz uma bola de neve. Começou com uma coisa pequena, controlável, parecendo inocente. Cabia na palma de sua mão. Então, a bola de neve rolou para longe dela e caiu na encosta de uma montanha. Dali em diante, tudo fugiu ao seu controle. As mentiras ganharam corpo e velocidade, ficando cada vez maiores. E não importava o quanto ela tenha corrido atrás da bola, Maddie nunca conseguiu alcançá-la.

— E pensar que minha pequena Madeline, com apenas 16 aninhos, agarrou aquele espécime glorioso. E eu aqui pensando que você só pegava conchas do mar. — Tia Thea brincava com seu bracelete. — Eu sei que você nos contou muita coisa do seu capitão, mas pensei que estivesse exagerando as qualidades dele. Agora me parece que você foi humilde, na verdade. Se fosse trinta anos mais nova, eu iria...

— Tia Thea, por favor!

— Agora eu entendo por que você não quis se casar com mais ninguém esse tempo todo. Um homem como esse estraga todos os outros para uma mulher. Eu sei muito bem como é. Foi o mesmo caso entre mim e o

Conde de Montclair. Ah, reviver a primavera em Versalhes. — Ela olhou de novo para Maddie. — Você nem tocou no elixir.

Maddie espiou o caldo encaroçado, de cheiro forte, diante dela.

— O aroma dele é... ousado.

— É o de sempre. Leite quente coalhado com cerveja. Um pouco de açúcar, anis, cravo-da-índia.

— Tem certeza de que é tudo? — Maddie encheu uma colher. — Não tem ingredientes especiais?

— Ah, sim. Eu acrescentei um copinho do Elixir do Dr. Hargreaves. E uma pitada de especiarias para limpar a fleuma. — Ela apontou o queixo para a tigela. — Vamos lá. Seja boazinha e tome tudo. Ainda temos horas antes do jantar. Eu disse ao capitão para trazer os homens para comer conosco depois que se instalarem.

— Nós vamos alimentar *todos* eles? — Todo mundo sabia que depois que se alimenta um bando de animais errantes, eles nunca mais vão embora. — A cozinheira vai pedir demissão.

— São soldados. Eles só querem uma refeição simples. Pão, carne, bolo salgado. Não precisa ser um jantar refinado. — Tia Thea ergueu a sobrancelha grisalha. — A menos que deseje oferecer um casal de lagostas...

Maddie arregalou os olhos, horrorizada.

— Fluffy e Rex? Como pode sequer sugerir isso?

— O que estou sugerindo, minha querida, é que seu tempo como *voyeur* de crustáceos pode estar chegando ao fim.

— Mas eu fui contratada pelo Sr. Orkney para desenhar uma série de ilustrações do ciclo de vida da lagosta. O acasalamento é só uma parte. Elas podem viver durante décadas.

As lagostas eram apenas um dos pequenos projetos que ela estava desenvolvendo. Com um pouco de sorte — e a ajuda de Lorde Varleigh —, ela esperava receber, em breve, encomendas de trabalhos mais volumosos.

— Você tem que cuidar do seu próprio ciclo de vida — Tia Thea disse e colocou as mãos sobre as de Maddie. — Agora que o capitão voltou, você logo se casará. Isso é, se ainda *quiser* se casar com ele. Ou você não quer?

Maddie encarou a tia. Era isso. Sua chance de dar um chute rápido de verdade naquela bola de neve que não parava de crescer. Acabar com ela de uma vez por todas.

Na verdade, tia Thea, eu não quero me casar com ele. Sabe, eu não consegui agarrar aquele maravilhoso espécime masculino. Eu nunca o tinha visto antes de hoje. Nunca existiu nenhum Capitão MacKenzie na minha vida. Eu contei uma mentira boba e desesperada para evitar uma Temporada de decepções. Eu enganei todo mundo durante anos e sinto muito por isso. Estou muito arrependida e envergonhada.

Maddie mordeu o lábio.

— Tia Thea, eu...

— Guarde esse pensamento — a tia falou, levantando-se da mesa de chá e andando na direção do armário de bebidas. — Primeiro eu vou servir um pouco de conhaque para comemorar. Eu sei que este é o *seu* dia milagroso, que o *seu* namorado voltou para casa. Mas, de certa forma, este triunfo também é meu. Depois de todas as vezes em que enfrentei seu pai, quando ele queria obrigá-la a voltar à sociedade... estou feliz demais por você. E feliz por mim mesma, também. Estou absolvida. Os últimos dez anos da minha vida agora ganharam sentido. — Ela voltou para a mesa com o copo de conhaque. — Bem, o que você queria dizer?

Maddie sentiu uma pontada no coração.

— Você sabe o quanto eu sou grata — Maddie disse. — E o quanto eu a adoro.

— Mas é claro que sei. Eu sou fácil de adorar.

— Então espero que você consiga encontrar aí dentro um modo de me perdoar.

— Perdoar? — A tia riu. — Perdoar o quê, minha Madeline?

A cabeça de Maddie começou a latejar, a dor vinha das têmporas. Ela apertou a colher até suas articulações começarem a doer.

— Por não tomar este elixir. — Ela deu um sorriso tímido para a tia. — Estou me sentindo melhor. Posso tomar um conhaque também?

Ela não conseguiu confessar. A tia Thea não era obrigada a sofrer pelos erros de Maddie. A velhinha querida não tinha sua própria fortuna. Ela dependia do apoio financeiro da jovem, e esta dependia da tia para todo o resto. Dizer a verdade naquele momento magoaria profundamente as duas.

Aquele embaraço tinha sido criado por ela. Aquele intimidante escocês das Terras Altas em seu pátio era problema dela. E Maddie soube, naquele momento, que era ela quem deveria resolver.

Quando Logan saiu do castelo, seus homens aguardavam ansiosos por notícias. E a julgar pelo olhar no rosto deles, esperavam que a notícia fosse ruim.

— Então...? — Callum perguntou. — Como foi?

— Tão bem quanto se podia esperar — Logan respondeu.

Melhor do que o esperado, de certa forma. Logan pensou que encontraria uma mulher marcada pela varíola ou com lábio leporino. *No mínimo*, ele disse a si mesmo, *ela devia ser sem graça*. Por que outro motivo uma herdeira aristocrata sentiria a necessidade de inventar um namorado? Mas Madeline não parecia ter nenhum problema, e com certeza não era sem graça. Ela era linda. Uma linda mentirosinha. Ele ainda não tinha se decidido se isso piorava ou melhorava as coisas.

— Se é assim — Rabbie perguntou —, por que você está aqui fora conosco?

— Ela acreditava que eu tinha morrido — ele respondeu. — Nossa volta foi um choque para ela. Estou lhe dando um tempo para se recuperar.

— Bem, pelo menos ela ainda está aqui — Callum disse. — Significa que você se deu melhor do que eu.

— Ainda não teve notícias da sua donzela, Callum? — perguntou Munro, o médico de campanha, aproximando-se deles.

— Eu *tive* notícias — Callum disse e deu de ombros. — Meu tio em Glasgow verificou os registros do navio que zarpou para a Nova Escócia. Não havia nenhuma Srta. Mairi Aileen Fraser na lista de passageiros.

— Mas isso é bom — Munro disse. — Significa que ela ainda está na Escócia.

O soldado de rosto redondo meneou a cabeça.

— Eu disse que não tinha nenhuma Mairi Aileen Fraser na lista. Mas tinha uma Sra. Mairi Aileen MacTavish. Essa é a recepção de herói que eu recebo.

O homem mais velho bateu nas costas de Callum.

— Sinto muito por saber disso, garoto. Se ela não esperou, é porque não o merecia.

— Não posso culpá-la. — Callum bateu no peito com o toco do seu antebraço esquerdo, a mão tinha sido amputada por Munro no campo de batalha. — Olhe só para mim. Quem teria esperado por isto?

— Um número — Fify soluçou — muito grande de jovens, tenho certeza.

Logan tirou uma garrafa de uísque de sua bolsa, que abriu e passou para Callum. Palavras de consolo nunca foram seu ponto forte, mas ele estava sempre pronto para servir a próxima rodada.

Não deveria ter sido daquele modo. Quando o regimento desembarcou em Dover, no outono passado, eles foram recebidos como heróis vitoriosos em Londres. Então marcharam para o norte, para casa, nas Terras Altas. E ele testemunhou a vida e os sonhos de seus homens se desfazerem, um após o outro.

Callum não era o único. Os homens reunidos ao redor dele representavam os últimos de seus soldados dispensados. E também os que estavam em pior situação: sem teto, feridos, deixados para trás.

Eles lutaram com bravura, sobreviveram ao combate, ganharam a guerra para a Inglaterra com a promessa de que voltariam para suas famílias e namoradas — para descobrir, ao chegarem, que suas famílias, namoradas e seus lares não existiam mais. Enxotados das terras que habitaram durante séculos pelos mesmos gananciosos proprietários de terras ingleses que lhes pediram que lutassem.

E Logan não pôde fazer nada a respeito. Até chegarem ao Castelo de Lannair. Ali ele recuperaria tudo.

O homenzarrão mais afastado do grupo estremeceu.

— O que é isto, afinal? Que lugar é este?

— Calma, Grant — Logan pediu.

Grant era o caso mais triste de todos. Um morteiro caiu perto demais dele em Quatre Bras, arremessando aquele homem gigantesco a 6 metros de distância. Ele sobreviveu aos ferimentos, mas não conseguia guardar nada na memória por mais do que uma hora. Ele se lembrava de toda sua vida até aquela batalha. Mas qualquer novidade lhe escapava como areia entre os dedos.

— Estamos no Castelo de Lannair — Munro explicou. O médico grisalho tinha mais paciência que todos os outros juntos. — A guerra acabou. Voltamos para casa, na Escócia.

— Voltamos? Que maravilha.

Ninguém teve coragem de contrariá-lo.

— Diga, Capitão, quando nós vamos chegar a Ross-shire? — o homenzarrão perguntou. — Estou querendo muito ver minha avó e os pequeninos.

Logan concordou.

— Amanhã, se você quiser.

Eles não chegariam nem perto de Ross-shire no dia seguinte, mas, de qualquer modo, Grant iria se esquecer da promessa. Logan já não conseguia mais dizer para Grant que eles estiveram em Ross-shire meses atrás. A avó dele tinha morrido de velhice e os pequeninos sucumbiram ao tifo. A casinha da família era um monte de cinzas.

— Amanhã está ótimo — depois de uma pausa, Grant riu consigo mesmo e acrescentou: — Já contei para vocês aquela do porco, da prostituta e da gaita de fole?

Os outros homens gemeram. Logan os silenciou com um olhar. Na Corunha, Grant segurou uma linha inteira de soldados franceses, o que deu ao resto da companhia tempo suficiente para se retirar em segurança. Ele tinha salvado a vida dos companheiros. O mínimo que eles poderiam fazer era ouvir aquela piada obscena mais uma vez.

— Vamos ouvi-la, então — Logan disse. — Eu preciso de uma piada hoje.

A narrativa durou algum tempo, com todas as interrupções, os reinícios e as pausas que Grant fazia para organizar os pensamentos. Quando ele chegou ao fim, todos os homens se juntaram a ele com uma voz entediada:

— Guinche mais alto, moça. Guinche mais alto.

Grant riu com gosto e deu um tapa nas costas de Logan.

— Essa é boa, não é? Não vejo a hora de contar essa lá em casa.

Casa. O lugar onde estavam era o mais perto de uma casa que Grant chegaria.

Logan levantou a voz.

— Deem uma olhada nesse vale, rapazes. Comecem a escolher um lugar para suas casas.

— Eles nunca vão nos deixar ficar aqui — Rabbie disse. — Você é tonto? Faz mais de oito anos desde que se despediu dela. Esta terra está em mãos inglesas, agora. Sua donzela tem um pai ou irmão em algum lugar, e eles vão aparecer aqui para nos expulsar e logo estaremos no próximo navio para a Austrália.

Callum se remexeu.

— É melhor nós esperarmos para ter certeza de que ela vai casar com você, Capitão.

Logan endireitou os ombros.

— Vocês não precisam se preocupar com isso. Vou garantir o casamento. Esta noite.

Capítulo Três

Depois que tomou sua decisão, Maddie lavou o rosto, bebeu um pouco de conhaque e se preparou para sair e enfrentar o Capitão Logan MacKenzie.

Ela chegou até a porta de entrada, onde ele apareceu à procura dela. Ele a examinou de alto a baixo, deixando-a com a pele toda arrepiada.

— Você parece estar precisando tomar um ar, *mo chridhe*. Vamos caminhar e conversar, só nós dois.

— Muito bem — ela concordou, um pouco desanimada que a ideia não tenha sido dela. Maddie queria estar no controle ou, no mínimo, mostrar que podia se defender. Mas como ela poderia se defender de um homem como aquele?

Maddie se esforçou para acompanhar o ritmo dele quando os dois saíram do castelo e passaram pelo arco de pedra da entrada. As passadas tranquilas e longas dele se traduziam em uma caminhada apressada para ela.

Eles emergiram da sombra do castelo para o sol da tarde e caminharam na direção do lago. O clima estava enganosamente bom — ensolarado e quente para abril, com um frescor delicado na brisa. O céu e a água pareciam estar competindo para ver quem era mais azul. Os olhos do Capitão MacKenzie ganhavam aquela competição.

— Que tarde linda para caminharmos junto pelo lago — ele disse. — Como nos velhos tempos, em Brighton.

— Você pode parar de me provocar. Eu estou ciente de que era uma tola com 16 anos. Mas eu não parei de amadurecer quando deixei de lhe escrever as cartas. Eu me tornei uma mulher.

— Ah, é mesmo?

— Sim. Uma mulher independente. Que administra esta propriedade e meus próprios negócios. Então vamos direto ao assunto.

Eles pararam sobre uma ponta de terra que se estendia sobre o lago como um dedo verde e deformado.

Céus, ele era tão alto. Maddie percebeu que ficaria com dor no pescoço de tanto olhar para cima. Ela subiu em uma pedra grande e plana, diminuindo a diferença de altura entre eles para uma medida mais razoável.

Infelizmente, diminuir aquela diferença só serviu para aproximá-la das belas feições e dos olhos hipnotizantes de Logan. *A beleza dele não importava*, ela procurou se lembrar. Aquele *não* era um sonho há muito abandonado que, por milagre, tinha se tornado realidade. Aquele homem *não* era o heroico Capitão MacKenzie que ela inventou. Ele era só um soldado que, por acaso, tinha o mesmo nome que a sua invenção. E, com certeza, ele não a amava. Não, aquele homem queria algo, e esse algo não era Maddie. Se ela descobrisse qual o objetivo dele, talvez pudesse convencê-lo a ir embora.

— Você disse que não quer dinheiro. O que quer, então?

— Eu quero isto, senhorita. — Ele apontou com o queixo para o lago. — O castelo. A terra. E estou pronto para fazer qualquer coisa para conseguir. Até mesmo me casar com uma inglesa ardilosa e mentirosa.

Afinal, uma explicação que parecia verdadeira. A parte ruim era que também parecia terrível.

— Você não pode me obrigar a casar com você.

— Eu não vou forçá-la a nada. Você vai se casar por vontade própria. Como você mesma disse, é uma mulher independente agora. Seria uma pena se estas cartas — ele tirou os papéis amarelados do bolso interno do casaco — caíssem nas mãos erradas.

Ele pigarreou e começou a ler.

— "Meu Caro Capitão MacFajuto. Esta manhã, a horrível Srta. Price veio nos visitar. Lavinia está sempre querendo saber histórias a seu respeito. Hoje ela me perguntou se nós tínhamos nos beijado. Eu respondi que sim, é óbvio. E então, é claro, ela teve que me perguntar como foi o beijo."

Enquanto ele lia, Maddie sentiu o rosto ficando quente. As bordas do seu campo de visão adquiriram um tom pulsante de vermelho.

— É o bastante, obrigada.

Mas ele continuou.

— "Eu deveria ter dito algo insípido, como *bom* ou *agradável*. Ou melhor ainda, não deveria ter dito nada. Mas..."

— Capitão MacKenzie, *por favor*.

— "Mas" — ele continuou a ler — "uma palavra tola e atrevida escapuliu da minha boca. Não estou bem certa de onde ela veio. Mas depois que saiu, eu não podia mais recolhê-la. Oh, meu capitão, eu disse à Srta. Price que nosso beijo foi..."

Ela tentou pegar o papel, mas ele ergueu a mão acima da cabeça, tirando a folha do alcance de Madeline. Apesar disso, ela deu um salto, uma tentativa fútil de agarrar a carta. Ele riu da iniciativa dela e Maddie sentiu a perda de sua dignidade profundamente.

— "Eu disse à Srta. Price que nosso beijo foi *incendiário*" — ele concluiu. Oh, Deus.

Ele dobrou o papel e baixou a mão.

— Esta até que não é tão ruim. Tem mais. Muito mais. Você deve se lembrar. Elas foram ficando bem pessoais.

Sim. Ela se lembrava. Para a jovem Maddie, aquelas cartas funcionaram como um tipo de diário. Ela escrevia as coisas que não tinha coragem de falar em voz alta. Todas as suas reclamações tolas, todos os pensamentos nada caridosos que nasciam do temperamento e das decepções adolescentes. Seus sonhos ingênuos do que podia ser o amor entre uma mulher e um homem. Maddie tinha enviado aquelas cartas para o Capitão MacKenzie exatamente porque não queria que nenhum conhecido as lesse. E agora ele ameaçava expô-las ao mundo.

Uma sensação de desespero revirou seu estômago. Maddie sentiu como se tivesse passado a juventude enfiando seus desejos mais sinceros em garrafas que atirou no oceano — e de repente, anos depois, todas elas foram devolvidas. Por um monstro marinho.

— E se eu me recusar a casar com você? — ela perguntou.

— Então acho que vou encaminhar suas cartas para alguém. Alguém que teria muito interesse nisso tudo.

Ela estremeceu.

— Imagino que esteja falando do meu pai.

— Não, eu estava pensando nos jornais de escândalos de Londres. O mais provável é que eu procurasse seu pai e os jornais, para ver quem ofereceria mais dinheiro.

— Não posso acreditar que alguém seja tão desalmado.

Rindo, ele encostou a carta dobrada no rosto dela.

— Estamos só nos conhecendo, *mo chridhe*. Mas acredite em mim quando lhe digo que não sou nada do que você queria, mas sou muito pior do que poderia ter imaginado — ele disse e guardou a carta no bolso interno do casaco.

É claro que sim. Esse era um exemplo perfeito da sorte de Maddie. De todas as patentes do exército, de todos os nomes na cristandade, de todos os clãs das Terras Altas... tinha que ter escolhido justamente o Capitão Logan MacKenzie.

Se aquele fosse um caso apenas de humilhação, Maddie teria aceitado a punição com alegria. Contudo, se as cartas se tornassem públicas, causariam mais que um simples constrangimento. As pessoas riem de um bobo, mas odeiam uma fraude. De fato, ela não tinha começado essa história para enganar toda a Inglaterra, mas não viu problema em causar simpatia na família e inveja em seus pares. Anos depois, após a suposta morte do capitão, ela até aceitou as condolências de todos. Ela até mesmo aceitou um *castelo*.

Todos os seus conhecidos saberiam que Maddie os enganou, e pela razão mais tola que existia. A fofoca assombraria sua família durante anos. E quem iria encomendar ilustrações científicas de uma mulher famosa por suas mentiras? Ela terminaria sozinha e sem meios de se sustentar. A sensação de pânico só aumentou.

— Vamos discutir isto de forma racional — ela disse. — Você está querendo me chantagear com cartas que eu escrevi quando tinha 16 anos. Você não fez nenhuma bobagem impensada quando tinha 16 anos?

— Devo ter feito.

— Ótimo — Maddie disse, ansiosa. Talvez ela pudesse convencê-lo a ser compreensivo. Ele concordaria que ninguém deveria ser obrigado a pagar um preço perpétuo por uma tolice juvenil. — E qual foi a bobagem que você fez?

— Eu entrei para o exército — ele disse. — Mais de dez anos depois, ainda não terminei de pagar por ter tomado essa decisão. A maioria dos meus amigos pagou com a vida.

Ela mordeu o lábio. Quando ele colocava as coisas dessa forma...

— Por favor, tente entender. Se você leu minhas cartas, deve saber que eu não me diverti mentindo. A coisa toda cresceu além do meu controle. Eu desejei tantas vezes nunca ter inventado nada.

— Você faria diferente, se pudesse?

— *Sim.* Num piscar de olhos.

Ela achou que ele se tinha se encolhido um pouco com a avidez dela, mas talvez fosse apenas sua imaginação. Havia uma superabundância de imaginação, principalmente quando a situação envolvia homens de kilt.

— Se você deseja retirar suas mentiras — ele começou —, deve se casar comigo.

— Qual é a lógica disso?

— Pense bem. Você escreveu cartas para seu pretendente escocês. Eu as recebi. Esses são os fatos, certo?

— Acredito que sim.

— Se você se casar comigo, tudo isso deixa de ser mentira — ele ponderou. — Vai ser exatamente como se você tivesse contado a verdade durante todos esses anos.

— A não ser pela parte em que nós nos amamos.

Ele deu de ombros.

— Esse é um mero detalhe. Amor é só uma mentira que as pessoas contam para elas mesmas.

Maddie quis discordar dessa afirmação, mas não teve certeza de que poderia elaborar algum argumento convincente. Pelo menos não a partir de sua experiência pessoal. E, apesar de tudo, ela estava ficando interessada.

— Que tipo de acordo você está sugerindo?

— Um bem simples. Nós nos casamos por nossos motivos pessoais, como se fosse um contrato de benefício mútuo. Eu recebo a propriedade, você recupera suas cartas.

— E quanto... — O rosto dela esquentou com o rubor. — Você sabe.

— Não estou certo de que saiba.

Aquele patife sabia sobre o que Maddie estava falando. Ele só queria se divertir fazendo com que ela falasse.

— Quanto às relações maritais? — ela expulsou as palavras.

— Você quer saber se eu pretendo fazer sexo com você? — Ele arqueou uma sobrancelha. — O casamento precisa ser consumado. Mas não estou interessado em crianças.

— Oh... Também não estou interessada em crianças.

Aquilo não era bem verdade. Maddie adorava bebês. Mas por uma razão ou outra, fazia tempo que tinha desistido da ideia de maternidade. Não seria muito sacrifício abandonar o último fio de esperança.

— Só uma noite de consumação? — ela perguntou. — E sem nenhum envolvimento emocional.

Ele concordou com a cabeça.

— Nós só vamos precisar viver juntos por alguns meses, o bastante para que eu conquiste a posse deste lugar. Vou construir algumas casas, semear o solo. Então você estará livre para fazer o que quiser.

— Você quer dizer ir embora? E o que eu vou dizer para a minha família?

— Que nós somos como tantos outros casais que se uniram às pressas e depois pensaram melhor e descobriram que queriam se separar. Não é incomum.

— Não — Maddie admitiu. — Não seria incomum. Na verdade, nem mesmo seria uma mentira.

A cabeça dela estava girando. A ideia de casamento soou absurda a princípio. Mas talvez essa *fosse* a melhor alternativa, já que não podia voltar no tempo. Talvez ela de fato *pudesse* desfazer a mentira — aquela história impetuosa e ridícula que tomou conta de sua vida. E, oh... ela sentiu um aperto no coração. Pela primeira vez em anos, Maddie poderia ir visitar a família sem se sentir uma fraude. Aquela teia de mentiras que teceu tornou impossível que se abrisse com qualquer um. Ela também não deixava que ninguém se aproximasse demais. A solidão a estava consumindo. Pavorosamente. E quando ela não estivesse visitando suas amigas ou família, poderia ficar no castelo e continuar seu trabalho em paz. O Capitão MacKenzie estaria ocupado administrando as terras. Ela só precisava se deitar com ele uma vez.

Ela olhou para as pernas expostas dele. Talvez essa parte de deitar com ele não fosse assim tão terrível. No mínimo ela teria a oportunidade de satisfazer algumas curiosidades. Ela passava seus dias esperando que lagostas tivessem relações sexuais, era natural que de tempos em tempos imaginasse como seria o equivalente com os humanos.

— Eu preciso saber qual é a sua decisão, senhorita — ele disse. — Você vai se casar comigo ou terei que encaminhar estas cartas para os jornais de escândalos em Londres?

Ela fechou os olhos por um instante.

— Você promete que ninguém ficará sabendo da verdade?

— Juro que ninguém saberá por mim.

— E eu vou estar livre para continuar com meus interesses e atividades?

Ele acenou com a cabeça.

— Você tem sua vida e eu terei a minha — Logan afirmou.

Maddie sentiu uma vertigem, como se estivesse parada na borda de um precipício.

Ela inspirou fundo, juntou coragem... e pulou.

— Muito bem, eu aceito. Nós podemos nos casar assim que possível.

— Possível? — ele riu. — Esta é a Escócia, senhorita. Não há necessidade de proclamas nem de se casar na igreja.

— Mas você prometeu que ninguém desconfiaria da verdade. Isso significa que precisa parecer que você gosta de mim, pelo menos a princípio. Eu acho que se você fosse mesmo o *meu* Capitão MacKenzie, e nós tivéssemos esperando tantos anos para ficarmos juntos, você iria querer me proporcionar um casamento adequado.

Ele encurtou a distância entre os dois.

— Senhorita, se eu fosse mesmo o *seu* Capitão MacKenzie e tivesse passado anos na guerra, sonhando com a mulher que eu desejava ter mais do que a própria vida... — Ele tocou uma mecha do cabelo dela. — Eu não esperaria nem mais uma noite.

Ela engoliu em seco.

— Sério?

— Com certeza. E eu teria feito isto uma hora atrás.

Ele inclinou a cabeça para o lado e baixou o olhar para os lábios dela. Então sua boca fez a coisa mais estranha.

Começou a se aproximar da dela.

Não podia ser... Oh, Senhor. Ele ia mesmo. Ele ia beijá-la.

— Espere! — Em pânico, Maddie pôs as duas mãos no peito dele, detendo-o. — Seus homens, meus criados... podem estar nos observando.

— Tenho certeza de que estão nos observando. É por isso que vamos nos beijar.

— Mas eu não sei o que fazer. Você sabe que eu não sei.

Ele torceu os lábios.

— Mas *eu* sei o que fazer.

Aquelas poucas palavras, verbalizadas com aquele sotaque escocês devastador, não ajudaram em nada a tranquilizar o nervosismo de Maddie. Felizmente, ele interrompeu o que estava para fazer. Logan se afastou e observou o cabelo dela. Ele parecia um garoto maravilhado com o mecanismo de um relógio, imaginando como aquilo funcionava. Depois de alguns momentos, Maddie sentiu quando ele segurou o lápis que prendia seu coque.

Com um puxão, ele o retirou e jogou para o lado. O lápis caiu no lago, produzindo um respingo. Ele passou os dedos pelo cabelo dela, soltando os cachos daquele nó malfeito, fazendo com que caíssem pelos ombros. Com carinho, como ela sempre imaginou que um amante faria. Fagulhas de sensações dançaram do couro cabeludo até os pés dela.

— Esse era meu melhor lápis de desenho — ela protestou.

— É só um lápis.

— Veio de Londres. Eu tenho poucos.

Ele acariciou a face dela com o polegar.

— Aquela coisa quase furou o meu olho. Eu também tenho poucos. E fica melhor assim...

— Mas... — Ela prendeu a respiração. — Oh.

Ele segurou o rosto de Maddie com as mãos, virando-o para si. Ela sentia o pulsar de seu coração retumbando em seus tímpanos. E olhou para a boca de Logan. Uma onda do inevitável a inundou.

— Isto vai acontecer mesmo, não é?

Como resposta, ele encostou os lábios nos dela. E Maddie ficou imóvel. O raio de sabedoria sexual que ela esperava não a atingiu. Ela ficou grudada nele, encarando a maçã do rosto. Ela não tinha ideia do que deveria fazer. *Feche os olhos, pateta.* Talvez, se ela ficasse bem parada e prestasse bastante atenção, sua idiotice não seria tão evidente. Talvez ele pudesse ensiná-la a beijar, do mesmo modo que o céu ensina o lago a ser azul.

Era um risco idiota, beijá-la assim tão precipitadamente. Logan percebeu isso no momento em que seus lábios encontraram os dela e Maddie ficou rígida como uma pedra de gelo. Maldição. Se aquele encontro terminasse mal, ele a assustaria e seus planos grandiosos iriam por água abaixo antes mesmo de começarem. Isso significava que o desafio dele era muito simples. Ele tinha que garantir que aquele beijo fosse bom.

— Calma, *mo chridhe*. Devagar, agora.

Ele passou os lábios pela boca de Maddie em movimentos curtos, com todo carinho e paciência que um homem como ele podia reunir — que não era muita. Mas não demorou para que ela correspondesse de uma maneira tímida e doce. Os lábios dela também procuraram os dele. As mesmas mãos que ela espalmou em seu peito para detê-lo agora agarravam suas lapelas, puxando-o para perto. Maddie abriu os lábios sob os dele e Logan passou a língua entre eles. Um suspiro pequeno e encorajador veio do fundo da garganta dela. Ele explorou a boca de Maddie com toques lentos e lânguidos. E então sua paciência foi recompensada quando a língua dela tocou de leve a sua. Santo Deus. Logan sentiu que, por pouco, seus joelhos se dobraram. *Sim. É assim que se faz.*

Ela estava começando a entender, jovem esperta. Quando Logan explorava, ela cedia. Quando ele tomava, ela se entregava. E então Maddie retribuía da mesma forma. Logan poderia beijar Madeline durante horas ao lado daquele lago espelhado. Dias. Semanas e meses, talvez, enquanto as estações mudavam ao redor deles. Havia algo de diferente nela. Um sabor que ele não conseguia identificar, um gosto que nunca tinha sentido em um beijo. Um certo tempero, doce e quente por inteiro. O que quer que fosse, aquele gostinho o provocou, fez com que quisesse ir mais fundo, ser mais intenso. Como se Logan pudesse capturá-lo, tornando-o dele.

Mas ele não queria assustá-la. Depois de uma última e demorada passada de seus lábios nos dela, Logan levantou a cabeça. Ele tinha esquecido que Maddie estava na ponta dos pés, equilibrada naquela pedra. Quando ele a soltou e recuou, ela cambaleou em sua direção. Seus corpos trombaram com um baque surdo. A maciez encontrou a força. Agindo por instinto, ele a pegou nos braços. Logan a sentiu por inteiro em seu corpo. Quente, curvilínea, feminina e tão viva debaixo daquele vestido cinza de luto.

Então ela ergueu os olhos para ele — aqueles olhos grandes de filhote, enfeitados por cílios longos — e abriu ligeiramente os lábios inchados pelo beijo.

Santo Deus. Os joelhos dele realmente cederam dessa vez. Logan acreditava mesmo no que tinha dito a ela, com tudo que ele tinha naquele lugar onde deveria existir um coração. Amor não era nada além de uma mentira que as pessoas contavam para si mesmas. Mas desejo? Desejo era real e ele o estava sentindo. Por completo. Enquanto a segurava perto de si, Logan sentiu seu sangue ser bombeado com um tipo violento e animal de necessidade. Algo que instigava reivindicação e posse. Ela o deixou louco.

Com certeza era apenas porque ele tinha passado muito tempo sem companhia feminina. Madeline nem fazia o tipo dele. Se pudesse escolher, ele diria preferir uma bela jovem escocesa com cabelo vermelho e um brilho experiente no olhar. Não uma aristocrata inglesa tímida e decorosa que estava aprendendo a dar seu primeiro beijo.

Mas, por baixo da timidez e da frieza, ela possuía uma sensualidade natural e mundana. Ele não conseguiu evitar de pensar o que aquilo significaria na cama — onde as regras e os espartilhos seriam deixados de lado e a sensualidade a libertaria do decoro.

Maldição. Ele estava de novo imaginando coisas a respeito dela. Mas estava cansado disso, de imaginar. Fazia muito tempo que ele imaginava aquela mulher. Um dia maldito após o outro, uma noite gelada após a outra. Durante anos. Aquilo o tinha enlouquecido. Ele precisava vê-la. Investigá-la. Saboreá-la. Toda. Ouvir os pequenos barulhos que ela fazia no momento de prazer. Só uma vez. Então a imaginação seria substituída por conhecimento e Maddie não o assombraria mais.

Logan a levantou da pedra e a colocou em pé no chão.

— Capitão MacKenzie — ela disse, sonhadora. — Eu qu...

— Logan — ele a corrigiu. — Acredito que é melhor você me chamar de Logan, daqui para frente.

— Sim. Eu imagino que sim. Logan.

— O que você ia dizer?

Ela meneou a cabeça.

— Não tenho ideia.

Ele aceitou aquilo como um bom sinal.

— É melhor eu ir me lavar e reunir os homens — ele disse. — Você pode começar a preparar a cerimônia.

— Eu acredito que uma semana seja tempo suficiente — ela disse. — Embora eu preferisse ter duas.

Ele sacudiu a cabeça.

— Não vou esperar uma semana.

— Alguns dias, então. Dê-me pelo menos isso. Eu... eu não tenho nada adequado para vestir.

— Eu não ligo para a cor do seu vestido, senhorita. Tudo o que vou fazer é tirá-lo de você.

— Oh! — Ela piscou várias vezes.

Logan sabia que precisava fazer logo aquilo. Se ele lhe desse tempo para pensar, Maddie poderia decidir que não iria em frente.

Ele deu um olhar rápido para o sol, que mergulhava rapidamente no horizonte verde.

— Você tem três horas. Vamos nos casar esta noite.

Capítulo Quatro

Maddie sempre foi diferente das outras jovens — e ela sempre soube disso. Por exemplo, tinha certeza de que era a única noiva a escrever a seguinte lista de afazeres no dia de seu casamento:

- Banho
- Penteado
- Vestido
- Lagostas

Três horas depois, ela estava banhada, penteada e vestida — para a tristeza dela e de Rex, ainda não havia sinal de que Fluffy fosse mudar de carapaça.

Ela estava na galeria observando o ambiente em que aconteceria seu casamento típico das Terras Altas. Era um cenário frio. Não havia qualquer decoração especial. Era difícil conseguir flores no começo do ano, não havia fitas à disposição para enfeitar o lugar nem tempo para qualquer outra coisa.

Lá fora, caía uma tempestade de primavera. Vento e chuva uivavam, açoitando as paredes do castelo. No salão principal, velas ardiam em todos os castiçais disponíveis. As chamas dançavam e tremeluziam, parecendo tão ansiosas quanto Maddie.

Criados do castelo ocupavam um lado do salão. Os homens do Capitão MacKenzie ocupavam o outro. Os dois grupos esperavam por ela. E Maddie não desejava outra coisa que não continuar ali onde estava, para sempre. Ou ir se esconder com Fluffy debaixo das pedras.

— Pronta, senhorita?

Ela estremeceu, assustada. Logan tinha se juntado a ela na galeria, aproximando-se furtivamente com seus passos felinos. Aproximando-se com sua aparência deslumbrante. Misericórdia. Ele também tinha tomado banho. E feito a barba. A maior parte de seu cabelo castanho tinha sido domada com uma escova, mas algumas mechas incorrigíveis lhe caíam pela testa de um modo sensual. Alguém tinha escovado seu casaco vermelho e lustrado os botões. O cordão dourado e os metais brilhavam sob a luz das velas. Mais cedo ele estava atraente de um modo bruto. Naquele momento, estava magnífico.

Maddie sentiu que não estava à altura dele. Becky tinha feito o que podia com seu cabelo, mas Maddie não teve escolha a não ser usar um de seus vestidos cinza-escuro de sempre. Há anos ela não mandava fazer um novo. De que adiantaria? Ela nunca ia a lugar nenhum, nunca recebia ninguém. Era óbvio que ela não estava preparada para um casamento.

— Não me sinto pronta para isso — ela disse.

Ele a observou, examinando-a rapidamente.

— Para mim, você parece pronta.

Não era aquilo que uma noiva sonhava em ouvir no dia de seu casamento. Nada de "Você está linda". Nem "Você está fantástica".

Para mim, você parece pronta.

Ela olhou para a meia-dúzia de soldados que aguardavam no salão.

— O que os seus homens acham que está acontecendo aqui, esta noite?

— Eles acham que vou me casar com você.

— Então eles sabem das cartas?

— Eles sabem que eu as recebi, mas nunca as leram.

Maddie gostaria de acreditar que ele lhe dizia a verdade, mas ela duvidava. Para um soldado em situação deplorável, os devaneios de uma jovem inglesa com imaginação demais e experiência de menos devem ter sido uma diversão e tanto. Por que ele guardaria tudo isso para si? Parecia muito mais provável que suas cartas tivessem passado de mão em mão nos acampamentos para que todos se divertissem nas noites entediantes.

— É tanta gente — ela disse. — E um lugar tão grande.

Aquilo começava a parecer uma multidão de verdade. E Maddie não se sentia bem no meio de multidões.

— Você deve saber, pelas minhas cartas, que não aguento reuniões sociais como esta. Minha timidez foi o motivo pelo qual eu inventei você.

— Me inventou? Senhorita, você não me inventou.

— Não, você tem razão. Eu inventei alguém compreensivo e gentil. — Ela cruzou os braços e se abraçou. Não parecia que alguém mais fosse fazê-lo. — Você já ouviu a expressão "tímida de doer"? A atenção de uma sala cheia de gente... para mim, é como um sopro gelado no pior dia de inverno. Primeiro a minha pele toda começa a formigar, então fico entorpecida, e aí eu congelo.

— Olhe ao seu redor.

Ele a virou de frente para o salão, depois parou atrás dela, colocando as mãos no parapeito e fechando-a entre seus braços. Ele encostou o peito sólido dele nas costas dela e o queixo na altura da têmpora. Aquela posição era íntima e reconfortante de um modo estranho.

Ele apontou seus homens, um por um.

— Na extremidade, ali, está Callum, que perdeu a mão. A perna do Rabbie está cheia de estilhaços de bomba. Fyfe acorda gritando todas as noites e Munro mal consegue dormir. Então chegamos ao Grant. Ele não consegue lembrar de nada desde Quatre Bras. Mesmo que notasse algo de errado em você, esqueceria em menos de uma hora. Não existe uma alma nesta sala que não tenha seus próprios fardos para carregar.

Não existe uma alma?

Ela virou o pescoço para olhar para ele — para aquele metro e oitenta de homem atrás de si.

— Qual é o seu fardo?

— O fardo do dever — ele baixou a voz para um sussurro intenso. — Eu liderei esses homens em batalha. Quando eles estavam exaustos, com frio e nauseados de medo, eu os fiz seguir em frente. Eu prometi que eles viveriam para voltar para casa, para suas namoradas e mulheres, para seus filhos e suas propriedades. Em vez disso, eles voltaram para o nada.

A raiva dele era palpável, o que fez os pelinhos da nuca de Maddie se eriçarem.

— Esta noite — ele disse — vou recuperar o futuro deles.

— Então é por isso que você quer esta terra? Por eles?

Logan concordou com a cabeça.

— Já deixei claro que posso ir além de mentir, chantagear ou roubar. Mas caso precise de um lembrete, *mo chridhe*, você vai descer nem que eu tenha que jogá-la no ombro e carregá-la como um saco de aveia.

— Isso não vai ser necessário.

Ele tirou as mãos do parapeito, recuou um passo e ofereceu o braço para Madeline, que segurou nele. Ela não podia mais postergar aquilo.

De braços dados, eles desceram a escadaria. Ela estava ciente das dezenas de olhos sobre ela, o que lhe causava calafrios como um vento de inverno, mas pelo menos tinha um alto e belo escocês das Terras Altas para lhe dar algum abrigo.

Tia Thea lhe deu um sorriso caloroso quando ela passou. Isso também ajudou.

Eles foram até o centro do salão. No caminho, Logan parou para apresentá-la aos seus homens. Cada soldado lhe fez uma reverência. Entre a seriedade dos modos deles e o cenário iluminado por velas, Maddie se sentiu transportada para outra época. Ela parecia uma noiva medieval aceitando a fidelidade dos homens do clã de seu futuro marido. Era reconfortante saber que ele fazia aquilo por lealdade aos seus homens e não por pura ganância. Mesmo que Logan a desprezasse, pelo menos Maddie sabia que ele era capaz de se importar com os outros.

— Este é o Grant — Logan disse quando se aproximaram de um homem gigantesco. — Ele vai se apresentar a você muitas vezes.

— O que é tudo isso, capitão? — Nervoso, o homenzarrão esfregou a cabeça raspada com uma palma e olhou em volta. — Onde nós estamos agora?

Logan estendeu o braço e colocou a mão firme sobre o ombro de Grant.

— Fique calmo. Nós voltamos à Escócia, *mo charaid*. A guerra acabou e nós estamos no Castelo de Lannair em Inverness-shire.

Grant se virou para Maddie. Ele a encarou como se tivesse dificuldade para enxergar.

— Quem é esta moça?

— Meu nome é Madeline — ela lhe estendeu a mão.

— Esta é sua namorada? — Grant perguntou a Logan. — A que lhe enviou todas aquelas cartas?

Logan aquiesceu.

— Eu vou me casar com ela. Agora mesmo, na verdade.

— Vai, é? — O homem a encarou por um momento, depois uma risada grave ecoou em seu peito. Sorrindo, ele cutucou Logan com o cotovelo. — Seu maldito sortudo.

Naquele momento Maddie soube de uma coisa. O Soldado Malcolm Allan Grant era sua nova pessoa favorita. Ele a fez se sentir bonita no dia de seu casamento. Enquanto vivesse, ela nunca iria se esquecer.

— Capitão, quando é que nós vamos para Ross-shire? — Grant perguntou. — Estou querendo ver minha avó e os pequeninos.

— Amanhã — Logan disse. — Nós iremos amanhã.

— Ah, está bem.

Com isso resolvido, Logan a conduziu até o centro da sala.

— É melhor nós resolvermos logo isso.

— Quem vai oficiar?

— Munro vai fazer as honras, mas não precisamos de ninguém para oficializar o casamento. Não temos que abençoar alianças. Vamos fazer isso do modo tradicional, como era antigamente nas Terras Altas. Vai ser um simples aperto de mãos.

— Um aperto de mãos? Pensei que isso só durasse um ano e um dia.

— Nos romances, talvez. Mas a igreja acabou com as uniões temporárias alguns séculos atrás. Isso não impediu que os noivos trocassem seus votos da forma antiga. Nós seguramos as mãos, assim — ele a pegou pelo pulso, segurando seu antebraço direito com a mão direita dele. — Agora segure o meu.

Ela fez como ele pediu, curvando seus dedos ao redor do antebraço dele o melhor que conseguiu.

— Agora o outro — ele pediu.

Ele pegou o pulso esquerdo dela da mesma maneira e ela, o dele. Os braços unidos formavam uma cruz entre os dois. Era algo parecido com uma cama de gato ou uma brincadeira de crianças.

Logan fez um gesto com a cabeça para Munro. O homem deu um passo adiante e enrolou um pedaço de tecido xadrez em volta dos punhos unidos, amarrando-os juntos. Maddie observava, hipnotizada, a tira de tecido passar por cima do punho dele e por baixo do dela, amarrando-os. Seu coração começou a bater mais rápido. Sua respiração também ficou apressada. Ela sentiu o cérebro ficar leve e nublado como uma nuvem.

Ele deve ter percebido, pois apertou a mão em seus punhos.

— Nós não podemos fazer isso em particular? — ela sussurrou.

— Precisamos de testemunhas, senhorita.

— Sim, mas tantas? É só que...

Ela não conseguiu terminar de falar. O torpor se fechou sobre ela, como sempre fazia. O frio a encontrava, não importava o quão bem ela se escondesse. E o gelo a envolveu dos dedos do pé à língua, impedindo-a de falar ou se mover. Seu pulso batia, surdo, em suas orelhas. O progresso do tempo diminuiu para um rastejar glacial.

— Olhe para mim — ele mandou.

Quando ela obedeceu, viu que Logan a encarava. Os olhos dele estavam intensos, cativantes.

— Não se preocupe com os outros. Agora somos só eu e você.

As palavras reconfortantes que ele sussurrou tiveram um efeito estranho nela. Uma coisa que Maddie julgava impossível. As palavras aqueceram seu sangue de dentro para fora e a fizeram esquecer de todos os outros no salão. Ele tinha levantado um escudo contra aquele feixe de atenção. Eram, de fato, só os dois naquele instante.

De repente a chuva, a escuridão, as velas, o simbolismo primitivo de estar amarrada a outro homem... tudo pareceu mágico. E mais romântico do que ela podia suportar. Ela foi visitada pela sensação estranha, imperturbável, de que aquilo era tudo com que tinha sonhado desde seus 16 anos de idade.

Não, ela implorou a si mesma. *Não imagine que isto é mais do que é. É assim que todos os seus problemas começam.*

— Agora repita as palavras do mesmo modo que eu as disser — Logan a orientou.

Ele murmurou algo em gaélico e Maddie repetiu o melhor que pode em voz alta.

— Ótimo — ele elogiou.

De novo, ela se aqueceu por dentro. Que tolice. Depois que ela terminou sua parte, foi a vez de ele dizer algo parecido. Maddie ouviu seu nome ser dito em meio a várias palavras em gaélico.

Então Munro deu um passo à frente e retirou o tecido que os envolvia.

— E agora? — Maddie perguntou.

— Só isso. — Ele inclinou a cabeça e deu um beijo rápido nos lábios dela. — É tudo. Está feito.

Os homens deram vivas entusiasmados. Estava feito. Maddie tinha se casado. Ela se sentia diferente? Ela *deveria* se sentir diferente?

— Eu não espero que você use um traje completo das Terras Altas — seu marido disse —, mas agora que é a Sra. MacKenzie, nunca deve ficar sem isto aqui.

Um dos homens entregou para ele uma medida de tecido xadrez verde e azul. Logan a pendurou em um ombro dela e levou as extremidades até o quadril oposto, como uma faixa. De sua bolsa, ele tirou algo que brilhou sob a luz das velas. Ele usou aquilo para prender as duas pontas da faixa.

— Oh, está linda — Tia Thea disse. — O que é?

— Chama-se *luckenbooth* — explicou o soldado chamado Callum. — É tradição nas Terras Altas que o homem dê esse broche para sua noiva.

— Então você deveria ter dado para ela em Brighton, há muitos anos — Tia Thea disse.

— Eu deveria ter dado. Acho que me esqueci — ele disse isso e olhou de lado para Maddie.

Então ela se deu conta de algo que a emocionou. Ela possuía um confidente. Um co-conspirador. Alguém que sabia de tudo. De todos os seus segredos. Ele não a amava por isso, mas também não tinha fugido. Aquele estranho impiedoso de kilt, com quem tinha acabado de se casar, talvez fosse a coisa mais próxima de um amigo verdadeiro que Maddie possuía.

Um trovão ecoou em algum lugar próximo. As chamas das velas foram agitadas e diminuíram. A tempestade devia estar passando sobre eles.

— O que é isso? — Grant perguntou, parecendo mais confuso do que estava antes da cerimônia começar. — Estão atirando em nós, capitão! Precisamos nos proteger!

Maddie pôde ver então o que Logan tinha falado a respeito da memória daquele soldado enorme. Pobre homem.

Logan se aproximou de novo do amigo. Explicou, novamente, que estavam a salvo na Escócia. Prometeu, de novo, levá-lo a Ross-shire no dia seguinte para ver os pequeninos e sua avó. Quantas vezes ele devia ter precisado tranquilizar Grant, Maddie se perguntou. Centenas? Talvez milhares? Ele só podia ter a paciência de um santo.

— E quem é ela? — Grant apontou o queixo para Maddie.

— Eu sou a Madeline. — Ela lhe estendeu a mão.

— Você é a namorada que escreveu todas aquelas cartas para ele?

— Isso mesmo — Logan disse. — E agora ela é minha esposa.

Grant riu e bateu o cotovelo nas costelas de Logan.

— Seu malandro sortudo.

Sim, Maddie pensou. *Grant continuava sendo sua pessoa favorita. Com ou sem memória ruim, ela iria gostar de tê-lo por perto.*

Na verdade, ela estava considerando a ideia de lhe dar um beijo no rosto quando o salão ficou todo branco, depois escuro. O castelo inteiro sacudiu à volta deles com um poderoso...

Estrondo.

— Madeline, abaixe-se!

Quando o raio explodiu no castelo, o coração de Logan deu um salto. E pela primeira vez em anos, o impulso inicial dele não foi acalmar Grant ou proteger seus homens. A atenção dele se voltou apenas para sua noiva. Ele a envolveu com os braços, puxou-a para o peito e para o chão, no caso de alguma coisa acima deles se soltar e cair.

Assim que os lustres pararam de balançar e o perigo passou, ele se virou para falar com ela.

— Você está bem?

— Estou, é claro. O estrondo só me assustou.

Ela continuava tremendo. Mas Logan acreditava que não era apenas por causa da tempestade. Durante toda a cerimônia, o desconforto dela foi palpável. Ela foi ficando cada vez mais pálida, e quando pronunciaram os votos, os olhos dela se recusaram a focar nos dele. Ela não tinha exagerado quando disse não gostar de reuniões sociais. E aquilo era apenas um casamento em um castelo na parte mais remota da Escócia que tinha reunido apenas doze pessoas. Quão pior seria, para ela, em um salão de bailes lotado em Londres?

Ele tinha se acostumado a pensar em Maddie como uma jovem mimada ou petulante por inventar um namorado do jeito que fez. Mas Logan começava a pensar se não haveria algo mais por trás daquilo. Droga. Ele estava fazendo conjecturas sobre ela de novo. As conjecturas acabavam nessa noite. E não importava se entre os motivos dela para fazer aquilo estava a autoproteção. A responsabilidade de protegê-la agora era dele. Ele tinha jurado isso diante de seus homens e de Deus, e, apesar de aquele casamento ser de conveniência, ele não era homem de fazer juramentos à toa.

Ele ajudou Madeline a se levantar e percebeu como ela era pequena e delicada. O rubor que subiu às faces dela e sua respiração difícil se tornaram, de repente, motivo de preocupação para ele. O que não fazia nenhum sentido, considerando que ele era o vilão na vida dela. Logan tinha acabado de obrigá-la a entrar em um casamento que ela não queria, e agora estava obcecado em protegê-la? Aquilo era ridículo. Mas não menos real...

— Você está bem? — ele perguntou enquanto a ajudava a ficar em pé.

— Só um pouco trêmula. Talvez de ficar tanto tempo em pé.

Os homens estavam esperando uma festa. Música, comida, dança. Logan tinha pedido um banquete com vinho à cozinheira do castelo.

— Venha comigo — ele disse para Maddie. — Vou levar você para cima.

— Vá devagar, por favor — ela sussurrou para ele. — Para eu conseguir acompanhá-lo.

— Isso não vai ser necessário, pois pretendo carregá-la.

— Como um saco de aveia?

— Não... Como uma noiva.

Ele a pegou nos braços e a carregou para fora do salão, o que provocou júbilo em seus homens e uma alegria evidente na tia dela.

Depois que saíram do salão, contudo, Logan percebeu que não fazia ideia do caminho que devia tomar.

— Como eu chego no seu quarto?

Ela o orientou. E as orientações envolviam muitas escadas.

— Você sobe esses degraus todas as noites? — ele perguntou, tentando esconder o fato de que estava um pouco ofegante.

— Em geral, várias vezes por dia.

Esse era o problema com as torres escocesas, ele divagou. Eram altas e estreitas, para maior proteção contra cercos, mas por dentro eram só escadas.

— Os senhores originais colocavam os criados nos andares mais altos. Por que você não usa um quarto mais baixo?

Ela deu de ombros.

— Eu gosto da vista.

Quando chegaram ao quarto dela, Logan achou o local bem decorado e acolhedor. As prateleiras sob o teto arqueado estavam repletas de livros e pequenos objetos curiosos. Não era nada do que ele teria esperado do quarto de uma herdeira inglesa — mas tendo lido as cartas de Maddie, ele reconhecia o espaço como sendo genuinamente *dela*.

O olhar dele foi atraído por um par de miniaturas sobre a penteadeira que representavam duas crianças de cabelos claros, um menino e uma menina. Logan os reconheceu de imediato.

— São Henry e Emma — ele disse.

— São. Como você sabe?

Ele deu de ombros.

— Acho que eu os reconheci pelas suas cartas.

A verdade era que ele não apenas tinha reconhecido as crianças, mas também a mão de Maddie naquele trabalho. Um sentimento estranho de intimidade tomou conta dele. E logo atrás desse sentimento veio uma onda inconveniente de culpa.

Ele a colocou na cama.

— Obrigada por me carregar.

— Você pesa menos que um passarinho. Não foi nada.

— Foi perturbador de tão romântico, isso sim. Você poderia ser um pouco menos encantador? Isso deveria ser um casamento de conveniência.

— Como quiser, *mo chridhe*.

Ela estava certa. Romance não fazia parte do acordo. Agora que estava com Maddie no quarto dela, Logan ficou ansioso para seguir para a parte que eles tinham concordado. Os dois juntos, em uma cama.

Ele fez um gesto com a cabeça ao sair do quarto.

— Vou lhe dar meia hora para se preparar. E então vou voltar.

Capítulo Cinco

Vou lhe dar meia hora para se preparar.

Meia hora? Maddie tentou não entrar em pânico. O que era meia hora para se tornar uma esposa? Uma piscada, no máximo. Trinta minutos não eram nem de perto tempo bastante para ela se aprontar. Trinta *anos* talvez não fossem suficientes para ela se sentir preparada. Tudo aquilo era coisa demais para Maddie absorver.

Ela estava casada, prestes a perder a virgindade. E, o pior de tudo, ela estava se sentindo estupidamente atraída pelo marido. Naquele exato momento, seu coração latejava com uma dor delicada e doce. Que absurdo. Pelo amor de Deus, ela só o conhecia a menos de um dia, e ele foi terrível a maior parte do tempo. O cérebro dela discutia sem parar com o coração tolo e sentimental.

Ele a chantageou para que casasse com ele. E então ele me beijou perto do lago. *A atitude dele com você é repugnante.* Mas a lealdade dele para com os soldados é admirável. *Ele ameaçou carregá-la como um saco de aveia.* Mas na verdade me pegou no colo como sua noiva. *Maddie, você é impossível.*

— Não tenho como negar isso — ela murmurou depois de suspirar.

Maddie decidiu não chamar a criada para ajudá-la a se preparar. Enquanto tirava a faixa xadrez e o vestido, ela se lembrou de que o Capitão Logan MacKenzie não era o herói com quem passou a adolescência sonhando. Quando ele voltasse para aquele quarto dentro de — ela verificou o relógio — dezenove minutos, não seria com a intenção de continuar o romance; ele voltaria para completar uma transação. Mas, mas, mas...

Um relâmpago reluziu lá fora. Ela interrompeu o movimento de desenrolar as meias, inundada de repente pela lembrança. O braço dele, abraçando-a com firmeza enquanto o trovão ribombava. Ele estava lindo sob a luz das velas. Para não mencionar a emoção que ela sentiu quando ele a carregou escada acima. Oh, ela estava tão encrencada.

Enquanto passava uma escova pelo cabelo solto, ela sentiu arrepios de expectativa percorrerem seu corpo. Essas sensações brincavam de um pega-pega travesso, correndo de uma parte secreta de seu corpo para outra. A pele dela estava quente e formigante. Ansiosa. Pronta.

Ela fechou os olhos e inspirou fundo, devagar. Ela não deveria estar ansiosa para fazer aquilo, nem imaginando que aquele encontro possuía um significado diferente da realidade. Esse tipo de tolice só poderia acabar fazendo com que ela se magoasse. *Amor é só uma mentira que contamos para nós mesmos.* E Maddie tinha muita prática em mentir.

Ela deu outra olhada para o relógio. Faltavam oito minutos. Quando recolocou a escova de cabelo na penteadeira, Maddie viu o broche em formato de coração que Logan lhe deu no fim da cerimônia. Qual era o nome que Callum tinha lhe dito? *Luckenbooth.*

Ela o pegou para examinar de perto. O desenho era simples, humilde, até. O formato de um coração trabalhado em ouro com algumas lascas de pedras semipreciosas — verdes e azuis — inseridas no alto.

Maddie virou o broche na mão para examinar o fecho. Ao fazê-lo, as pontas de seus dedos sentiram uma parte áspera no objeto que, de resto, era liso. Interessante. Estava gravado. Ela se aproximou da vela e examinou com atenção aquelas marcas minúsculas que pareciam formar um par de iniciais.

"L.M."

Logan MacKenzie, claro. Céus, ele tinha vindo preparado. Logan pareceu ter pensado em tudo. Então ela forçou a vista para identificar as segundas inicias, esperando encontrar um "M.G.", de Madeline Gracechurch.

Contudo, não havia um "M.G." ali. Havia, na verdade, outro par de letras.

— "A.D." — ela leu em voz alta.

Inacreditável! Parecia que o Capitão Logan "Amor é só uma mentira que contamos para nós mesmos" MacKenzie era mentiroso, também. Ele devia ter alguma história antiga de amor. Uma que, obviamente, não tinha acabado bem, levando-se em conta que ele deu para Maddie o broche que tinha comprado para sua antiga amada. Patife.

Maddie deixou o broche cair na penteadeira. Pelo menos aquela sensação de expectativa tinha se dissipado. Era exatamente daquilo que ela estava precisando para separar o coração do resto do corpo. Agora ela possuía uma prova irrefutável para lembrá-la de que aquele não era um casamento real, e que não deveria imaginar que Logan possuía qualquer sentimento verdadeiro. Ela usaria aquele *luckenbooth* todos os dias — um pequeno talismã em forma de coração para se lembrar de que tudo aquilo era falso.

As dobradiças da porta rangeram. Oh, Senhor. Estava na hora.

Maddie correu para a cama e mergulhou debaixo das cobertas. Não rápido o bastante, infelizmente. Ela teve certeza de que ele viu o movimento todo.

Maddie puxou o lençol até o queixo e olhou para ele.

Logan tinha retirado o casaco e desabotoado os punhos da camisa, enrolando as mangas até o cotovelo. Ele parecia estar descalço, tendo se livrado das botas e meias. Vestia apenas a camisa aberta no colarinho e o kilt, cujo cinto solto fazia com que ficasse baixo nos quadris.

— Você está pronta? — a voz dele estava mais misteriosa do que as sombras.

— Não sei — ela respondeu. — Mas não acho que vou ficar mais pronta do que isso.

— Se estiver cansada, podemos esperar até de manhã.

— Não, eu... eu acho que devemos acabar com isso esta noite. — Se tivesse mais tempo para pensar e se preocupar, ela poderia perder por completo a coragem.

— Muito bem, então.

Ele lambeu a ponta dos dedos e os usou para apagar as velas uma por uma, até que a única luz no quarto viesse do fogo vermelho e laranja da lareira.

O colchão afundou com o peso dele.

Maddie ficou imóvel debaixo das cobertas. O coração dela batia mais rápido do que o de um passarinho. Ela se sentia toda quente.

— Tem isto aqui. — Ela pegou um pote na mesa de cabeceira. — Tia Thea me deu. É um tipo de creme ou unguento. Ela disse que você saberia o que fazer com ele.

Logan pegou o pote, destampou e cheirou o conteúdo.

— Certo. Eu sei o que fazer com isto. — Ele tampou e jogou longe o pote, que rolou até um canto escuro.

— Mas...

— Eu sei que não devo deixar os remédios da sua tia encostar em mim — ele disse. — Lembro muito bem de como funcionou o tônico para dormir que ela fez para você. Sua carta dizia que você ficou cheia de bolhas durante semanas.

Maddie mordeu o lábio e apertou a coberta ao redor dos ombros. Ele lembrava disso? Até ela havia se esquecido do tônico para dormir. Mas ele tinha razão. Ela ficou semanas coberta de feridas vermelhas que não paravam de coçar. Era desconcertante o quanto ele sabia a respeito dela sem a conhecer de verdade. Ela, por sua vez, estava completamente no escuro com relação ao Logan MacKenzie real. Nessa situação, ele estava em vantagem. Ele tinha conhecimento, experiência e controle.

— É melhor você beber isto — Logan lhe entregou uma garrafinha.

— É um remédio?

— Remédio da Escócia. Bom uísque escocês.

Ela levou a garrafa aos lábios com delicadeza.

— Vire de uma vez — ele disse. — A queimação é pior se beber de golinhos.

Fechando os olhos bem apertados, ela virou a cabeça para trás e entornou a garrafa, mandando uma corrente de fogo líquido garganta abaixo. Tossindo, ela a devolveu para Logan.

— Se a coisa for feita do jeito certo — ele disse —, não vai ter necessidade de creme nem unguento. — Por cima do lençol, a mão dele segurou a perna dela. — E eu pretendo fazer isso do jeito certo. Você vai gostar.

Ela engoliu em seco.

— Oh...

— Mesmo assim, acho que vai doer um pouco quando eu...

— Certo.

— Mas não vai demorar muito daí em diante, por mais que meu orgulho sofra por eu admitir isso. É o que acontece quando o homem fica muito tempo sem companhia.

Sem as velas, a luz da lareira produzia uma silhueta indefinida dele. Ela se sentiria melhor se pudesse enxergá-lo direito. Sem dúvida, ele pretendia que a escuridão fosse reconfortante para ela, mas Maddie estava acostumada a observar as criaturas da natureza de forma direta, sem filtros. Ver como as partes deles se juntavam, como se moviam e agiam. Talvez, se ela tivesse a mesma chance de observar o corpo dele — ainda que de relance enquanto Logan se despia —, pudesse acalmar seu coração disparado. Mas era tarde demais. As velas estavam apagadas. E embora pudessem ser reacendidas, ela não sabia como poderia *pedir* algo assim. Para ela, Logan era apenas uma sombra. Uma sombra com mãos, coração e uma voz grave, hipnotizante.

— Não tenha medo. — Ele desceu com a mão pelo corpo dela, traçando uma trilha escaldante de sensações desconhecidas. — Eu sei que você já imaginou como um homem se une a uma mulher. Já imaginou qual é a sensação dessa união. Eu posso lhe mostrar tudo. Eu posso fazer com que seja bom. *Muito* bom.

— Não sei se consigo fazer isso — ela disse.

— Você consegue. Não existe nada mais fácil. Se fosse difícil, a humanidade teria desaparecido há muito tempo.

— Eu acho que você subestima minha capacidade de pegar uma interação humana normal e torná-la algo atrapalhado.

Ela se afastou um pouco dele.

— Tente compreender — ela pediu. — Você tem lido as minhas cartas há anos. Você conhece tanta coisa a meu respeito, e eu não sei nada sobre você. De onde vem, como viveu sua vida... para mim, você é pouco mais que um estranho.

— Sou seu marido agora.

— É, mas nós não temos uma história juntos. Não temos lembranças comuns.

— Nós temos sete anos de uma história real. E nós temos lembranças.

— Por exemplo...?

Ele deu de ombros.

— Lembra do dia em que nos conhecemos e você caiu sentada? Lembra de quando passeamos ao lado da água e falamos de casamento? Lembra da vez em que eu a beijei com tanta paixão que você sentiu nos dedos do pé?

— Não — ela respondeu na defensiva. — Eu só senti até os tornozelos.

Ele pôs a mão na cintura dela.

— Muito bem, então. Vou ter que me esforçar mais desta vez.

Ele se debruçou sobre ela. Mas Maddie pôs a mão no peito dele, detendo-o.

— Nós não podemos nos conhecer melhor primeiro?

— Não vejo motivo para conversarmos mais — ele disse. — Nós concordamos que isto é um acordo, não um romance.

— É isso mesmo, sabe. Eu não *quero* um romance. Eu não *quero* fingir. Mas quando fecho meus olhos, não é você que está me tocando. É um Capitão MacKenzie que eu mesma criei. Eu vou acabar levando isto muito a sério. Não acredito que você queira uma mulher boboca, pegajosa, exigindo carinho.

— Nisso você está certa. Não dá para dizer que eu quero isso.

— É como você me disse, amor é uma mentira que as pessoas contam para si mesmas — ela continuou. — Se esse for o caso, o conhecimento da verdade seria o melhor antídoto. Depois que eu o conhecer melhor, não vou ter dificuldade em achar motivos para desprezá-lo.

— Chantagem desavergonhada não é suficiente?

— Eu pensava que seria. Mas então você me contou a situação terrível dos seus homens. E eu vi como você é leal a eles. Você acabou me parecendo simpático demais. Eu preciso de uma nova razão para não gostar de você. — Ela cruzou as pernas. — Vamos começar com o básico. Onde você nasceu?

— Perto de Lochcarron, na costa oeste.

Um pensamento repentino ocorreu a ela.

— Você tem família?

— Não tenho ninguém.

— Oh... Isso é bom. Quero dizer, não é bom. É terrível para você, e me faz simpatizar demais. Mas é conveniente para o nosso objetivo, pois combina com as mentiras que eu inventei. — Ela mordeu o lábio e se encolheu. — Às vezes eu fico presa demais aos meus próprios problemas. Esse é um dos meus piores defeitos. Mas você já sabia disso.

Ele concordou com a cabeça.

— Ah, sim. Eu já sabia disso.

— Está vendo? Você sabe de todos os meus defeitos. É fácil para você manter o distanciamento. Mas eu não conheço os seus.

— Este é o primeiro. — Ele fechou a mão ao redor do tornozelo dela e ficou passando o polegar para cima e para baixo. — Eu sou bom demais na cama. Eu estrago uma mulher para todos os outros homens.

Ela afastou a perna.

— Falta de modéstia seria o primeiro defeito, então. Isso serve para começarmos. Qual foi a pior coisa que você já fez?

Ele passou as mãos pelo cabelo.

— Estou começando a pensar que foi casar com você.

— Não, não. Não demonstre senso de humor. Isso é contraproducente.

Ele estendeu a mão para ela e a puxou para perto, então a deixou de costas. O peso duro e quente dele apertou o corpo dela contra o colchão.

— Eu sei ser muito producente, minha jovem.

Ela engoliu em seco.

— Quem é A.D.?

— O quê?

— O broche que você me deu. Tem as iniciais L.M. e A.D. Quem é A.D.?

Os olhos dele ficaram frios como blocos de gelo.

— Ninguém que seja importante para mim.

— Mas...

Ele baixou a cabeça e a beijou no pescoço. Um suspiro quente em sua pele. Sem querer, ela suspirou de prazer.

O suspiro o encorajou. Logan passou as mãos pelas curvas dela, sem agarrar nem acariciar, apenas conhecendo as formas dela.

Enquanto ele fazia isso, Madeline também aprendia algumas coisas. Ela estava acostumada a examinar criaturas e catalogar todas as suas partes. O segredo para se criar uma boa ilustração era compreender como a criatura funciona. A razão de existir da antena, o propósito de uma fiandeira...

Conforme Logan a tocava, ela percebeu alguma coisa sendo esmagada. Ao longo dos últimos anos, ela se reduziu ao esboço de uma pessoa. Ela possuía mãos que desenhavam, olhos que enxergavam e uma boca que às vezes falava. Mas havia tanto mais naquele corpo que ela habitava — tanto mais nela — que quando se viu debaixo de Logan, tudo fez sentido.

Ter consciência disso fez Maddie se perguntar quais partes dele próprio Logan andou negligenciando. Quanto tempo ele passou sem uma mulher que o lembrasse daquele lugar afundado no pescoço, do abrigo perfeito em que seu corpo se transformava ao se curvar ao redor do dela. Do modo como a mão dele envolvia o seio dela, com a mesma capacidade com que empunhava uma espada. Tudo aquilo era demais.

Maddie se contorceu para sair debaixo dele.

— Sinto muito. Sinto demais. Eu sei que isso deveria ser algo físico. Impessoal. Mas é que eu fico pensando em lagostas.

Ele se deitou de costas e ficou lá, piscando para o teto.

— Até este momento eu podia dizer que não restava nada capaz de me surpreender na cama. Eu estava errado.

Ela se sentou, puxando os joelhos para junto do peito.

— Eu *sou* a jovem que inventou um namorado escocês, escreveu dezenas de cartas para ele e manteve uma mentira complexa durante anos. Você está mesmo surpreso por eu ser estranha?

— Talvez não.

— As lagostas fazem a corte durante meses antes de acasalar. Antes que o macho possa acasalar com ela, a fêmea tem que se sentir segura o bastante para sair de sua carapaça. Se uma criatura espinhosa do fundo do mar merece meses de esforço, eu não posso ter um pouco mais de tempo? Não entendo a urgência.

Com um suspiro impaciente, ele se cobriu com uma ponta da colcha.

— Nós fizemos um acordo, minha jovem. Os votos que trocamos, apenas, constituiriam um mero noivado. É a consumação que torna *isto* um casamento.

Aquilo conseguiu toda a atenção dela.

— Você quer dizer que *isto* ainda pode ser desfeito? — ela perguntou.

Aquilo era interessante. Muito interessante.

— Não fique tendo ideias — ele disse, parecendo sério. — Lembre-se que tenho dezenas de razões pelas quais você não quer desfazer nada. Razões *incendiárias*.

Sim, Maddie pensou consigo mesma. *Ele tinha dezenas de razões guardadas em algum lugar.* Uma ideia nasceu dentro dela. Se Maddie pudesse impedi-lo de consumar o casamento, poderia conseguir encontrar essas razões e queimá-las de uma vez por todas. Vê-las se transformar em fumaça. Então ele não teria tanto poder sobre ela.

— Você queria lembranças conjuntas, não queria? — ele perguntou.

Ela concordou.

— Lembra de como na nossa noite de núpcias nós fizemos um amor louco e apaixonado e você pediu mais aos gritos?

— Na verdade, eu me lembro que nós ficamos acordados a noite toda, só conversando. — Então, para constrangê-lo, ela acrescentou: — Conversando abraçadinhos.

Ele fez uma expressão de deboche.

— Eu não quero ficar abraçadinho.

— Acho que é melhor assim — ela disse. — Você se dispôs a esperar até amanhã para consumar os votos, se eu quisesse. Bem, eu quero esperar. Não estou pronta esta noite.

E se ela pudesse encontrar uma saída daquela situação, talvez nunca estivesse.

Maddie arrumou uma fileira de almofadas no centro da cama, dividindo-a cuidadosamente em dois lados: o dele e o dela.

— Isso daí é para me impedir de alguma coisa? — Logan caiu deitado de costas na cama, do lado dele, e olhou para ela com ar divertido por cima da parede de almofadas. — Eu pretendia mesmo me aproveitar de você. Mas agora, tem essas almofadas, então...

Ela se enterrou debaixo das cobertas, puxando-as até o pescoço.

— Agora que você fez isso — ele continuou —, eu não sei como é que Napoleão não pensou nessa estratégia. Se ele tivesse levantado uma barricada de penas e tecido, nós das Terras Altas não saberíamos como transpô-la.

— Eu não acho que as almofadas podem detê-lo — ela disse. — Elas são apenas uma barreira contra algo acidental.

— Aaah... — ele arrastou a sílaba. — Nós não podemos ter nenhum acontecimento acidental.

— Isso mesmo. Eu poderia rolar até aí durante a noite, mas agora sei o que você pensa de dormir abraçadinho, e eu detestaria tirar proveito de você.

— Espertinha. — Ele se sentou na cama e tirou a almofada de entre os dois. — Estou aqui agora. Sou de carne e osso, seu marido. De jeito nenhum vou dar meu lugar para uma almofada.

Ela segurou a respiração. O que ele faria?

— Vou dormir no chão — ele disse.

Logan pegou a almofada e uma colcha extra no pé da cama e começou a improvisar um leito perto da lareira.

Maddie disse a si mesma para se alegrar — era mais seguro daquele modo. Na verdade, ela não podia evitar de se preocupar, como uma boba, com o conforto dele. O chão estaria duro e frio, e ele vinha de uma viagem. Proximidade física era um tipo de perigo, mas se *importar* com ele era ainda pior.

— Nós somos adultos com um acordo — ela disse. — Você pode ficar na cama. Não precisamos de barricada. Eu fico do meu lado, você fica do seu.

— Eu vou dormir no chão. Prefiro assim.

— Você prefere o chão à cama?

— No momento, *mo chridhe*, prefiro o chão a você.

Homem horroroso.

— Você disse que quer esperar — ele continuou. — Eu gostaria de pensar que a minha honra é uma barreira mais forte do que uma fileira de almofadas. Mas esta noite não seria prudente testar essa teoria.

— Entendo — ela disse depois de um instante.

Ele dobrou a colcha ao meio e a estendeu no chão.

— Não tem importância. Eu dormi no chão durante os meus primeiros dez anos de vida. Nunca dormi numa cama.

— Dez anos no chão?

— Na verdade, dez anos no estábulo ou no pasto com as ovelhas. Antes que o vigário me acolhesse, eu fui um órfão criado com a caridade da paróquia. Eu ficava com qualquer família que me quisesse, e isso significava a família que precisava de ajuda com o rebanho naquela temporada. Eu cuidava dos animais, dia e noite. Em troca, eu ganhava mingau de manhã e umas migalhas à noite.

Oh, não. Aquela conversa tinha sido um passo à frente e dois para trás. Um insulto leve — excelente. Ele abandonou a cama para dormir no chão — melhor ainda. Mas e aquele conto trágico de órfão sofrido? Aquilo arruinou tudo. Como ela poderia se lembrar de não gostar dele quando imaginava um garoto magricelo, faminto, com cabelo castanho-avermelhado, sozinho, tremendo de frio no chão gelado?

Maddie quis cobrir as orelhas com as mãos e cantarolar para sufocar as batidas de seu próprio coração. Em vez disso, ela socou o travesseiro algumas vezes para afofá-lo.

— Durma bem, Capitão MacRanzinza.

O que ela havia feito? Quando ela já parecia bem enrascada por contar uma mentirinha boba na adolescência... aconteceu aquilo. Ela concordou em se casar com um total estranho, um que não ligava a mínima para ela, um que ela corria o risco de acabar gostando demais.

Mas ela ainda não estava casada *de fato* com ele.

Com um pouco de sorte, talvez nunca estaria.

Capítulo Seis

Logan não esperava mesmo dormir muito em sua noite de núpcias. Mas ele não pensou que a passaria no chão. Seu descanso, contudo, foi perturbado por uma razão completamente diferente. O silêncio o incomodava muito.

Tudo o que ele tinha contado para Madeline era verdade. Na infância, ele dormiu em pastos ou estábulos, rodeado pelo gado peludo das Terras Altas ou pelo balido das ovelhas. Desde que ingressou nos Royal Highlanders, Logan se acostumou a dormir em um catre rodeado por seus camaradas soldados. Para ser sincero, a sensação não foi muito diferente da de dormir entre animais. Havia um certo conforto na sinfonia noturna de coçaduras e roncos grosseiros. E, embora tivesse passado muitas horas no prazer da companhia feminina, ele não estava acostumado a dormir perto de uma mulher. Abraçadinho? Nunca.

A presença de Maddie no mesmo ambiente que ele o deixou incomodado de um modo estranho. Ela era misteriosa demais, silenciosa demais, tentadora demais. O aroma adocicado de lavanda o despertava sempre que começava a adormecer.

Assim que a primeira luz da alvorada entrou pela janela, Logan levantou de sua cama improvisada, afivelou o kilt na cintura e saiu do castelo, indo parar ao lado do lago, onde observou o novo dia se elevar sobre a superfície azul e espantar a neblina.

— Então, capitão. Como está se sentindo nesta bela manhã?

Logan deu as costas para o lago.

— O quê?

Callum e Rabbie estavam atrás dele, observando-o com um grau de interesse incomum.

Rabbie apoiou o antebraço no ombro de Callum.

— O que você acha, amigo?

Callum inclinou a cabeça.

— Eu ainda não sei. Acho que é um sim.

Rabbie riu.

— Eu acho que não.

Logan franziu o cenho.

— De que diabos vocês estão falando?

Rabbie estalou a língua.

— Irritado. Esse não é um bom sinal.

— Mas ele não parece ter descansado muito — Callum respondeu. — Esse seria um ponto a meu favor.

Logan parou de tentar entender os dois. Ele não estava com paciência para o humor dos dois naquela manhã.

— Já que vocês estão acordados, nós podemos começar a trabalhar — Logan disse.

Depois do café da manhã, eles todos saíram a cavalo para explorar o vale. Não muito longe do lago, eles encontraram os restos de um curral em ruínas. Tempo, clima ou batalhas tinham derrubado aquelas paredes há décadas. Não adiantava querer reconstruir a estrutura, mas as pedras soltas poderiam ser usadas na construção de casas.

Ele pôs a mão em uma parte da parede que lhe chegava à cintura e no mesmo instante uma pedra se soltou. Ela caiu sobre seu pé, esmagando o dedão. Logan a empurrou de lado e soltou um palavrão.

Ele se virou a tempo de ver Rabbie estendendo a palma da mão na direção de Callum.

— Aceito meu pagamento agora.

A contragosto, Callum tirou uma moeda de sua bolsa e a colocou na palma do outro.

Logan estava farto daquela conversa misteriosa.

— Expliquem-se.

— Só estou recebendo uma aposta que fiz com o Callum — Rabbie disse.

— Que tipo de aposta? — ele quis saber.

— Se você tinha ido para a cama com a sua noivinha inglesa na noite passada — Rabbie sorriu. — Eu disse que não. Então ganhei.

Droga. A frustração dele era tão óbvia? Logan pensou no modo como tinha xingado a pedra. Sim, provavelmente a frustração era óbvia. Eles tinham convivido uns com os outros durante muito tempo. Só de olhar, Logan sabia dizer quando o toco de Callum o incomodava, e ele podia sentir quando Fyfe iria ter dificuldade à noite. Ele conhecia seus homens e estes também o conheciam. Era claro para eles que Logan não tinha extravasado seu desejo na noite anterior.

Embora as apostas de Rabbie fossem grosseiras e estúpidas, ele entendia por que os homens tinham mais do que um interesse passageiro em suas atividades amorosas. Para garantir que o Castelo de Lannair fosse o lar permanente de todos, ele precisava consumar o casamento. Muita coisa dependia daquela consumação. Naquela manhã, os soldados estavam decepcionados com ele. Ele detestava aquele sentimento. Em combate ele tinha sido o comandante leal, infalível, que os liderava nas batalhas sem piscar. Mas não agora.

Callum, sempre o pacificador, tentou se desculpar.

— Só estamos brincando um pouco com você, capitão. Ela devia estar cansada na noite passada, você acabou de voltar para ela. Deve ter sido um choque e tanto. Não existe vergonha nenhuma em dar a ela algum tempo para se acostumar com a ideia. Tenho certeza de que sua esposa achou sua atitude amável.

Amável? Para o inferno com aquilo tudo. Primeiro, abraçadinhos. E agora ele era amável?

— Agora chega — Logan disse. — Se eu ouvir falar de mais apostas desse tipo, vou arrebentar a cara de alguém. Vocês deveriam gastar o tempo com alguma coisa mais útil. Como limpar o estábulo do castelo esta tarde.

— Mas capitão... — Callum ergueu o braço amputado.

— Sem piedade do meu lado.

Até que pudesse acabar com as dúvidas, ele faria o mesmo que fez nos últimos anos: manter os homens trabalhando e focados no futuro.

Eles colocaram pedras no terreno para marcar locais de construção e plantação, então Logan conduziu o grupo colina acima para observar do alto as terras que poderiam ser usadas como pasto.

— Nós não temos tempo para desperdiçar — ele disse. — Se quisermos colher alguma coisa no outono, precisamos fazer o plantio até Beltane.

— Vamos esperar que a terra seja sua até Beltane — Rabbie disse.

— A terra já é minha. Eu me casei com ela.

— Em palavra. Mas os ingleses têm mania de quebrar suas promessas, especialmente aqui na Escócia.

— Vou lembrá-lo de que é da minha mulher que você está falando.

Rabbie deu um olhar de dúvida para ele.

— É mesmo?

— É.

Maddie seria a mulher dele. Integral, legal e permanentemente. E logo. Ele tinha concordado com o pedido dela de adiamento pela razão que Callum citou; Maddie estava chocada e teve um dia longo e cansativo. Ele sabia que ela estava curiosa. Além disso, Logan tinha provado o beijo dela. Havia potencial ali para que as coisas entre eles fossem boas — talvez até incendiárias. Seria um crime desperdiçar a promessa de uma noite de prazer pressionando-a demais, cedo demais.

Quando Logan se deitasse com sua esposa, ela não estaria apenas disposta, mas também cheia de desejo. Ela estaria lhe *implorando* aquilo. E ele a deixaria tão acabada e exausta de prazer que Maddie nem teria como pensar em ficar abraçadinha depois.

— Diga, capitão. — Callum acenou na direção do castelo. — Parece que você tem visita.

Logan olhou naquela direção. Uma carruagem elegante com quatro cavalos tinha parado em frente à entrada do castelo. Um homem desceu da carruagem. Nem bem as botas do homem tocaram o chão, uma figura pequena vestindo cinza emergiu do castelo para recebê-lo, como se estivesse esperando essa visita.

Maddie.

— Pensando bem — Rabbie disse —, parece que a *sua* mulher tem visita.

Um silêncio constrangedor se estabeleceu no grupo.

— Imagino que deva ser um tipo de administrador — Munro disse. — Todas essas ladies inglesas não têm seus administradores?

— Está vendo esses quatro baios? — Fyfe palpitou. — Essa não é uma carruagem de administrador.

Logan permaneceu em silêncio. Ele não sabia quem era o visitante de Maddie. Mas pretendia descobrir.

— Lorde Varleigh. — Maddie fez uma mesura. — Por favor, entre. É sempre um prazer recebê-lo.

— O prazer é meu, Srta. Gracechurch.

Srta. Gracechurch. Aquelas palavras a fizeram pensar. Ela *continuava* sendo a Srta. Gracechurch? Ela deveria corrigi-lo? Maddie decidiu que não. Era complicado demais explicar a situação no momento e Lorde Varleigh, provavelmente, iria embora antes mesmo de Logan perceber que ele tinha vindo. Com um pouco de sorte, ela talvez nem precisasse mudar seu nome para Sra. MacKenzie.

Lorde Varleigh pigarreou.

— Posso ver as ilustrações?

— Oh. Sim. Sim, é claro.

Céus. Ela nunca iria perder aquela falta de jeito? Tinha conversado o bastante com Lorde Varleigh, ao longo do último ano, para saber que era um cavalheiro inteligente e atencioso, mas ele era também bastante imponente. Alguma coisa em seus olhos escuros e inquisitivos, nas unhas bem cuidadas, sempre a deixava um pouco nervosa.

Concentre-se no trabalho, Maddie. Ele está aqui pelas ilustrações, não por você.

Ela pegou o bloco de folhas de papel e as levou para uma mesa larga, onde as depositou.

— Como discutimos a princípio, estes são desenhos a tinta das várias espécies em diferentes ângulos.

Ela ficou de lado enquanto ele virava as páginas de seu trabalho, metódica e lentamente, como um bom naturalista faria.

— O que é isto? — ele perguntou quando chegou em uma aquarela no fim da pilha.

— Ah, isso. Eu tomei a liberdade de combinar algumas espécies para fazer umas poucas pranchas em cores. Eu sei que não podem ser impressas na sua revista, mas pensei que você poderia gostar de ficar com elas. Caso contrário, eu fico. Eu as fiz mais para me divertir.

— Entendo. — Ele inclinou a cabeça para o lado enquanto as observava.

Enfim, Maddie não aguentou mais o suspense.

— Os desenhos não têm sua aprovação? Se você não gosta deles, ou não estiverem corretos, ainda há tempo. Posso fazer alterações.

Ele soltou a capa do bloco sobre o trabalho e se virou para ela.

— Srta. Gracechurch, os desenhos são admiráveis. Perfeitos!

— Oh! Ótimo! — Maddie expirou de alívio, com um toque de orgulho.

Ela ilustrava mais pelo amor ao trabalho e pelo prazer de contribuir para o conhecimento — não para receber aplausos. Não que existissem muitas pessoas dispostas a aplaudir ilustradores científicos. Mas o elogio de Lorde Varleigh era importante para ela. Significava muito. Ele fez com que Maddie se sentisse capaz de fazer *alguma coisa* certa, apesar de ter passado o dia anterior lidando com um escocês das Terras Altas determinado a puni-la por uma bobagem de sua adolescência.

— Vou oferecer uma reunião na minha casa, na próxima semana, para apresentar os espécimes — Lorde Varleigh disse, recolhendo as ilustrações e as caixas de vidro com amostras que serviram de modelo para Maddie. — Convidei todos os membros da sociedade naturalista, inclusive Orkney.

— Vai ser um sarau, então?

— Um baile, na verdade.

— Oh. — Ela foi tomada por uma sensação fria de pavor. — Um baile.

— Sim. Um jantar e um pouco de dança. Sabe, nós precisamos oferecer um pouco de diversão para as ladies, ou então elas irão boicotar o evento.

Maddie sorriu.

— Não sou exatamente uma lady, na verdade... Não tenho interesse em dançar, mas adoraria ver sua exposição.

— Então espero que você possa comparecer.

— Eu?

— Um bom amigo meu estará presente, o Sr. Dorning. Ele é um acadêmico em Edimburgo e está editando uma enciclopédia.

— Uma enciclopédia?

Lorde Varleigh concordou.

— *Insetos das Ilhas Britânicas*. Em quatro volumes.

— Que emoção. Adoro livros em vários volumes.

— Isso significa que está interessada? — ele perguntou.

— Mas é claro! Eu adoraria ver esse trabalho quando estiver pronto.

Lorde Varleigh sorriu.

— Srta. Gracechurch, parece que nós não estamos nos entendendo. Estou lhe perguntando se estaria interessada em conhecer meu amigo para que ele possa, talvez, contratar seus serviços para esse projeto. Como ilustradora.

Maddie ficou pasma. Uma enciclopédia. Um projeto desse tamanho representava trabalho contínuo e interessante durante meses. Se não anos.

— Você faria mesmo isso por mim? — ela perguntou.

— Na verdade, eu consideraria isso um favor para ele. A qualidade do seu trabalho é excepcional. Se você puder comparecer à nossa reunião, na semana que vem, eu gostaria de apresentá-la.

Ela mordeu o lábio. Que chance isso representava para ela, mas... Um baile. Por que tinha que ser um baile?

— Não posso fazer uma visita mais cedo, à tarde? — ela perguntou. — Ou talvez na manhã seguinte. Parece um pouco inconveniente que eu interrompa sua festa com conversa de trabalho.

— O trabalho é o motivo da reunião. Você não vai interromper nada. — Ele tocou o punho dela. — Vou estar esperando você. Por favor, diga sim.

— Eu tenho uma pergunta — uma voz grave interveio. — Esse convite se estende a mim?

Oh, Deus. *Logan.*

Depois de uma pausa breve à porta, ele entrou na sala. Logan parecia estar vestido para trabalho braçal, com seu kilt e uma camisa rústica. Ele devia ter acabado de chegar do vale.

Lorde Varleigh pareceu ficar um pouco horrorizado, mas também curioso. Seu olhar para Maddie quase transmitia uma pergunta científica: *Que tipo de criatura selvagem é essa?*

Sem cumprimentar a visita, fosse por obrigação ou educação, Logan atravessou a sala em passadas largas e firmes. Ele se aproximou de Maddie, mas seu olhar ficou fixo em Lorde Varleigh.

Casualmente, ele passou o braço pela cintura de Maddie, e então a puxou para si. O ar fresco da manhã emanava das roupas dele, trazendo junto os suaves aromas de musgo e urze.

— Bom dia, *mo chridhe*. Por que não me apresenta para o seu amigo?

A língua de Maddie ficou seca como papel.

— M-mas é claro. Lorde Varleigh, permita que eu lhe apresente o Capitão MacKenzie.

— Capitão MacKenzie? — Lorde Varleigh olhou para Maddie. — Não *o* Capitão MacKenzie. O que você...

— Esse mesmo — ela conseguiu dizer.

— Seu prometido? — O olhar dele voou para Logan. — O senhor me perdoe, mas eu tinha a impressão de que estava...

— Morto? — Logan completou a frase. — Um engano comum. Como pode ver, estou muito vivo.

— Extraordinário! Eu não fazia ideia.

— Bem — Logan disse, tranquilo —, agora você faz.

— Eu deveria ter mencionado antes — Maddie disse. — O Capitão MacKenzie voltou ontem com seus homens. Foi um choque e tanto. Receio ainda estar um pouco confusa.

— Eu posso imaginar, Srta. Gracechurch.

— A Srta. Gracechurch agora é a Sra. MacKenzie. — A mão de Logan subiu para o ombro de Maddie em um gesto de pura possessão.

Minha.

— Na verdade — Maddie interveio, afastando-se. — Eu continuo sendo Srta. Gracechurch no momento.

— Nós trocamos votos ontem à noite.

— Foi um aperto de mãos tradicional. Isso é mais um *noivado* formal. É... bem, é complicado.

— Entendo — Lorde Varleigh disse, embora fosse evidente que não estava entendendo nada.

Mas quem entenderia? Aquilo era loucura. Qualquer explicação que ela tentasse dar só pioraria as coisas.

Quando falou, Lorde Varleigh mal mexeu o maxilar.

— Eu estava dizendo para a Srta. Gracechurch que vou oferecer um baile na minha casa, na próxima quarta-feira. Ficaria encantado de receber vocês dois. — Ele pegou o bloco de ilustrações e fez uma reverência. — Até lá.

Mesmo depois que Lorde Varleigh saiu, o braço de Logan continuou no ombro de Maddie. O ambiente vibrava com uma tensão silenciosa.

Ela recuou um passo. Com dedos trêmulos, Maddie recolheu seus papéis e lápis de sobre a mesa.

— Preciso levar estas coisas para o meu estúdio.

— Espere — ele disse. — Não se mova.

Ela sentiu os joelhos amolecerem quando ele se aproximou. Era tentador atribuir suas reações à atração que a pura masculinidade dele exercia, mas Maddie sabia que não era só isso. Ele era o primeiro — e provavelmente o único — homem a vê-la dessa forma. Ela era curiosa. Ela era romântica. E, acima de tudo, ela estava sozinha. Fome, afinal, sempre foi um tempero mais poderoso que o sal.

Ela esperou, com a respiração presa, que Logan agisse. Mas quando ele agiu, não fez o que ela esperava. O olhar dele estava focado em alguma coisa atrás do cotovelo dela. Com a velocidade de um relâmpago, ele foi para a frente e bateu a mão na mesa.

Blam.

— Pronto — ele declarou, satisfeito, sacudindo a mão.

— O que você fez?

— Matei um inseto repulsivo antes que pulasse em você.

— Matou um...? — Maddie se virou. — Oh, não.

Lá estava, sobre o tapete. Um escaravelho. Ele devia ter caído da caixa de espécimes de Lorde Varleigh.

— Oh, o que você fez?! — Ela se ajoelhou no tapete.

— O que eu *fiz*? A maioria das jovens gosta quando um homem mata os insetos. Ao lado de "pegar coisas que estão no alto" e "proporcionar prazer sexual", essa é uma das poucas qualidades universalmente populares que nós homens temos para oferecer.

Ela recolheu com a mão os restos do escaravelho.

— Este inseto em particular já estava morto.

E agora estava esmagado. Ela precisava levá-lo para o estúdio e colocá-lo sob a proteção do vidro, para que nenhum outro mal lhe acontecesse.

Ele a seguiu pelo corredor.

— Não me dê as costas enquanto eu falo. Eu quero algumas respostas. Que convite é esse que eu acabei de aceitar, e o que aquele almofadinha pedante quer com você? E por que eu sou o terceiro na sua lista de importância, depois do almofadinha pedante e do besouro esmagado?

— Lorde Varleigh tem uma propriedade em Perthshire. Nós nos conhecemos profissionalmente. Ele é um naturalista.

— Um naturalista? Você quer dizer uma daquelas pessoas que não gosta de roupas e corre pelo campo com o traseiro de fora?

— Não — Maddie respondeu com calma. Ela diminuiu o passo e se voltou para ele. — Não, esses são naturistas. Um *naturalista* estuda o mundo natural.

— Bem, esse aí parecia estar mais interessado em estudar seus seios.

— O quê?!

Ele se aproximou dela e baixou a voz para um rugido.

— Ele estava com a mão em você.

Um arrepio deslizou pelas vértebras dela, praticamente lhe desatando o espartilho enquanto passava. Umas poucas palavras e ela estava acabada. Tudo sobre a noite anterior lhe voltou. Ela lembrou da respiração dele em seu pescoço. A boca em sua pele. As mãos dele no corpo todo. O desejo veio com tanta força, tão quente e avassalador, que ameaçou empurrar seu cérebro para fora pelas orelhas. Isso era terrível. Maddie estava, afinal, no ápice de sua carreira, recebendo elogios por seu trabalho. Imagine, a chance de ilustrar um livro! Não apenas um livro, mas uma enciclopédia completa! Quatro volumes inteiros! *Êxtase.* E Logan poderia estragar tudo. Ele não poderia ter esperado mais uma semana para voltar da terra dos não-mortos?

— Eu posso explicar melhor, mas preciso lhe mostrar. — Maddie pôs a mão no trinco da porta atrás de si. — Venha comigo.

Maddie sentiu o coração acelerar quando abriu a porta. Ela não costumava deixar que entrassem em seu estúdio. Principalmente homens. Aquele era seu santuário de curiosidades — estranho, secreto e totalmente ela. Vulnerável.

Abrir aquela porta para Logan dava para Maddie a sensação de estar jogando seu coração no chão e convidando-o a pisoteá-lo. Mas ela precisava explicar quem era Lorde Varleigh, e talvez dessa vez a estranheza funcionasse a seu favor.

Aquilo poderia curar Logan, de uma vez por todas, do desejo de se casar com ela.

Capítulo Sete

Santo Deus.

Logan se viu em uma verdadeira câmara de horrores. Os boatos a respeito daqueles castelos antigos eram verdadeiros.

Ele a seguiu por uma escada estreita de pedra. Velas em arandelas iluminavam a passagem, mas não eram luminosas o bastante para jogar luz nos cantos. Eram os cantos que o preocupavam. Infestados de morcegos, ratos ou... salamandras. Talvez dragões.

Eles saíram em uma sala quadrada que deve ter sido construída para servir de cela. O lugar só tinha uma janela estreita.

Ele se virou para examinar o aposento, então estremeceu, alarmado. Uma coruja empalhada estava empoleirada em uma prateleira, a um palmo de seu rosto. O resto do local não era muito melhor. A sala estava lotada de estantes e mesas que exibiam todos os tipos de conchas marinhas, coral, ninhos de pássaros, peles de cobras, borboletas e insetos pregados em quadros e — o pior de tudo — coisas misteriosas fechadas dentro de potes sombrios.

— Está gelado aqui — ele disse.

— Está. Precisa ficar assim para Rex e Fluffy.

— Rex? — ele fez. — E Fluffy?

— As lagostas. Eu pensei ter falado nelas na noite passada.

— Você tem lagostas chamadas Rex e Fluffy?

— Só porque eu não tenho animais de estimação normais, como gatos e cachorros, não significa que os animais que eu tenho não possam ter nomes. — Ela sorriu. — Eu gosto do modo que você fala "Fluffy". Fica parecendo "Floofy". Elas estão aqui.

Maddie acenou na direção de um aquário em um canto da sala. A água cheirava a maresia.

— Elas são para o jantar?

— Não! São para observação. Fui contratada para ilustrar o ciclo de vida completo das lagostas. O único problema é que estou esperando que acasalem. De acordo com o naturalista que me contratou, a fêmea, a Fluffy, primeiro precisa mudar de carapaça. Só então o macho irá impregná-la. A única questão que resta é qual vai ser a aparência disso. Eu já desenhei diversas possibilidades.

Ela se aproximou de uma bancada ampla e atulhada e revirou uma pilha de papéis. Em cada página havia um desenho de lagostas unidas em uma posição diferente. Logan nunca tinha visto algo como aquilo. Maddie tinha criado um manual de posições sexuais para lagostas.

Logan examinou a bancada de trabalho dela — pilhas de papel, frascos de tinta, fileiras de lápis apontados. Aqui e ali havia o desenho do ninho de um sabiá, das asas de um gafanhoto. Ele pegou o desenho de uma Zygoptera, conhecida popularmente como donzelinha, e o segurou contra a luz, para que todos os contornos desenhados ficassem em evidência.

Maddie começou a se dedicar aos desenhos na mesma época em que começou a escrever para ele. Mas Logan nunca tinha visto nada parecido com aquilo nas margens das dezenas de cartas. Aquilo era lindo.

Quando ele baixou a folha, reparou que ela o estudava com a mesma atenção que ele examinou o desenho. Encarando-o fixamente, com o olhar intenso. Ele sentiu um constrangimento repentino.

— Esse é só um desenho preliminar — ela disse, mordendo o lábio. — Ainda precisa ser trabalhado.

— Parece quase perfeito para mim — ele disse. — Pronto para sair voando da página.

— Você realmente acha isso?

O rosto dela estava sério e pálido. Como se estivesse preocupada com a opinião dele. Fazendo um trabalho daquela qualidade, e com amigos como Lorde Varleigh, com certeza ela não precisava que um soldado das Terras Altas elogiasse suas habilidades. Apesar disso, a vulnerabilidade nos olhos dela fez com que ele quisesse tentar. Logan desejou saber dizer algo inteligente a respeito de arte. Como elogiar as linhas ou as sombras. Mas ele não sabia, então disse apenas o que lhe veio à cabeça.

— É lindo... — ele concluiu.

Ela exalou o ar que prendia e a cor voltou às suas faces. Um sorrisinho curvou seus lábios. Logan experimentou uma pequena sensação de triunfo. Depois de anos causando destruição no campo de batalha, era bom fazer algo construtivo.

— Como você faz? — ele perguntou, interessado de fato em saber. — Como você desenha uma criatura com tantos detalhes?

— Por mais estranho que pareça, o truque não é desenhar a criatura em si, mas o espaço ao redor dela. As reentrâncias, sombras e os espaços vazios. Como a luz se espalha? Como ela se desloca? Quando eu começo a desenhar um animal – qualquer coisa, na verdade – eu observo com cuidado e me pergunto o que está faltando.

Ele pensou nela alguns momentos atrás, estudando-o intensamente. Como se estivesse pensando nos elementos que lhe faltavam.

— Era isso que estava fazendo, então? Quando vi que me encarava?

— Talvez.

— Sugiro que não perca seu tempo, *mo chridhe*.

Ela cruzou os braços e inclinou a cabeça, olhando para ele.

— Passei anos estudando todos os tipos de criaturas. Você sabe o que eu reparei? Aquelas que têm as carapaças de proteção mais fortes e duras... por dentro não são nada além de baba.

— Baba?

— Baba. Meleca. Gosma.

— Então você acha que, por dentro, eu sou litros de baba?

— Talvez.

Ele meneou a cabeça, afastando aquela ideia.

— Talvez não exista nada dentro de mim.

Ele voltou sua atenção para um mapa do mundo pendurado na parede. Os continentes e países estavam cravejados de alfinetes.

— O que é isso? — ele perguntou.

— Eu coloco um alfinete no país originário de cada espécime exótico que sou contratada para desenhar. Eu sempre quis viajar, mas com as guerras e a minha timidez, isso nunca pareceu possível. Esta é a minha versão do Grand Tour.

Logan virou a cabeça e observou o mapa. Ele viu alguns alfinetes na Índia, no Egito... vários nas Índias Ocidentais. Mas uma área em particular tinha a maior concentração de alfinetes.

— Você já desenhou muitas criaturas da América do Sul, então.

— Ah, sim. Insetos, na maioria. Isso nos leva a Lorde Varleigh. Ele voltou há pouco tempo de uma expedição à selva amazônica, onde recolheu dezenove espécies novas de besouros. Eu fiz os desenhos e na semana que vem ele irá apresentar os espécimes para seus colegas.

— Então seu trabalho para ele está concluído. Ótimo!

— Eu não disse isso. — Ela pegou o desenho das mãos dele e o colocou de lado. — Na verdade, eu espero fazer muito mais ilustrações, e não apenas para Lorde Varleigh.

Ele meneou a cabeça.

— Eu não acredito que você vá ter tempo para isso.

— Mas você disse que não iríamos interferir nos interesses e ocupações um do outro. Que você teria a sua vida e eu a minha.

— Isso foi antes.

— Antes do quê?

Ele acenou para as escadas, na direção do lugar por onde Lorde Varleigh saiu.

— Antes de eu saber que a "sua vida" incluía aquele jumento.

— Você não precisa ficar bravo só porque ele fez um convite. Para começar, ele só estava sendo educado. E, além disso, eu nunca iria aceitar. Você já sabe como eu detesto eventos sociais.

— Eu deveria ter aceitado o convite por nós dois.

Ela riu.

— Falando sério — ele insistiu. — Eu levaria você a esse baile para ter certeza de que Lorde Varleigh e cada um daqueles naturistas...

— Naturalistas.

— ...cada um daqueles *insetos* saiba que deve manter suas antenas longe da minha mulher.

Ela sacudiu a cabeça.

— Ele é um contato profissional. Nada mais.

— Oh, mas ele gostaria de ser mais.

— E ainda não sou sua esposa. Não por completo.

A mão dele deslizou até a nuca de Maddie, inclinando sua cabeça para que olhasse para ele.

— Mas vai ser.

— Logan, você está... — Os olhos dela procuraram os dele. — Você não pode estar com *ciúmes*...

— Ele estava com a *mão* em você.

— E se estivesse, Capitão MacCiúme? Você me deu um broche com as iniciais de outra mulher.

Ele meneou a cabeça, recusando-se a morder a isca.

— Se você acha que eu tenho sentimentos por outra mulher, entendeu tudo errado, *mo chridhe*. Porque eu simplesmente não tenho sentimentos.

— Tem isso, também. Eu gostaria que você parasse de me chamar assim. Se não tem sentimentos, não sei porque continua se referindo a mim como "seu coração".

— Minha falta de sentimentos é exatamente o motivo para eu chamá-la assim. Porque meu coração não significa nada para mim.

— Seja como for — ela disse —, eu devo acreditar que você viveu casto e recolhido por toda sua vida.

— Não. Claro que não *toda* minha vida. Só os últimos anos dela. E isso é culpa sua, a propósito.

— Não consigo ver como isso é minha culpa.

— Houve um tempo — ele disse — em que eu desfrutei de muita companhia feminina. Mas então você me aprisionou com essas suas cartas malditas.

— Não estou entendendo...

— Todos os homens acreditavam que eu tinha uma namorada apaixonada. Eu sempre fui um exemplo para eles, que acreditavam que eu também era leal e dedicado. Nenhum deles queria me ver fraquejando. Eles afugentavam da minha tenda as mulheres que seguiam o exército. Os outros oficiais iam a bordéis e me deixavam responsável pelo acampamento. Nosso capelão passou mais tempo com mulheres fáceis do que eu. — Agitado, ele passou a mão pelo cabelo. — Não me deito com uma mulher desde o Antigo Testamento.

Ela abriu um sorrisinho.

— Está dizendo que você me tem sido *fiel*?

Ele revirou os olhos.

— Não de *propósito*. Não queira fazer parecer algo que não é.

— Acredite em mim, estou tentando muito não fazer isso. Mas eu tenho imaginação demais. Agora estou imaginando você sozinho junto a uma fogueira enquanto todos os outros oficiais foram participar de orgias. Você está segurando uma das minhas cartas, que acaricia com tanto afeto...

Não, não, não. Logan tinha que acabar com *aquela* ideia ali mesmo, naquele instante.

Ele lançou as mãos em direção a cintura dela e a puxou para perto, provocando uma exclamação de Maddie. O corpo macio e quente dela encontrou o dele.

— O que estou dizendo não tem nada de romântico. É primitivo, bruto e animal — ele baixou a voz para um grunhido. — Você, Madeline Eloise Gracechurch, vem me deixando louco de desejo. Há anos.

Maddie não sabia se ria histericamente ou desmaiava de alegria. Ela, uma sedutora involuntária? Ela não fazia ideia de como responder àquilo. Então era natural que dissesse a coisa mais juvenil possível:

— *Eu?*

Ele respondeu inclinando a cabeça na direção da dela.

— Espere! — Ela desviou do beijo. — O que você está fazendo?

— Nada, se você não quiser. — O polegar dele acariciou um lugar sensível nas costas dela. Era de enlouquecer como ele conseguia derreter suas defesas com um simples toque. — Mas eu acho que você quer. Eu sei que está curiosa. Eu sei como você reagiu a mim na noite passada.

— É por isso mesmo que preciso de tempo. Não estou preparada para isso. Para o que poderia significar.

— É só algo físico — ele murmurou, beijando o pescoço dela. — Não precisa significar nada.

— Tenho certeza de que não significaria, para você. Mas eu ainda não desenvolvi esse talento. Não sei como fazer para que não signifique nada. Eu penso demais, vou fundo. Eu invento significados onde não existe nada. Logo vou estar dizendo para mim mesma que você está...

— Que eu estou o quê?

Que você está apaixonado por mim. Esse era o perigo contra o qual ela queria se proteger. Ela sabia, racionalmente, que Logan não tinha "paixão" dentro de si. Mas ela também se conhecia, e seu coração era muito criativo.

— Vamos tirar um momento para pensar — ela disse. — O que aconteceria se não consumássemos o casamento?

Ele parou de beijá-la.

— Isso está fora de questão.

— Então talvez estejamos fazendo a pergunta errada. Talvez haja outra solução que agrade a nós dois. E se eu arrendasse as terras para você e seus homens? Por um valor baixo, sem prazo para acabar.

Ele meneou a cabeça.

— Não é suficiente. Você acha que meus homens não arrendavam as terras que perderam? A palavra de um proprietário de terras inglês não tem mais valor na Escócia.

— Eu não sou qualquer proprietário de terras inglês. Eu tenho uma razão bem forte para manter minha palavra. Você pode confiar em mim.

— Confiar em *você*. É uma ideia estranha, vinda de uma mulher que mentiu para todo mundo que conhecia durante anos.

— Eu nunca menti para *você*.

O olhar dele sustentou o dela, com intensidade.

— Mesmo que eu pudesse confiar em você, não posso confiar no mundo. E se algo acontecesse com você?

— O que está querendo dizer? Se eu morresse?

— Se você se casasse com outro.

Ela riu daquela ideia.

— *Eu*, casar com outro? Morte é um evento mais provável. Estou há tanto tempo encalhada que já estou coberta de areia.

— Você é uma aristocrata. Vem de uma boa família. É uma herdeira com propriedade e possui uma beleza rara. Não consigo acreditar que não tenha pretendentes.

Maddie queria discutir com ele, mas seus pensamentos ficaram fixos no fato de ele ter dito que ela possuía uma beleza rara. Logan continuou:

— Se você se casasse com outro, ou morresse tentando, as terras passariam para outra pessoa. Então todas as suas intenções e promessas seriam inúteis. Assim, um arrendamento é inaceitável.

— Nada disso é aceitável — ela suspirou.

Becky chamou do pé da escada.

— Madame, a cozinheira está perguntando quantos pratos deve pôr na mesa para o jantar esta noite.

— Oito — Logan respondeu.

— *Oito?* — Maddie exclamou.

— Eu, você, sua tia e meus homens. Oito.

Ela meneou a cabeça.

— É raro nós termos um jantar formal. Na maioria das noites eu trabalho até tarde e depois faço uma refeição leve no meu quarto.

— Bem, esta noite eu e você vamos receber meus homens para jantar à mesa, como se deve fazer. Como marido e mulher.

— Isto deveria ser um casamento de conveniência. Pensei termos concordado que você teria sua vida e eu a minha.

— E nós teremos, depois que tivermos nos casado completa e irrevogavelmente. Mas, como você bem disse, esse ainda não é o caso. — Ele puxou um papel dobrado de seu bolso. — Talvez você prefira que todos na Inglaterra leiam sobre seu caso de amor com um travesseiro?

— Logan, isso não é justo.

— Eu nunca lhe prometi justiça. Eu lhe prometi as cartas em troca de um casamento legítimo. Ainda estou esperando receber a minha parte.

— Você é um patife.

Ele lhe deu um olhar malicioso.

— Eu sou das Terras Altas, um oficial e um homem que sabe o significado de "incendiário". Sou tudo que você pediu, *mo chridhe*. Não deveria estar reclamando.

Então ele a deixou, desaparecendo com uma série de passos sonoros e decididos, marchando escada abaixo como se já fosse dono do Castelo de Lannair. Mas não era. Ainda não... Maddie só tinha um jeito de escapar daquela situação. Ela precisava encontrar aquelas cartas. Se ela conseguisse, poderia destruí-las e ele não teria mais como reivindicar nada. Ela esperava poder procurá-las pela manhã, mas foi impedida pela visita de Lorde Varleigh. Mas Logan não poderia impedi-la.

Enquanto isso, ela teria que se inspirar em Fluffy e desenvolver uma carapaça grossa e impenetrável ao seu redor, onde ficaria pelo tempo que fosse necessário.

Capítulo Oito

Logan sabia que sua noiva não esperava receber meia dúzia de soldados para o jantar. Contudo, ele não pediria desculpa por incluí-los. Ele precisava mostrar para seus homens que o casamento era real, independente do que tinha acontecido, ou não, dentro do quarto na noite passada.

O salão de jantar do castelo era largo o bastante para acomodar aquele clã improvisado. Mesmo Logan, com seus cinco homens, Maddie e a tia dela não bastavam para ocupar toda a mesa. Acima de tudo, os homens mereciam aquilo — sentar-se em uma mesa de verdade, posta com porcelana e prata, e serem servidos cortes de carne assada, gelatina de frutas, ostras, molhos deliciosos e muito mais. Aquela era a recepção farta que ele tinha lhes prometido no campo de batalha. E Logan não fazia promessas que não poderia cumprir. Aqueles homens — ainda que esgotados e desanimados — eram a coisa mais próxima de uma família que Logan tinha conhecido. Ele não os decepcionaria.

Durante os primeiros dois pratos, eles apenas comeram, mantendo um silêncio maravilhado. Rabbie, claro, arruinou aquilo assim que a fome aguda passou.

— Devo dizer, Sra. MacKenzie, que o que o capitão nos disse sobre você... bem, não lhe faz justiça.

Maddie lançou um olhar preocupado para o soldado.

— Oh? — tia Thea fez. — O que *foi* que o Capitão MacKenzie disse a respeito dela?

— Muito pouco, madame. Mas, se eu tivesse a mesma sorte, todos os homens do regimento ficariam cansados de ouvir eu me gabar.

Munro bufou.

— Mesmo assim — ele disse —, todos os homens do regimento se cansaram de ouvir você se gabando.

Com um sorriso envergonhado, Maddie depositou sua taça de vinho sobre a mesa. Ela levou a ponta de um dedo à clavícula, onde ficou deslizando para cima e para baixo pelo osso delgado.

Logan tinha percebido que ela fazia aquilo quando estava nervosa. Infelizmente, esse pequeno gesto que era calmante para ela não tinha efeito similar nele. Pelo contrário, inflamava cada um de seus desejos mais guardados.

Ele engoliu em seco, incapaz de tirar os olhos daquele dedo solitário e delicado que subia e descia. E subia e descia. Era como se ele pudesse sentir aquele toque leve e provocador em sua própria pele. Ou em seu...

— Então, capitão — Callum disse, cortando uma fatia de carneiro. — Agora que estamos todos juntos, conte a história completa. Comece do começo. Como você a cortejou?

Logan se chacoalhou e se voltou para o prato.

— Do modo usual.

— Como eu lhe disse, madame — Rabbie disse —, ele é um homem de poucas palavras.

— Um homem de poucas palavras? — disse a tia Thea. — Mas não é possível. Este é o mesmo homem que escreveu tantas cartas lindas para a nossa Madeline?

— Cartas?

— Ah, sim. Ele enviou resmas de cartas de amor para nossa Madeline. Tão eloquentes e bem redigidas.

O que diabos era aquilo? Logan deu um olhar inquisitivo para Maddie, mas ela mordeu o lábio e fixou o olhar no copo de vinho.

— Tenho certeza de que ela guardou todas. Madeline, por que você não vai buscar as cartas, para que o capitão possa reler algumas? Eu sempre quis ouvir aquelas palavras com esse encantador sotaque escocês.

— Isso não é necessário — Logan disse.

— Talvez não seja necessário — a tia disse —, mas será um gesto muito amável da sua parte.

Aquela palavra de novo. *Amável.*

— Ninguém quer me ouvir lendo as cartas.

Na outra ponta da mesa, Callum sorriu.

— Oh, mas eu gostaria de ouvir.

Esse desejo foi apoiado por todos os outros homens na mesa, exceto Grant.

— Quem sabe outra hora, tia Thea — Maddie disse. — Nós estamos no meio de uma refeição. As cartas estão na minha penteadeira, lá em cima na torre. Como anfitriã, não posso abandonar nossos convidados.

— Está fora de questão — Logan concordou.

— Claro que sim — a tia respondeu. — Você pode ficar bem aqui, Madeline. Eu mesma irei buscá-las.

Dizendo isso, tia Thea se levantou e saiu da sala antes que Logan e seus homens pudessem se levantar de seus lugares em sinal de respeito.

Assim que a outra sumiu de vista, Logan se aproximou de sua noiva.

— Do que ela está falando?

Maddie murmurou sua resposta com a boca dentro da taça de vinho:

— Bem, eu tive que inventar seu lado da correspondência, não é mesmo? Do contrário, ninguém acreditaria na minha história.

— E o que foi que *essa* versão de mim disse?

Um brilho de divertimento fumegou dos olhos castanhos dela.

— Talvez você devesse ter investigado isso *antes* de me forçar a aceitar um casamento apressado. O que quer que haja naquelas cartas, agora são palavras suas.

Santo Deus. Logan estremeceu ao imaginar que tolices absurdas uma pirralha romântica de 16 anos como Madeline Gracechurch poderia ter inventado como palavras de um oficial das Terras Altas. Aquilo poderia ser ruim. Muito ruim.

— Talvez nós possamos fazer um acordo — ela sussurrou. — Eu lhe devolvo suas cartas se você devolver as minhas.

— As cartas na sua penteadeira não são *minhas*.

— As cartas que eu enviei também não eram *suas*. Mas você se apropriou delas. Nem tudo pode ser como você quer.

Ela pestanejou fingindo recato. Então era naquilo que ela se transformava ao conseguir uma migalha de poder sobre ele. Uma provocadora. Maldito fosse ele se não gostasse daquilo. Confiança faz mais para aumentar a beleza de uma mulher do que qualquer delineador ou ruge. Fagulhas vindas das profundezas dos olhos dela cintilaram na direção de Logan.

Mas a admiração dele diminuiu rapidamente quando tia Thea voltou para o salão de jantar.

— Aqui estão.

Ela deitou uma enorme pilha de envelopes sobre a mesa. Logan ficou espantado. Devia haver pelo menos uma centena. Elas estavam presas por uma fita de veludo vermelho que a tia começou a soltar.

Logan gemeu por dentro. Aquilo não iria ser ruim. Seria um maldito desastre.

Rabbie ficou em pé e pigarreou.

— Eu ficaria contente de oferecer meus serviços para uma leitura dramática.

Logan sentiu vontade de atirar um garfo na direção de Rabbie.

— Isso não vai ser necessário.

— Então você vai ler? — Maddie perguntou.

— Vou.

Para falar a verdade, havia poucas coisas no mundo que Logan queria fazer muito *menos* do que ler em voz alta qualquer coisa que saísse daquela pilha ameaçadora de cartas, e quase todas elas envolviam aranhas e tripas. Mas ele não parecia ter muita escolha. Logan não podia deixar que nenhum de seus homens examinasse aquelas cartas muito de perto, ou poderiam ver que elas não tinham a caligrafia dele.

Maddie tinha razão. O que quer que estivesse escrito naquelas missivas, ele não poderia negar sem ao mesmo tempo rejeitá-la, e isso significava abrir mão das terras que seus homens tanto precisavam.

Perdido por um, perdido por mil.

— Dê as cartas para mim, tia Thea — Maddie disse. — Eu vou escolher a minha favorita.

— *Uma* — Logan disse. — Apenas uma.

Depois ele iria queimar aquelas páginas e garantir que ninguém nunca mais falasse disso. Sob pena de punição física. Mas a julgar pelo sorriso divertido que se ergueu os cantos dos lábios de Maddie enquanto ela examinava os envelopes, Logan começou a desconfiar que tinha cometido um erro ao permitir que *ela* escolhesse a carta a ser lida.

Quando a jovem puxou um envelope da pilha e a entregou para ele, sorrindo, Logan já não desconfiava mais. Ele *sabia*... Tinha cometido um erro grave.

— Leia esta — ela disse, a voz carregada de falsa inocência. — É aquela em que você me escreveu uma poesia.

Maddie observava o rosto de Logan com atenção, esperando a reação dele às suas palavras.

— Uma *poesia* — ele repetiu.

Espantoso. Ele falou sem mexer o maxilar.

— Ah, sim. Duas estrofes inteiras. — Ela bebericou o vinho e saboreou a expressão de pânico dele.

Finalmente, ela possuía um instante de triunfo. Aquele escocês das Terras Altas podia ter aparecido do nada e a encurralado, deixando-a sem opções que não fossem adversas ao restante de sua vida... Mas tinha conseguido aquela pequena vitória sobre ele. Uma vitória que pretendia comemorar.

Rabbie soltou uma risada com a boca cheia de comida.

— Nunca soube que você era um poeta, capitão.

— Não sou.

— Oh, não seja tão modesto — disse tia Thea. — Sim, ele mandou alguns versos para nossa Madeline. Alguns deles até eram bons.

— Estes são meus favoritos — Maddie sorriu.

Com um suspiro forçado, Logan desdobrou a carta. Então ele colocou o papel sobre a mesa e levou a mão à sua bolsa, de onde retirou algo inesperado. Um par de óculos. Quando ele ajustou a armação despretensiosa no rosto, a mudança em sua aparência foi imediata e profunda. Profundamente excitante.

Suas feições continuavam sendo tão fortes e rústicas quanto antes, como se esculpidas em granito com ferramentas imprecisas. Como sempre, seu maxilar apresentava a sombra da barba feita há muito tempo — parecia que ele poderia se barbear duas vezes ao dia e ainda assim não conseguiria apagar a imagem de bárbaro. Mas os óculos acrescentavam um quê de refinamento à sua aparência masculina. Não apenas refinamento, mas civilidade também. Humanidade.

Estranhamente, os óculos deixaram Maddie ainda mais ciente da natureza essencialmente animal dele. Se um leão fosse treinado para andar ereto e vestir uma casaca, ninguém conseguiria esquecer que, por baixo daqueles modos, continuava existindo um animal perigoso.

Enquanto Logan passava os olhos pelo conteúdo da carta, Maggie imaginou poder senti-lo ansiando por violência.

Na outra ponta da mesa, os soldados começaram a provocá-lo.

— Vamos logo, capitão.

— Por que tanta demora?

— Que tal passar a carta para nós? Nós mesmos podemos ler.

— Não me importaria se eles lessem — Maddie disse.

Ele a fuzilou através dos óculos. Ela sentiu que aquele olhar fez levantar todos os pelos dos seus braços.

Afinal, Logan pigarreou.

— "Minha querida Madeline" — ele leu com um tom de voz frio e entediado. — "As noites que passo em campanha são frias e longas, mas pensar em você me mantém quente".

Os homens tamborilaram na mesa sua aprovação.

— "Com frequência penso nos encantos do seu belo rosto. Seus olhos escuros. E sua macia e clara..." — ele inclinou o papel para a luz. O suspense engrossou o ar — "...pele".

Rabbie assobiou.

— Isso me deixou empolgado, por um instante.

— Emendou bem, capitão — Callum acrescentou.

Ele continuou, obviamente ansioso para acabar logo com aquilo.

— "Quando esta guerra terminar, vou envolvê-la em meus braços e nunca mais soltá-la. Até lá, meu amor, ofereço-lhe estes versos."

— Bem...?

Maddie teve que cobrir a boca com a mão para não rir em voz alta. Ela nunca tinha ficado tão contente de que seu talento era desenhar e não fazer poesia. Cada verso que ela escreveu na adolescência era banal e insípido. Adulta, ela nunca associaria seu nome àquelas coisas horrorosas. Para sua própria felicidade, Maddie tinha associado o nome de Logan MacKenzie a todas elas.

— "Para o meu amor mais verdadeiro" — ele começou.

— Vá em frente — ela o estimulou. — Eu me lembro de cor, caso a tinta tenha borrado. Avise, se precisar da minha ajuda.

— Não vou precisar.

Ela se inclinou na direção dele.

— Começa assim, "Se eu fosse um pássaro..."

Ele exalou como se aquele fosse o fim. Como se fosse uma lebre presa na armadilha sem escapatória, conformando-se em esperar sua morte. Então ele começou a ler em voz alta com aquele sotaque escocês profundo e ressonante.

— "Se eu fosse um pássaro, cantaria para ti.
Se eu fosse uma abelha, ferroaria por ti.

Se eu fosse um monte, elevar-me-ia por ti.
Se eu fosse uma árvore, floresceria por ti.
Se eu fosse uma flauta..."

A leitura foi interrompida quando Callum começou a tossir com uma violência alarmante. Rabbie deu um tapa vigoroso nas costas do camarada.

— Preciso parar? — Logan perguntou. — Você está morrendo?

Callum sacudiu a cabeça.

— Porque eu não me importaria, se você estivesse *morrendo*.

— Não, não. — Enfim, Callum ergueu o rosto avermelhado e conseguiu falar: — Não ligue para mim. Continue, por favor.

— *"Se eu fosse uma flauta, tocaria para ti.*
Se eu fosse um corcel, relincharia para ti."

Agora a tosse era contagiosa. Todos os homens tinham sucumbido. Até os criados estavam contaminados. Maddie também lutava contra uma coceira poderosa em sua garganta.

Logan continuou, sem dúvida esperando matar todos os presentes. Assim não restariam testemunhas.

— *"Se eu fosse fogo, queimaria por ti.*
Mas como sou um homem, anseio por ti."

Ele jogou o papel na mesa e tirou os óculos.

— Com todo o meu amor, etc. Esse é o fim. — Ela pensou que o ouviu murmurar com amargura: — *O fim da minha dignidade.*

O silêncio reinou por um longo momento.

— Eu tenho um tratamento excelente para tosse na minha caixa de remédios — tia Thea observou, enfim. — Capitão, creio que vários dos seus homens precisam de uma dose.

Maddie sinalizou para que os criados tirassem os pratos e servissem a sobremesa.

— Só tem uma coisa que eu não entendo — Rabbie disse, apoiando os dois cotovelos na mesa. — De onde ela tirou a ideia de que você tinha morrido?

Maddie hesitou. Ela nunca tinha precisado pensar nessa parte.

— Bem, eu...

— Havia uma carta de despedida na minha bolsa — Logan disse. — Para ser enviada no caso de eu morrer em batalha. Eu pensei que a tinha perdido, mas parece que eu a enviei por engano.

Rabbie franziu a testa.

— Mas isso só explica por que ela parou de lhe escrever. Por que *você* parou de escrever para ela?

— Não é óbvio? — Callum interveio. — Ele pensou que ela havia perdido o interesse. Tantas das nossas namoradas perderam.

— Ele deveria ter tido mais fé em mim. — Maddie estendeu o braço e apertou a mão de Logan. — Seu homenzarrão querido e bobo.

Ele lhe deu um olhar severo: *Agora você está começando a exagerar.*

Ela sentiu uma pontada de pânico. Maddie não tinha dúvida de que, assim que os dois estivessem a sós, ele iria revidar.

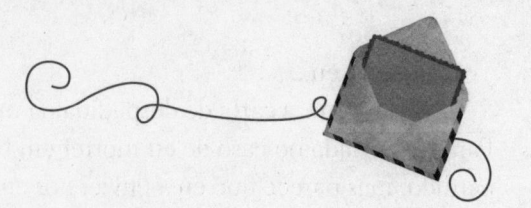

Capítulo Nove

De repente, o jantar pareceu breve demais. Foi com um pressentimento ruim que Maddie deu boa-noite à tia e aos homens de Logan. Enquanto os dois subiam juntos a escadaria, Maddie sentiu que a tensão não declarada entre eles alcançava novos níveis.

— Eu pedi para a Becky preparar um quarto para você — ela lhe disse, parando à porta de seu quarto. — Fica no fim do corredor.

Ele meneou a cabeça.

— Nós vamos ficar no mesmo quarto, minha jovem.

Ele abriu a porta e entrou, totalmente à vontade.

— De onde eu sou, a maioria dos casados não dorme no mesmo quarto — ela disse.

— Bem, agora você está na Escócia. — Ele atirou a bota no canto. Ela caiu produzindo um baque. — E aqui, nós dormimos. Se você acha que eu sofri lendo aquele maldito poema só para me separar de você diante da porta, está muito enganada.

Ele tirou a outra bota e começou a tirar o restante da roupa.

Maddie não pôde evitar de ficar olhando. Ela se perguntou se ele fazia alguma ideia de como estava atraente naquele instante, fazendo algo tão cotidiano como se preparar para deitar. Cada movimento dele a fascinava.

Ele puxou a camisa pela cabeça e a jogou no chão. Os músculos dos ombros e das costas dele apareceram definidos com perfeição pela luz da lareira.

Logan caminhou até o lavatório e despejou água na bacia, então começou a lavar o rosto e a esfregar o pescoço e o tronco com um pano molhado. Quando se deitasse com ela na cama, e a puxasse para perto, Maddie poderia sentir o cheiro daquele sabão. Sabão e pele limpa de homem.

Ela se chacoalhou.

— Você precisa mesmo que seus homens acreditem nisso, não é? No nosso casamento.

Ele enxaguou o rosto e então passou as mãos molhadas pelo cabelo.

— Eles sofreram um bocado, marchando de um lugar infernal para outro, para então voltar para casa e descobrir que não tinham mais casa nenhuma. Eu não quero que eles se preocupem com a ideia de que poderão ser obrigados a ir embora daqui.

Como sempre, Maddie achou a dedicação dele aos homens pertur- badora, de tão comovente, mas ela não podia deixar que isso a distraísse do assunto principal.

— Você — ela disse — é um completo hipócrita.

Ele respondeu enquanto escovava os dentes. A voz saiu abafada.

— Por que você acha isso?

— Você mantém uma espada sobre a minha cabeça por eu ter dito uma mentira quando tinha 16 anos. Mas você também enganou os homens ao seu redor, durante o mesmo período de tempo.

Depois de enxaguar a boca, ele se virou para ela.

— Eu não menti. Eu apenas...

— Não quis contrariar uma suposição enganosa — ela completou a frase. — É a mesma coisa, Logan. Mentira por omissão, uma falsidade completa. Você deixou que esses homens acreditassem que nós tínhamos um relacionamento e agora está tão dedicado a manter essa mentira quanto eu. Sabe o que eu penso? Que você só faz barulho. Eu poderia me recusar a cooperar, expulsar vocês do castelo, e você nunca levaria essas cartas aos jornais de fofocas.

— Seria um erro me subestimar — a voz dele ficou sombria.

— Ah, eu não vou subestimá-lo. Eu consigo ver como seu orgulho é importante para você. O quanto a devoção desses homens significa para você.

— Não é a *devoção* deles que me importa, mas a confiança. E, sim, isso é tudo para mim. Eu lhes prometi que se ficassem do meu lado no campo de batalha, teriam uma vida quando voltássemos para cá. Não tenho vergonha de mentir, trapacear, roubar ou chantagear, se isso for necessário para manter aquela promessa.

Ele avançou na direção dela e Maddie recuou um passo, depois dois. Até que as pernas dela encostaram na beirada da cama. Ele a tinha encurralado.

— E falando de coisas que temos em comum — ele disse, passando um dedo pela clavícula dela —, eu aprendi algumas coisinhas a seu respeito. Reparei como você flertou comigo durante o jantar.

— Flertei? Não seja ridículo.

— Você fica me encarando. Está fascinada.

— Só pelo kilt.

— Pode ser em parte pelo kilt. Mas é principalmente pela minha atitude.

— Atitude? — ela tentou rir. Mas ele estava certo. Logan tinha atitude. Uma abundância de pura arrogância masculina e força para envergá-la. E isso era, aos olhos de Maddie, fascinante.

— Você está me despindo com os olhos.

— *O quê?!* — ela exclamou, e a palavra saiu como um ganido. Ela pigarreou e tentou de novo. — Mesmo que eu estivesse – e não estava –, seria apenas por interesse artístico.

— O meu traseiro... interesse artístico.

— Sinto decepcioná-lo, mas não desenvolvi, ainda, um interesse artístico pelo seu traseiro.

Ele se aproximou para falar junto à orelha dela. O calor cresceu entre eles.

— Você — ele sussurrou — está tão desesperada para consumar este casamento quanto eu.

— Que absurdo.

— Eu tenho certeza.

Maddie colocou a mão no peito dele — em parte por necessidade de mantê-lo à distância, e parte por desejo de tocar aquela pele nua. Ele era tão quente, tão mais sólido do que ela teria imaginado. Os pelos do peito dele coçaram sua palma. *Oh, Maddie. Você está tão encrencada.*

Ela precisava recuperar o controle daquela conversa, e rápido.

— Você fala sobre a necessidade de um lar, de não querer sair daqui... mas não é só com os seus homens que está preocupado. Ninguém é assim tão altruísta. Você também está querendo esta terra para si mesmo.

Ele recuou um passo, interrompendo o contato físico entre os dois.

— Para começar, eu nunca tive um lar, então não sabia o que estava perdendo. Tenho sorte, nesse sentido.

Oh, não. A trágica história do órfão outra vez, não. Ela sentiu uma pontada patética no coração.

Maddie pegou a roupa de dormir e foi para trás do biombo, desesperada para se esconder dele, de seu passado sofrido e dos sentimentos patéticos que insistiam em persegui-la. Muita gente crescia sem pai nem mãe, ela procurou se lembrar enquanto tirava o vestido e colocava a camisola. Isso não servia de desculpa para ele. Maddie tinha perdido a própria mãe ainda muito nova. Mas, pelo menos, ela sempre teve um lar. E nunca foi obrigada a dormir com as vacas e sobreviver com migalhas. E lá veio de novo aquela *pontada* de emoção. Maddie resolveu apenas ignorá-la. Logan MacKenzie a estava chantageando a se casar com ele, e tinha lhe dado um broche de noivado de segunda mão. Ela não possuía uma razão lógica para simpatizar com ele. Ela devia ter muito sentimento reprimido, era só isso. Ternura e afeto demais, que ela não conseguia dissipar. Nem mesmo com animais de estimação adequados. Apenas besouros mortos e lagostas frígidas.

Ela se demorou lavando e escovando o cabelo e abotoando a camisola até o pescoço, esperando que ele pudesse cair no sono antes mesmo que ela terminasse de se preparar para dormir. No mínimo, qualquer ardor que ele pudesse estar sentindo deveria arrefecer.

Quando enfim surgiu de trás do biombo, Maddie acreditava que não teria dificuldade em lhe resistir. Mas ela estava muito enganada. Aquilo era ainda pior do que ela temia. Uma pontada atravessou seu coração. *Pontada, pontada, pontada.*

Ele estava deitado na cama, com a camisa aberta no pescoço revelando uma parte de seu peito. A testa estava ligeiramente franzida pela concentração, e aqueles óculos estavam equilibrados na ponte do nariz. Um braço musculoso estava flexionado e apoiava a cabeça. Na outra mão, ele segurava... Que o diabo o levasse e os anjos a ajudassem... Um livro. Não qualquer livro, mas um grosso, encadernado em couro verde-escuro. E ele estava *lendo* aquela coisa.

Aquelas pontadas de emoção ficaram tão fortes que quase a fizeram se dobrar. Fogos de artifício de desejo espocavam em seu peito. Não apenas no peito, mas mais baixo, também. Algum cordão que ligava seu coração ao útero zunia como uma corda de harpa.

Ele ergueu o rosto do livro e a pegou o encarando.

— Algum problema?

— Sim, tem um problema. Logan, isso não está certo.

— O que não está certo?

— Eu estou aqui, lutando para banir os sentimentos tolos que imaginei por você, para que possamos consumar este casamento de conveniência de uma forma estritamente profissional, como concordamos. E aí você começa a *ler um livro*?

Já que estava fazendo isso, por que ele também não lhe trazia um cesto de gatinhos, uma garrafa de champanhe e posava nu com uma rosa entre os dentes?

Ele fez uma careta.

— Estou tentando descansar, só isso. Eu leio apenas quando quero pegar no sono.

Ele virou uma página, puxando-a com o polegar e arrastando-a da direita para a esquerda, enquanto o outro braço continuava apoiando a cabeça. A forma hábil e natural do gesto provocou certa desconfiança em Maddie. Ela examinou a lombada bem vincada do volume. As páginas do livro mostravam o desgaste de serem arrastadas da direita para a esquerda, várias vezes, até o fim. Ele afirmou que só lia para pegar no sono? Ah, certo. E falcões só voam quando estão entediados. Uma sensação terrível de afinidade a inundou. Durante toda a sua vida, quando conhecia outro amante de livros, ela se sentia... bem, sentia como se encontrasse um compatriota ao viajar por outro país. Ou como imaginava que se sentiria se viajasse por outros países.

O amor pelos livros era uma conexão instantânea, uma bênção para a jovem que tendia à timidez, porque era uma fonte interminável de conversas. Uma centena de questões surgiram em sua mente, brigando umas com as outras pelo primeiro lugar na fila. Ele preferia ensaio, teatro, romance ou poesia? Quantos livros ele tinha lido, e em quais idiomas? Quais tinha lido mais de uma vez? Quais livros pareciam ter sido escritos para ele?

Logan virou mais uma página, menos de um minuto após virar a última.

— Você — ela acusou — é um leitor. Seja honesto.

Aquilo fazia todo sentido. Afinal, quem mais leria e releria as cartas bobas e desconexas de uma pateta de 16 anos? Um leitor apaixonado leria. Um que não tivesse outra coisa para ler.

— Tudo bem — ele admitiu. — Eu gosto de ler. É difícil frequentar uma universidade sem ter esse hábito.

— Você fez faculdade?

— Só por alguns meses.

Ela levantou as cobertas e se abrigou ao lado dele na cama.

— Quando você falou que não teve um lar, deduzi que tinha crescido sem as vantagens da educação formal.

— Eu cresci sem qualquer vantagem.

— Então como é que frequentou uma universidade?

— Quando eu tinha cerca de 10 anos, o vigário da paróquia me levou para a casa dele. Ele me deu comida e roupas e a mesma educação que seus filhos.

— Isso foi generoso e bondoso da parte dele.

Os lábios de Logan se torceram em um sorriso irônico.

— Generoso, talvez. Mas bondade não teve nada a ver com isso. Ele tinha um plano. Ele me chamou de "filho" por tempo suficiente para que, quando toda a família tivesse que mandar um filho para a guerra, ele pudesse me mandar. Assim os filhos dele — os filhos de *verdade* — ficariam em segurança.

— Oh — ela estremeceu. — Bem, isso não é muito bondoso. É bem terrível, na verdade. Eu sinto muito.

Ele olhou para o próprio braço. Foi só então que Maddie percebeu que o tinha tocado.

— Sinto muito — ela repetiu, retirando a mão.

Ele deu de ombros. Aquele gesto incerto, rude, que garotos e homens fazem quando querem dizer: *não ligo para isso*. Aquele tipo de gesto que nunca enganou nenhuma mulher.

— Eu consegui uma cama, comida e educação. Considerando o que minha vida poderia ter sido sem isso, não posso reclamar. — Ele fechou o livro e colocou os óculos de lado.

Não, ele não podia reclamar. Mas estava ferido, isso era visível. Aquele capitão tinha recebido todos os benefícios materiais de uma família, mas nenhum afeto. Nenhum amor. Oh, Senhor! Agora ele não era apenas um órfão pobre, mas um órfão pobre, não-amado e apaixonado por livros. Todos os instintos femininos de Maddie ficaram aguçados. Ela vibrava com os piores desejos possíveis. Com o instinto de confortar, encorajar, abraçar.

— Esse olhar de pena que você está me dando — ele disse. — Não gosto dele.

— Eu também não gosto.

— Então pare com isso.

— Não consigo. — Ela agitou as mãos. — Rápido, diga algo insensível. Deboche das minhas cartas. Ameace meus besouros. Faça alguma coisa, qualquer coisa condenável.

A tensão cresceu como o modo como ele a encarou.

— Como quiser — ele disse.

Em um instante ele a deitou de costas e levou os dedos aos botões da camisola dela. E Maddie não teve nenhuma vontade de resistir.

Ele a olhava como um lobo faminto.

— Eu acho que isso vai ser suficiente.

— Vai — ela se ouviu responder.

Logan não demorou para abrir aqueles botõezinhos que guardavam a frente da camisola. Ele trabalhou com movimentos bruscos e implacáveis, sem nenhuma intenção de seduzir. Aquela era a punição por sua bondade. Ela precisava aprender que sua curiosidade amável tinha um custo. Logan iria lhe mostrar o que ela conseguia tocando suavemente no braço dele. Olhando para dentro de sua alma com aqueles olhos escuros curiosos. Tendo a ousadia de se importar. Ela havia pedido aquilo.

Logan já tinha despido um bom número de mulheres. Mas quando soltou os botões da camisola dela, tremeu ao ver o que havia por baixo. Ele não era exigente com relação a seios. Grandes ou pequenos. Mamilos escuros ou claros. Pele lisa ou sardenta. No que lhe dizia respeito, o mais belo par de seios no mundo era sempre aquele que ele saboreava no momento. Mas nada o havia preparado para aquilo.

Quando ele afastou o tecido para os lados, não conseguiu acreditar na visão que o aguardava. Ele esperava encontrar uma pele delicada, clara. Em vez disso, ele encontrou... mais tecido.

— Não dá para acreditar. Você está usando *duas* camisolas.

Ela aquiesceu.

— E eu pus a de dentro de trás para frente. Uma camada extra de defesa.

Isso explicava por que ele não conseguia encontrar os botões.

— Você não confia em mim?

— Eu não confio em mim mesma — ela respondeu. — E parece que eu estava certa. Olhe só para mim.

Logan não sabia se ficava ofendido com aquela estratégia ou impressionado pela esperteza dela. Maddie tinha criado uma armadura de virgem.

Ele ficou tentado a bancar o pirata conquistador. A agarrar o tecido com as mãos e rasgá-lo ao meio, expondo o seio dela para seu deleite. Mas por que se dar a esse trabalho quando o tecido em questão era tão fino, maleável e frágil? Ele subiu a mão, segurando a elevação arredondada de um seio.

Ela prendeu a respiração. Seu corpo tremeu debaixo do toque dele. Logan esperou para ver se ela lhe pediria para parar. Ela não pediu.

— Eu lhe disse que seria bom — ele murmurou.

— Acho que me lembro dessa promessa. Iria ser muito bom, você disse? Ou muito, muito bom?

Ele agarrou o seio por completo, apalpando e apertando. Com o polegar, Logan encontrou o mamilo e o provocou até ficar alto e duro, desejando ainda mais o seu toque. Para cima. E para baixo.

— Muito... muito... *muito* bom.

Ele sentia o próprio sangue bombeando com força em suas veias, concentrando-se em uma única direção do seu corpo — abaixo. Por baixo dos lençóis, ele sentiu o membro começar a latejar e endurecer.

Logan voltou sua atenção para o outro seio, espalmando a mão para esticar o tecido ao máximo da transparência. Ótimo, ela era linda. Pele rosada perfeita encimada por um mamilo pequeno e avermelhado que parecia ter o sabor do mais doce vinho.

— Você pode... — ela começou e não conseguiu terminar.

Logan parou no mesmo instante. Como Maddie não disse mais nada, ele ergueu a cabeça e olhou para ela. Droga. Por que ele lhe deu a chance? Agora, mesmo que ela não tivesse planejado, iria lhe pedir para parar. Então ele teria que parar, porque não era o tipo de homem que continuaria sem que ela quisesse. A profissão de guerrear e matar arrancava a humanidade dos homens. Após uma década no exército, Logan viu soldados — até os que usavam o mesmo uniforme que ele — cometer os atos mais perversos contra mulheres. Às vezes ele tinha condições de detê-los; outras não. Mas abusar de mulheres era um limite que Logan nunca ultrapassou. Ele não via isso como motivo de orgulho. Ele não merecia medalhas por isso. Mas fazia com que ele soubesse ter conseguido manter ao menos um fragmento de sua alma. E não seria naquele momento que se entregaria à barbárie. Nem mesmo por uma chance de ficar com ela nessa noite.

Não, mo chridhe. Não me peça para parar.

— Você poderia, pelo menos, me beijar enquanto faz isso? — ela pediu.

Alívio e desejo se misturaram nele.

— Sim. *Isso* eu posso fazer.

Ele baixou a cabeça e puxou para dentro da boca aquele mamilo de uva, chupando-o através daquela maldita camisola extra. A julgar pela arfada aguda que ela soltou, aquele não era bem o tipo de beijo que estava esperando, mas Maddie não reclamou. Logan estava no paraíso. Ela era doce. Tão doce que seu cérebro ficou leve como o ar e ele não conseguiu conter um gemido baixo.

Ele lambeu o mamilo, descrevendo círculos com a língua, e foi ampliando o movimento e deixando transparente o tecido junto ao seio. Ele parou para admirar o efeito, depois rolou por cima dela para poder se dedicar ao outro.

Com as duas camisolas protegendo o corpo de Maddie, Logan não conseguiu se acomodar entre as pernas dela. Então ele apoiou os joelhos dos lados das coxas. Com isso seu membro ficou encaixado exatamente onde queria. Quando os corpos se encontraram, ela soltou uma exclamação de espanto. E então ele se movimentou de encontro a ela e a exclamação se transformou em um suspiro baixo e doce.

Sim...

— É isso — ele continuou balançando os quadris contra os dela. — Você está sentindo? Esse é só o começo, *mo chridhe*.

Ela fechou os olhos. Os cílios castanhos se agitaram contra a pele clara.

— Você precisa me beijar enquanto faz *isso* — ela disse.

Logan atendeu ao pedido, dessa vez pressionando seus lábios nos dela. Enquanto ele mergulhava no calor exuberante da boca de Maddie, uma onda de loucura cresceu e rugiu dentro dele. Ele a queria. Toda ela. Debaixo dele. Ao seu redor. Sugando-o para dentro da maciez e do calor dela. Logan não conseguia se satisfazer com o sabor doce dela. Como se estivesse possuído, ele afastou os braços dela e lhe beijou o pescoço, a testa, os lábios e aqueles seios deliciosos.

Então ele desceu. Logan se colocou de joelhos e começou a beijar o corpo de Maddie, fazendo uma trilha, descendo pelo corpo coberto pelas camisolas. A partir do vale entre os seios... Chegando no tímido e lindo umbigo... E indo mais abaixo. À distância, ele se ouviu murmurar em gaélico. Palavras espontâneas começaram a jorrar de seus lábios. Palavras que ele nunca tinha falado para qualquer outra mulher em sua vida.

— *Maddie a ghràdh. Mo chridhe. Mo bean.*

Maddie, meu amor. Meu coração. Minha esposa.

A beleza dela começava a confundir seu cérebro. O que ela estava fazendo com ele? Logan esticou o tecido sobre os quadris dela, revelando a sombra triangular que guardava seu sexo. Então se curvou para beijá-la ali.

Ela ficou tensa e arqueou as costas, acertando-o na cabeça com o joelho. *Ai.* Com um gemido baixo de dor, Logan rolou para o lado, segurando a cabeça.

Ele levantou os olhos para o dossel, ofegante. Ele tinha se perguntado o que Maddie estava fazendo com ele? Logan sabia o que ela estava fazendo. Ela o estava matando.

— O que... — Ela puxou o lençol até o peito. — O que você... Por que você estava fazendo *isso*?

Por que, afinal?

— Porque humanos têm mais imaginação que lagostas, *mo chridhe*. Existe mais de um modo de dar prazer.

Ela ficou quieta por um longo momento.

— Quantos modos? — Maddie perguntou, afinal.

Ele rolou de lado para encará-la, deslizando a ponta do indicador entre os seios até a barriga dela.

— Tive uma ideia. Eu vou demonstrar todos esses modos e você vai contando quantos são.

Dessa vez o silêncio pareceu interminável.

— Talvez outra hora, muito obrigada. — Ela se virou para o lado. Para o outro lado.

E foi isso. O desejo pulsava em todo corpo dele, reprimido, soltando fagulhas com uma intensidade explosiva. Ele não se arriscaria a confiar em uma barreira de travesseiros ou sua própria decência para contê-lo.

Seria outra noite fria e agitada no chão.

Capítulo Dez

Maddie descobriu que seria impossível dormir.

Na noite anterior, o uísque e as emoções avassaladoras a deixaram exausta para qualquer outra coisa. Nessa noite, seu corpo fervia com energia reprimida e desejo frustrado. Sempre que fechava os olhos, ela pensava na boca de Logan sobre ela. *Lá.* Aquele momento, único e quente, foi bom. Mais do que bom. Uma onda de êxtase que a atravessou. Ela ainda sentia seus efeitos na sola dos pés e entre suas coxas. Será que ele queria que uma mulher pusesse a boca nele? *Lá?*

Humanos têm mais imaginação que lagostas, ele disse. Mas Maddie — que era humana da última vez que conferiu — não conseguia levar sua imaginação tão longe. É claro que ela teria uma ideia melhor se tivesse visto ele *todo* nu.

Ela se virou de lado e se arrastou até a beira da cama, do lado em que estava o leito improvisado dele no chão. O estrado da cama rangeu. Ela congelou por um instante. E como não ouviu nada, a não ser a respiração contínua de Logan, se aproximou mais um pouco, até conseguir observá-lo. O brilho fraco do fogo protegido na lareira revelava a figura dele.

Ele estava deitado de lado, sem camisa, apenas parcialmente coberto por um tecido xadrez. As costas dele estavam viradas para ela. Sob a luz da lareira, ele parecia esculpido em bronze. Só que bronze não se mexe, e as costas dele pareciam estar... em convulsão?

Primeiro ela pensou que se tratava apenas de uma ilusão provocada pela luz. Então de repente ela pensou que ele pudesse estar acordado e rindo dela, o que seria humilhante. Mas depois de piscar algumas vezes, ela entendeu o que se passava. Ele estava tremendo.

— Logan — ela sussurrou. Sem resposta.

Em silêncio, ela baixou os pés até o chão e desceu até sentar ao lado dele.

— Logan?

Ela colocou a mão de leve no ombro dele. Logan não estava com febre. Pelo contrário, sua pele estava gelada. O corpo inteiro de Logan era sacudido por tremores e ele parecia estar murmurando algo enquanto dormia.

Ela se aproximou para escutar. O que quer que fosse, parecia ser em gaélico. A mesma palavra, repetida sem parar. *Nah-tray-me?*

A julgar pelo modo violento como ele tremia, se Maddie tivesse que adivinhar, ela arriscaria dizer que *nah-tray-me* significava "frio" ou "gelo", ou talvez "olhe, uma alucinação de pinguim". *Oh, Logan.*

Como suas tentativas de acordá-lo não tinham surtido efeito, Maddie decidiu então voltar seus esforços para aquecê-lo. Ela puxou a colcha pesada da cama e se deitou atrás dele, cobrindo os dois.

Apoiando a cabeça na mão, ela fez carícias no alto dos ombros dele, no pescoço e nas costas para tentar acalmá-lo. Maddie emitia sons reconfortantes. Ele não acordou, mas seus tremores foram, aos poucos, diminuindo. A tensão nos músculos dele se desfez e seu corpo relaxou de encontro ao dela. Pele com pele. O aroma masculino de sabão preencheu os sentidos dela. Maddie sentiu o coração retumbar no peito. Ternura se expandiu em seu ser como uma nuvem de vapor, espalhando-se e permeando seu corpo todo.

Eu não fico abraçadinho, ele tinha dito.

Ela encostou o rosto no cabelo curto da nuca de Logan, sorrindo em segredo para si mesma. Talvez *ele* não gostasse de ficar abraçadinho, mas ela gostava. Ela era excelente nisso, pelo que parecia.

Madeline Eloise Gracechurch: Abraçadora Secreta. O que Logan não soubesse não poderia chateá-lo. Mas se ela não tomasse cuidado, aquilo poderia despedaçar seu coração.

À primeira luz do dia, ela se levantou e escapuliu para o quarto ao lado, onde colocou um vestido simples de musselina. Ela desceu silenciosamente pela escada em espiral e chegou ao salão principal, onde os homens de Logan tinham transformado em seu acampamento temporário.

Maddie ficou parada ali, piscando, esperando que seus olhos se acostumassem com a luz e desejando que seu coração parasse de pulsar em seus ouvidos. *Vamos lá, onde vocês estão?* O olhar dela foi para o canto em que os pertences dos homens estavam empilhados. *Ali.*

Maddie deslizou pelo perímetro da sala, pisando com a ponta dos pés até chegar à pilha de bagagem. Se estavam em uma bolsa, um alforje ou uma sacola... aquelas cartas incriminadoras tinham que estar por ali, e ela iria encontrá-las.

Ela pegou uma mochila de lona no canto e a abriu, vasculhando com cuidado seu conteúdo. Como não achou nada de interessante, foi investigar a próxima. E depois uma terceira. Os conteúdos eram humildes e praticamente iguais. Uma ou duas camisas de reserva, um par de luvas de lã sem dedos, uma escova de cerda de javali, um par de dados. Nada que chamasse a atenção.

Até que o dedo dela encontrou a ponta afiada de uma agulha. Pelo menos Maddie conseguiu não gritar. Mas a sacola escapou de sua mão e chegou ao chão de pedra com um leve baque.

Ela ficou imóvel e lançou um olhar preocupado para os escoceses que roncavam. Nenhum deles pareceu ter ouvido. Os homens continuaram encolhidos, formando montes imóveis de tecido xadrez. Parecia que eles usavam o mesmo tecido como kilts durante o dia e cobertas à noite.

Ela franziu o nariz. Quando é que eles *lavavam* aquelas coisas? Quando é que eles *se* lavavam?

— Bom dia.

Tomando o segundo susto em um período de dois minutos, Maddie deu um pulo e se virou. No caso de Logan MacKenzie, aparentemente ele se lavava naquele momento. Ele estava parado junto à porta de um aposento lateral, nu até a cintura e ensopado. Com o ombro encostado no batente da porta, ele segurava o kilt diante de si com a mão livre. Aquela pose parecia evocar um clássico, um Davi renascentista esculpido não em mármore frio e estoico, mas em carne e osso. Uma trilha estreita de pelos escuros atraiu o olhar dela para baixo.

— Você acordou cedo — ela disse.

— Na verdade, não. Eu me levantei pouco depois que você. — Ele a examinou de alto a baixo e levantou uma sobrancelha, com ar de interrogação. — Você está procurando alguma coisa, *mo chridhe?*

— Ah. Sim. Eu estava procurando uma coisa. — Ela virou o canto do avental e disse a única coisa que conseguiu. — Eu estava procurando por você.

— Eu?

Ela concordou com a cabeça.

A boca de Logan se torceu em uma expressão de pura arrogância masculina.

— Muito bem, então. Estou à sua disposição. O que você queria comigo?

O que ela iria dizer? Maddie engoliu em seco. Ela queria tantas coisas, e a maioria delas era ridícula. Ela queria estender o braço e afastar uma mecha errante de cabelo da testa dele. Ela queria colocar uma camisa nele antes que Logan se resfriasse. Se pudesse ler a mente dela, ele riria com gosto. Ela precisava encontrar algum modo de acalmar todos esses impulsos confusos, protetores. Ou canalizá-los em alguma outra atividade. Droga. Por que nunca havia cachorrinhos malnutridos e trêmulos quando uma jovem mais precisava deles?

— Eu... só queria lhe desejar boa viagem. Imagino que vá para Ross-shire hoje.

— Eu não vou para Ross-shire hoje.

— Mas você prometeu para o Grant.

— Eu prometo a mesma coisa para ele pelo menos seis vezes por dia. Nós estivemos lá meses atrás, mas ele não se lembra. Pelo que tudo indica, nós sempre iremos para Ross-shire amanhã.

— Oh... Está certo. Se você não estiver ocupado com mais nada esta manhã — ela disse —, talvez nós possamos... Quer dizer, eu esperava que nós dois pudéssemos...

Ele ficou olhando para Maddie, esperando que completasse a frase, mas ela não tinha ideia do que dizer. *Trançar o cabelo um do outro? Brincar de esconde-esconde? Procurar monstros aquáticos no lago?* Que atividade os dois poderiam fazer juntos? Além das atividades relacionadas à cama em que ele obviamente pensava, mas que estavam fora de questão?

Enquanto ela tagarelava ali, parada e tremendo, ele semicerrou os olhos, desconfiado. Logan olhou para o canto onde Maddie tinha jogado a mochila aberta.

Ela pulou para o lado, bloqueando a visão dele ao mesmo tempo em que dava um empurrão discreto na mochila com o pé.

— Eu pensei que nós poderíamos visitar os arrendatários — ela disse. — Juntos.

— Arrendatários?

— Tem um pequeno grupo deles mais adiante no vale. Você é o novo senhor do castelo, por assim dizer. Seria bom que eles o conhecessem.

Para alívio de Maddie, a desconfiança abandonou os olhos dele. Logan massageou a nuca.

— Eu gostaria de conhecê-los. É uma boa ideia.

Ele encontrou uma camisa limpa em sua sacola e a vestiu pela cabeça, passando os braços pelas mangas. Enquanto Logan fazia isso, Maddie reparou qual era a sacola dele — uma mochila de lona preta. As cartas tinham que estar ali. Agora que sabia qual era, Maddie precisava ter paciência. Ele não podia ficar de olho naquilo todos os momentos do dia.

— Então está combinado — ela disse. — Nós vamos caminhando juntos ao longo do riacho. Eu vou levar uma cesta de... alguma coisa para eles.

Maddie começou a gostar da ideia. Quem sabe visitar os arrendatários era mesmo o que ela precisava. Ela poderia brincar com as crianças. Talvez houvesse um bebê novo para segurar. Talvez eles tivessem até mesmo filhotinhos de cachorros.

Assim que eles entraram no campo de visão do vilarejo, um trio de *terriers* apareceu correndo para recebê-los.

Os cachorros latiram perto das saias de Madeline quando eles se aproximavam de um agrupamento de cerca de uma dúzia de cabanas de pedra com telhado de sapé enfileiradas ao longo da margem do rio. No alto da colina, garotos que olhavam as ovelhas se viraram para observá-los. De uma das casas escuras ao longe, vinha o choro agudo de um bebê.

Ao se aproximarem do povoado, Logan puxou Maddie para seu lado.

— Escute aqui, essas pessoas provavelmente vão ficar com medo quando nos virem.

— Com medo de você?

— Não, de você — ele respondeu.

— De mim? — ela perguntou. — Mas eu sou só uma inglesa, e não sou muito grande.

— É por isso mesmo que eles vão ficar aterrorizados — ele disse. — Você já ouviu falar da Condessa de Sutherland?

— Claro que ouvi falar dela. Ninguém consegue ficar sem ouvir falar dela. A condessa é um ponto de referência da sociedade londrina. Uma dama talentosa, também. Muito elegante.

— Ah, sim. Tão talentosa e elegante que se tornou a mais impiedosa proprietária de territórios das Terras Altas.

— Não acredito nisso.

Ele suspirou, impaciente. Aquela jovem era tão protegida. Tudo tinha sido lhe dado em uma bandeja de ouro. Ela não fazia ideia de como as pessoas comuns da Escócia viviam. Uma sensação inútil de raiva cresceu no peito dele.

— A condessa herdou metade de Sutherland quando seus pais morreram — ele explicou. — Nos últimos anos, agentes dela desalojaram vilas e vilas, forçando centenas de milhares de escoceses a buscarem outras terras. Ela roubou as terras deles para criar ovelhas, queimando suas casas e lhes oferecendo muito pouco como compensação. E ela fez isso com a ajuda do Exército Britânico.

Ele olhou para seu casaco vermelho com arrependimento. Ele teria feito melhor se estivesse vestindo uma roupa mais tradicional.

— Acredite em mim, *mo chridhe*, a Escócia é um lugar na Terra em que ninguém irá subestimar a habilidade de uma inglesa bem-criada, de aparência tímida, para destruir a vida dos outros.

— Isso é horrível.

Aquele era um imenso eufemismo.

— Na verdade é criminoso. Desavergonhado. Inescrupuloso. Qualquer uma dessas palavras funciona melhor para descrever o que a condessa fez.

Maddie observou o conjunto de casas pretas.

— Então você está preocupado que eles possam pensar que nós estamos aqui para despejá-los?

— Não duvido que possam pensar isso — ele disse. — Você está mostrando o rosto pela primeira vez, acompanhada de um oficial dos Royal Highlanders...? É provável que eles pensem que estão para perder tudo.

— Oh, meu Deus.

Os dois já estavam perto o bastante para que Logan pudesse ver rostos nas janelas das casas olhando para eles.

— Não se preocupe — Logan disse. — Vou deixar claro para eles que não têm o que temer.

— Espero que consiga tranquilizá-los.

Um sorrisinho curvou os lábios dela. Logan ficou irritado porque ela parecia não entender o que ele estava querendo lhe dizer.

— Pelo menos você trouxe presentes — ele disse. — O que tem na cesta?

Ela remexeu no conteúdo.

— Alguns doces e balas. Pacotes de uvas-passas. Mas, principalmente, o excedente de remédios e cosméticos da tia Thea. Ela encomenda todos os produtos anunciados nas revistas de mulheres. Eu gostaria que alguém usasse tudo isso.

Ele arregalou os olhos para ela.

— Esses são os presentes que você trouxe?

— Seus homens acabaram com nosso estoque de comida e eu não tive tempo de preparar outra coisa.

— O que eles vão fazer com... — Ele levantou uma garrafa marrom e leu o rótulo — ...Elixir Milagroso do Dr. Jacobs? — Ele pegou um pote pequeno em seguida. — Creme Excelsior para Manchas?

— Mulheres são mulheres, Logan. Toda jovem precisa de cuidados e a chance de se sentir bonita de vez em quando.

Ele passou a mão pelo rosto. Aquilo iria ser um desastre.

— Srta. Gracechurch! Srta. Gracechurch!

Nem bem Logan tinha terminado de fazer seus alertas severos e os ocupantes mais novos das casas saíram correndo para irem se encontrar com Maddie na trilha. Logo as crianças estavam reunidas ao redor dela, puxando suas saias.

— O que foi que você disse, Logan? Que eles teriam medo de mim?

Ela enfiou a mão na cesta e tirou um punhado de doces, que distribuiu pelas mãos das crianças ansiosas.

— Você poderia ter mencionado que eles já a conheciam — ele disse.

— E estragar seu sermão tão informativo sobre os males do despejo? Teria sido uma pena.

Ele meneou a cabeça. Que malandra.

— Oi, Aileen. — Ela se abaixou ao lado de uma menina banguela que não devia ter mais que 4 ou 5 anos. — Como está sua cicatriz, querida?

Maddie levantou a manga e examinou uma marca fina vermelha no braço dela.

— Está sarando muito bem. Boa menina. Você vai ganhar um biscoito por isso. — Ela pegou o petisco dentro da cesta. — Aqui está, querida.

— Aquela era uma marca de vacina. — Logan observou, depois que Aileen saiu correndo.

Maddie aquiesceu.

— Tenho visitado este povoado com regularidade desde que tomei posse do castelo. Quando eu soube que nenhuma das crianças tinha sido vacinada, encomendei o material de varíola bovina do Dr. Jenner. Nós fizemos a vacinação há cerca de um mês.

Droga, ela continuava a surpreendê-lo. Primeiro com sua beleza. Depois com as ilustrações. Logan foi forçado a aceitar que a personalidade dela continha mais do que ele havia captado das cartas, mas nada disso caía muito longe do território mental que ele havia criado cuidadosamente e rotulado como "Madeline". Ela era privilegiada, protegida, inteligente, curiosa e habilidosa demais.

Mas isso... Isso era diferente. Enquanto a observava com os filhos dos arrendatários, o conceito que ele tinha dela ultrapassou todos os limites estabelecidos. Ele foi forçado a acrescentar novos adjetivos à lista. Coisas como "generosa", "responsável" e "protetora". Maddie conquistava novas posições no conceito dele, invadindo com ousadia um território que o faria preferir morrer antes de ceder. Aquilo tudo estava errado. Ele tinha ido até ali para se casar com ela e tomar o que lhe era devido. Logan não queria *gostar* dela — não mais do que ela gostava dele.

— Nem todos nós, proprietários de terras ingleses, seguem o exemplo da Condessa de Sutherland — ela disse. — Meu pai sempre aderiu a princípios íntegros de administração da terra, e vacinação é algo que me preocupa. Minha mãe sobreviveu à varíola quando pequena. Embora tenha se recuperado da doença, seu coração enfraqueceu. Acredito que foi por isso que ela morreu jovem.

É claro que Logan sabia que ela havia perdido a mãe, pois Maddie lhe descreveu o feliz segundo casamento de seu pai em muitas cartas. Contudo, ela nunca tinha escrito muita coisa a respeito da madrasta, e ele não pensou em lhe perguntar.

— Eu esperava construir uma escola este ano — ela disse, mudando habilmente de assunto. — Quem sabe depois que seus homens terminarem de construir as casas deles, eles possam levantar uma escola.

— Primeiro eles precisam encontrar esposas e ter filhos para encher essa escola.

— É provável que isso possa ser providenciado. Muitos dos homens daqui foram para a guerra e não voltaram. Algumas jovens estão sem perspectiva de se casar.

Apenas de olhar em volta Logan viu algumas candidatas em potencial — um grupo de jovens estava parada em frente a uma porta, sussurrando e dando risadinhas entre elas. Logo outras se juntaram. Parecia que toda a população do vilarejo estava saindo para vir cumprimentá-los.

— Você não estava exagerando — ele disse. — Elas gostam mesmo dos excessos da sua tia.

Ela ergueu os olhos da cesta.

— Em geral elas não são assim *tão* interessadas. Deve ser por sua causa. Quando eu...

A voz dela foi sumindo. Quando Logan se virou para ela, viu que Maddie tinha congelado. Ele reconheceu aquela expressão ausente e sem vida no rosto dela. Foi assim que ela ficou durante o casamento deles. Ela chamava aquilo de timidez, mas para Logan parecia um estado de choque. Ele tinha visto aquilo em soldados, principalmente nos que sobreviviam às piores batalhas. Os olhos focavam em algo muito longe dali, enquanto suas mentes pareciam estar em algum lugar igualmente distante.

— Maddie?

Ela se sacudiu.

— Este é o Capitão MacKenzie — ela disse às mulheres, colocando a cesta na mão de Logan e recuando. — Hoje é ele quem vai distribuir os presentes.

— Espere — ele disse. — Você pretende me deixar aqui com... — Ele pescou uma latinha na cesta — ...este bálsamo de beleza de rosa-mosqueta?

— Eu me lembrei de uma mulher no fim da trilha que está perto de entrar em trabalho de parto. Eu quero dar uma olhada nela.

— Isso pode esperar até você terminar aqui.

Ela negou com a cabeça e foi em frente.

Capítulo Onze

Maddie apertou o passo e sumiu atrás de uma casa de pedra baixa e longa, com telhado inclinado de sapé. Quando se viu sozinha, ela pôs os braços sobre o abdome e se abraçou apertado. Seus dentes batiam e a pele toda formigava. Ela se sentiu um pouco culpada por deixar Logan sozinho e sob um falso pretexto. Não havia nenhuma mulher entrando em trabalho de parto naquele vilarejo. Pelo menos nenhuma que Maddie conhecesse. Mas ela viu uma ovelha dando de mamar para dois cordeirinhos em um cercado de pedra atrás da casa e decidiu que isso bastava para que ela não tivesse mentido.

Quando a multidão se fechou à volta dela, o frio também se aproximou. Ela soube que precisava se afastar e a verdade nunca servia de desculpa. Aquela lição lhe foi ensinada repetidas vezes ao longo de sua vida. Se ela implorasse para ser liberada de uma obrigação social apenas por ser tímida demais, sua família e suas amigas nunca acreditavam nela. Todos insistiam que ela só precisava tentar. Eles a pressionavam e a forçavam, falando sobre como se divertiria. Às vezes, eles prometiam. Mas nunca era diferente. Há muito tempo Maddie tinha aceitado a verdade. Os mesmos eventos que levavam alegria e diversão para os outros eram uma tortura para ela. E ninguém nunca a compreenderia.

Depois que se acalmou, ela foi até a esquina da casa e observou a cena. As mulheres continuavam ao redor de Logan e a cesta de produtos de beleza. Elas pegavam os frascos que ele oferecia e examinavam os potes de creme, conversando e rindo entre si. Ele destampou uma garrafa de água de colônia e a estendeu para que uma moça de cabelo cobreado sentisse o aroma. Depois de inspirar com cuidado, a jovem riu e continuou sorrindo. Uma coloração rosada lhe chegou às faces sardentas. Maddie suspeitou que aquilo não tinha nada a ver com o perfume e sim com o belo entregador.

Minha nossa, como ele estava bonito. O sol da manhã destacava os tons de ruivo no cabelo dele e transformava sua pele em bronze. Logan emanava um ar tranquilo de autoridade. Ele estava confortável ali. Era provável que tivesse crescido em um vilarejo muito parecido com aquele. Ele sabia exatamente como cumprimentar cada um dos aldeões que se aproximava, desde a mais velha das avós até o jovem curioso que descia dos pastos na encosta.

Quando viu que a cesta de Logan tinha sido esvaziada e que as mulheres começavam a voltar para suas casas carregando seus novos tesouros, Maddie saiu de seu esconderijo. Eles se despediram das crianças e dos cachorros e começaram a caminhada de volta.

Logan não parecia nem um pouco satisfeito com ela.

— Foi uma brincadeira e tanto que você me armou, me abandonando para bancar o vendedor ambulante com as jovens.

— Eu não acho que elas estavam interessadas nos meus presentes. Acredito que estavam curiosas a seu respeito.

— Eu teria feito melhor se tivesse saído para os campos e conversado com os homens.

— O que você quer dizer é que isso teria sido mais senhoril.

Ele soltou um ruído de pouco caso.

— Não se trata de ser senhoril. É o meu dever conhecer os vizinhos e fazer com que saibam que não precisam se preocupar com o futuro. — Ele a encarou. — Falando de preocupações, o que aconteceu lá atrás?

— Não sei do que você está falando.

— Eu acho que sabe. Quando as mulheres a rodearam, foi como se você tivesse ido parar em outro lugar. Ou se trancado dentro de si mesma. Você não estava lá. Notei que a mesma coisa aconteceu durante nosso casamento.

Ela mordeu o lábio.

— Você acha que as mulheres repararam?

— Não sei dizer. Mas *eu* reparei.

Ela olhou para longe.

— Eu lhe disse. Sou tímida.

— Isso me pareceu ser mais do que timidez.

Ela meneou a cabeça. Maddie estava acostumada que seus familiares e amigos não entendessem. Mas era ainda mais deprimente que seu namorado imaginário se recusasse a aceitar a verdade.

— Sou tímida em grupos, é só isso. Sempre fui. E eu detesto que, às vezes, as pessoas pensem que não estou interessada, mas não sei o que posso fazer.

— Não se preocupe. Você vai ter a chance de causar uma boa impressão em Beltane.

— Beltane?

— Primeiro de maio. É uma festividade tradicional na região, que remonta aos tempos pagãos.

— Já ouvi falar — ela disse. — Mas não sei por que eu causaria uma boa impressão nesse dia.

— Eu convidei os aldeões para irem ao castelo e pedi às jovens que espalhassem a notícia. Vamos estender o convite a todos que moram por aqui.

— Você vai dar uma festa, então?

— Seria mais correto dizer que *você* vai dar uma festa. A senhora do castelo é a anfitriã, certo?

Maddie ficou agitada e quase tropeçou em uma pedra.

— Primeiro de maio está a menos de quinze dias. Não há tempo suficiente para preparar o castelo. Ou, por falar nisso, para *eu* me preparar. Nunca fui anfitriã de nada.

— As pessoas precisam se conectar com as tradições — ele disse. — Esperar uma celebração. E elas precisam saber que a terra está em boas mãos. É importante que nos vejam trabalhando juntos.

— Eu gostaria que você tivesse me consultado antes.

— Eu poderia ter consultado. Mas decidi convidá-los sem esperar sua resposta.

— Ora, isso é muito autoritário da sua parte.

— Não estou acostumado a tomar decisões em assembleia, *mo chridhe*. Para discussões amenas, você deveria ter enviado suas cartas para algum vigário de Hertfordshire. Se não queria um oficial das Terras Altas, não deveria ter inventado um.

Não devia, não podia, não teria.

— Que boba, eu. Sonhei grande.

Ele lhe deu um sorriso maroto.

— E conseguiu o que queria.

A sugestão sensual na afirmação dele a fez corar.

— Nós poderíamos, por favor, discutir o fato evidente de que não combinamos? — ela perguntou. — Não se passaram dois dias ainda e o casamento já é um desastre. Eu fico pensando que tem que haver outra solução. Se você não aceita um arrendamento... talvez eu possa lhe vender uma parte da terra.

Ele bufou.

— Vai me vender em troca de quê? Eu pareço um homem rico?

— Você é um oficial. Ou era. Seu posto deve valer bastante.

— Eu consegui minha patente através de promoções em batalha. Minha patente não vale tanto quanto a de um cavalheiro. Ela deu a mim e aos rapazes o bastante para começar, mas só.

— Oh... Bem, isso não é bom.

— Se eu tivesse dinheiro para comprar terra, já teria feito isso por minha conta. Teria sido muito mais fácil.

Maddie não sabia como lidar com aquela afirmação. Ela deveria acreditar que Logan tinha sido levado àquela situação indigna — em que a forçava a se casar com ele — por motivos dignos? Ou ela deveria se sentir como a segunda opção dele?

Ela levou a mão ao broche preso em sua faixa xadrez. Bem, ali estava sua resposta. Ela *era* a segunda opção dele.

— Digamos que eu nunca tivesse escrito nenhuma carta — ela disse, suavizando a voz. — Digamos que seus homens não precisassem de ajuda. O que você estaria procurando para si, Logan? Um lar, uma esposa, uma família? Uma profissão ou uma fazenda...? Com o que você sonhava?

— Eu nunca sonhei com nada.

— Não vale dizer nada. Com certeza você tem que...

— Não — ele a cortou. — *Mo chridhe*, eu nunca sonhei com nada.

Logan não pretendia dizer aquilo. Não era algo de que ele costumava falar. Na verdade, aquilo era algo de que provavelmente nunca tinha conversado com outra alma, jamais. Ele sabia que isso o fazia parecer estranho. Mas ele falou naquele instante, por pura tolice.

Ela parou no meio da trilha e se voltou para ele, perscrutando-o com aqueles olhos escuros e inteligentes, que tinham o poder de enxergar não só o que estava ali, mas também o que não estava.

— Não acredito em você — ela disse. — Todo mundo tem sonhos.

— Não eu. — Ele deu de ombros. — Quando fecho meus olhos à noite, não existe nada que não escuridão atrás deles. Apenas vazio até eu acordar.

Aquele era o maior medo de Logan — e o pensamento que provavelmente o preservou durante tantas batalhas e campanhas — de que quando chegasse a sua hora, a morte não seria nada além de uma noite sem fim. Ele seria novamente um garoto trêmulo, sozinho na escuridão vazia. Para sempre.

— Mas noite passada você...

— O que aconteceu noite passada?

Ela apertou os lábios.

— Nada. É só tão estranho. Nunca conheci alguém que não sonhasse.

— Acho que nunca desenvolvi esse talento. Eu era um órfão sem nada. De que adiantava sonhar? Eu nem saberia com o que sonhar, mesmo se tentasse.

— Não deve ser tarde demais para você aprender. — Ela esticou a mão para tirar uma sujeira da manga dele. Como se quisesse tocá-lo, mas tivesse pensado melhor. — Você não precisa ficar preso a um casamento comigo. Não se não quiser.

Ele a puxou para si, brusco. E deixou que Maddie sentisse o corpo dele contra o seu.

— Acho que você não pode duvidar do que eu quero.

— Tudo bem, mas existe querer e *querer*. O desejo do seu corpo pode não ser o desejo da sua alma.

Ele soltou um ruído de pouco caso. Que alma?

— A vida que você está tão decidido a conquistar para seus amigos e arrendatários... uma casa, plantações, animais no pasto... — Ela tocou a camisa dele na altura do coração acelerado. — Uma bela jovem escocesa para recebê-los todas as noites, ao voltarem do campo, para mantê-los aquecidos à noite, dar-lhes filhos... Talvez você queira tanto isso para eles porque é o que também deseja para si.

Ele afastou essa ideia.

— Você é que tem imaginação em excesso. E eu preciso dizer, isso não ajudou muito a sua vida, ajudou?

— Acho que não.

— Não importa o que eu quero. Muito menos o que eu sonho. Minha alma não tem influência nesse assunto. Nada disso tem a ver comigo. Vim para me casar com você porque é o que os homens precisam. Vou me sacrificar pelo clã.

Ela se contraiu ao ouvir aquilo. No mesmo instante Logan percebeu que a tinha magoado. E isso não foi nem um pouco prazeroso como ele esperava que seria. Fez com que se sentisse mesquinho, na verdade. Como um garoto que é pego jogando pedras em passarinhos.

Ela soltou o ar aos poucos, depois meneou a cabeça.

— Obrigada por isso. Depois de ver sua interação com os arrendatários, eu estava correndo risco de gostar de você.

Maddie se afastou dele com passadas largas, e o jeito decidido dela fez com que Logan a seguisse.

— Você precisava de um novo motivo para me detestar, afinal. Só estou tentando colaborar.

— Você está fazendo um belo trabalho.

— Então você está chateada comigo.

— Estou.

— Ofendida. Brava. Irritada.

— Tudo isso.

— Ótimo.

Ele a agarrou pelo braço e a puxou, fazendo com que Maddie o encarasse. Então Logan baixou os olhos para a pele corada do pescoço dela e o subir e descer dos seios sobre o espartilho. Um brilho atraente de desafio iluminou os olhos escuros e misteriosos de Maddie.

— Então nossa próxima parada é no quarto, *mo chridhe*. Esteja pronta para tornar este casamento real.

Capítulo Doze

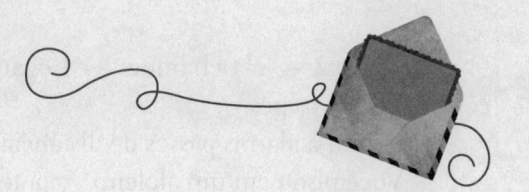

Oh, não! Maddie se arrependeu de suas palavras no mesmo instante.

— Não seja ridículo.

— Não vou ser ridículo. Pretendo ser *incendiário*.

Maddie queria pensar em uma resposta mordaz, sofisticada, para colocá-lo em seu lugar e se livrar daquela situação. Mas o vento forte que agitava suas saias parecia ter também espantado sua astúcia. Então, em vez de uma resposta sofisticada, ela deu uma juvenil. Maddie gaguejou coisas sem sentido, depois entrou em pânico e fugiu.

A trilha tortuosa até o castelo de repente pareceu longa demais. Maddie precisava estar em casa naquele instante, em sua cama, dentro de uma tenda aconchegante de travesseiros e cobertores, com Logan do lado de fora da porta trancada. Levantando as saias, ela saiu da trilha e pegou um caminho reto até o castelo, andando o mais rápido que o chão irregular e lamacento lhe permitia.

— Não vá por aí — ele disse atrás dela.

Maddie o ignorou. *Vou andar por onde eu bem quiser, muito obrigada. Não sou um dos seus soldados. Você não manda em mim.*

— Ah!

Maddie quase tropeçou na própria bainha. Ela olhou para baixo. Com a pressa de provar sua independência, tinha dado um passo em falso, perigoso e sozinha. Seu pé tinha desaparecido na lama preta e fibrosa. Quando tentou puxá-lo, a outra perna também afundou, até o joelho. O que era aquele lodo? Parecia areia movediça, que a puxava para baixo cada vez mais.

— Logan? — ela chamou. — Logan, por favor, venha logo. Não consigo mexer os pés.

Ele parou a alguns passos de distância e examinou a situação.

— Você pisou em um atoleiro. Acontece o tempo todo.

— Já aconteceu com você?

— Ah, não. Eu não sou assim tão burro.

É claro que não, Maddie pensou com amargura. *É claro que isso só poderia acontecer com ela.*

— Mas eu já desatolei muitas vacas e ovelhas — ele continuou.

— Que maravilha. Você poderia fazer a gentileza de me desatolar também? E rápido?

Uma fagulha de divertimento brilhou nos olhos dele. Aquela expressão lhe contou algo terrível. Ele iria ajudá-la, mas primeiro iria aproveitar cada minuto da situação.

Maddie virou e puxou a perna, sem sucesso. Ela estava muito bem presa, e seu coração martelava furiosamente em seu peito.

Ele estalou a língua.

— Primeira regra dos atoleiros: não entre em pânico.

— Qual é a segunda regra? Acho melhor pularmos para ela.

— Não se desespere para sair — ele disse. — Você vai ficar exausta. Mantenha a calma e espere seu corpo chegar ao equilíbrio.

Era fácil para ele falar. Ela tentou alcançar alguma coisa, qualquer coisa, para se segurar. Suas mãos só encontraram ar e grama solta. O atoleiro a engoliu mais, até os quadris.

— Logan — ela exclamou. — Está ficando pior.

— É porque você está se debatendo.

— É claro que estou me debatendo! Estou sendo engolida viva. E você só fica parado aí.

Ele se agachou, ficando no nível dos olhos dela.

— Você vai ficar bem. A maioria dos atoleiros só chega até os quadris.

— A *maioria* dos atoleiros — ela repetiu. — Então alguns são mais fundos.

— Quase ninguém morre atolado.

— *Quase* ninguém? Se está tentando me fazer sentir segura, não está dando certo.

— Relaxe — ele disse. — A morte costuma vir por sede ou exposição ao tempo, não porque as pessoas são sugadas por completo.

— Então você está dizendo...

— Que você vai ficar bem. Nós vamos construir um teto sobre a sua cabeça e lhe trazer pão duas vezes por dia. Você vai viver feliz aqui por anos.

Maddie crispou o maxilar para não rir nem sorrir. Toda vez que ela decidia detestá-lo, Logan dava mostras daquele humor irresistível. Ela se recusava a recompensá-lo por isso.

— Não se preocupe — ele disse. — Vai demorar horas para que o peso da turfa corte a circulação de suas pernas.

Ela gemeu, desesperada, enquanto afundava ainda mais. A turfa e o lodo puxavam suas pernas, afundando-a até a cintura. O pânico começava a tomar conta dela. Afundar até os joelhos em um atoleiro era uma situação engraçada, até ela podia admitir isso. Por um minuto. Talvez dois. Mas ficar imobilizada em um lodo gelado até a cintura com a real possibilidade de nunca conseguir se soltar? Essa não era a ideia que tinha de uma tarde agradável. Ainda mais quando aquela começava a parecer sua última tarde.

Logan, por outro lado, parecia estar tendo o melhor dia de sua vida. Ele sentou em uma pedra ao lado.

— Você se lembra daquela vez em que ficou presa no atoleiro? — Ele riu consigo mesmo. — Que divertido. Nós ficamos lá o dia todo. Fizemos até um piquenique. Cantamos durante umas 2 horas. E contamos até cinco mil, só para passar o tempo. Então você insistiu que eu fosse buscar sanduíches, e...

Ela lhe deu um olhar de súplica. Logan olhou para a lama.

— Se eu a tirar daí, você promete que vai para cama comigo, pelo trabalho que eu vou ter?

— Ouça o que eu vou lhe prometer, Logan MacKenzie. Se você não me tirar daqui, vou voltar do túmulo para assombrar você. Sem trégua.

— Para uma intelectual inglesa tímida, até que você sabe ser violenta quando quer. Eu gosto disso.

Ela se abraçou para manter as mãos longe daquele lodo nojento.

— Logan, por favor, eu imploro. Pare de brincar e me tire daqui. Estou com frio e medo.

— Olhe para mim.

Ela olhou. Ele a encarou com os olhos azuis e firmes. Toda provocação sumiu de sua voz.

— Não vou abandoná-la aqui. Servi dez anos no Exército Britânico e nunca deixei um homem para trás. Não vou deixá-la. Vou tirar você daí. Entendeu?

Ela acenou com a cabeça. Ela estava começando a entender por que os soldados o acompanhavam a qualquer lugar, e por que os arrendatários confiaram nele à primeira vista. Quando Logan MacKenzie assumia a proteção de alguém, ele preferia morrer antes de deixar que esse alguém se ferisse. Mas Maddie não estava sob a proteção dele, não de verdade. Ele queria usá-la para ficar com suas terras, simples assim. Mas pelo menos aquele pensamento a reconfortou: ele não podia deixá-la ali. Enquanto o casamento deles não fosse consumado, Maddie não servia para nada estando morta.

— Primeiro, respire bem fundo — ele lhe disse. — Inspire, expire. Devagar.

— Não quero perder tempo respirando. Você não pode só me puxar daqui?

— Respire — ele repetiu.

Parecia que ele não iria ajudá-la se ela não o obedecesse. Maddie fechou os olhos, inspirou, e soltou o ar.

— É isso. De novo, só que mais devagar. E de novo, até você se acalmar.

Aquelas doze respirações lentas e forçadas foram os momentos mais difíceis de sua vida. Mas no fim, Maddie se sentia um pouco melhor. Seu coração disparado tinha diminuído o ritmo para um trote médio.

— Quando você estiver pronta — ele disse —, pode começar a se mexer para frente e para trás.

— Como?

— Para frente e para trás, como se estivesse dançando.

— Oh, Senhor. Então é isso. Vou morrer aqui, porque não sei dançar.

Ele riu.

— *Mo chridhe*, o atoleiro não sabe disso.

Maddie fez como ele a orientou, oscilando para frente e para trás. Ela sentiu como se fosse o pêndulo de um relógio se movendo dentro de melaço. Primeiro ela só conseguia se mover um pouco para cada lado, mas depois de alguns minutos era possível fazer um movimento razoável.

— É isso. Você consegue sentir a água circulando ao redor de suas pernas?

Ela concordou com a cabeça.

— Então está fazendo certo. Continue. Um pouco mais rápido. Seria bom soltar as pernas antes da...

— Antes do quê? — ela perguntou.

Gotas de chuva pesadas atingiram seus ombros e rosto.

— Antes disso.

Maravilha! Agora ela iria ficar molhada e gelada por completo. Maddie fez o movimento com vigor renovado e foi recompensada com mais espaço.

— O que eu faço agora?

— Incline-se para trás um pouco — ele a orientou. — Como se fosse boiar no atoleiro.

— Mas...

— Apenas faça.

Ele se deitou de barriga no chão atrás dela e esticou as duas mãos. Conforme ela deitou para trás, ele a pegou por baixo dos braços.

— Peguei você — ele sussurrou junto à orelha dela. — E não vou soltar.

Ela engoliu em seco.

— E agora?

— A perna que você sentir mais solta, continue agitando para os lados. E puxe para cima.

— Fiquei confusa. Devo agitar a perna para os lados ou puxá-la para cima?

— As duas coisas.

Bom Deus! E depois? Continuaria com tudo isso enquanto fazia malabarismos com tochas e fumava um cachimbo? Ela não sabia se possuía coordenação para tudo aquilo. Salões de baile em Londres, atoleiros na Escócia... não haveria um lugar no mundo que fosse seguro para uma desajeitada solteirona inglesa? Primeiro ela se concentrou na perna direita, sacudindo-a por baixo da superfície de lodo enquanto a puxava lentamente para cima. O progresso lento era uma agonia, mas pelo menos seu joelho emergiu da lama.

— Ótimo — ele disse. — Agora a outra perna. Desta vez você a agita e eu vou puxá-la.

— Estou tentando.

Ela estava de fato tentando, mas não era suficiente. O atoleiro se fechava rapidamente à volta dela, puxando sua perna. De repente ela tomou consciência de sua sorte por ter Logan ao seu lado. Se Maddie estivesse sozinha, nunca teria conseguido se libertar. Mesmo com ele ali, não tinha certeza de que conseguiria.

— Uma última vez — ele disse. — Mexa a perna para trás e para frente, com o máximo de força que conseguir. Vou puxá-la quando contar três.

Maddie concordou.

— Um... dois...

Ela cerrou os dentes.

— Três.

Ele contraiu os músculos do braço. Quando Logan a puxou, ela sentiu um deslocamento terrível no quadril. Maddie sabia que aquilo a incomodaria mais tarde, ficaria dolorida durante dias. Mas um ano de dor seria melhor do que mais um minuto dentro daquele atoleiro. Finalmente, ela estava livre. Ofegante, ela engatinhou até uma encosta e se deixou cair sobre um trecho de grama molhada. Estava enlameada da cintura para baixo e ensopada com chuva na parte de cima.

Logan também parecia cansado. Ele desabou ao lado dela.

— A vida é tão estranha — ela disse, afastando uma mecha de cabelo do rosto molhado pela chuva. — Quando eu inventei um namorado escocês, foi com o objetivo de *evitar* humilhação. Olhe para mim agora. Como é que eu me meto nesse tipo de coisa?

— Desejando essas coisas, *mo chridhe*. — Ele rolou o corpo para olhar para ela, apoiando-se nos cotovelos. — Isto é tudo que você queria. Um castelo isolado nas Terras Altas e um oficial de kilt. Fique feliz por não ter conseguido me matar, ou estaria presa sozinha naquele atoleiro.

E lá estava ele, acusando-a de intenção assassina. Parecia que ele não iria desistir dessa ideia. E toda vez que puxava esse assunto, ele falava com uma ponta de ressentimento na voz.

— Logan, desculpe-me se eu o magoei.

Ele fez o costumeiro ruído de pouco caso.

— Você não me magoou.

Certo. Como uma inglesinha poderia magoar um imenso guerreiro escocês? É claro que ele nunca admitiria *isso*.

— Só para constar — ela disse —, minha verdadeira fantasia não era um castelo na Escócia e um homem de kilt. Eu só queria ser compreendida. Aceita. Amada. — O olhar dela baixou para a faixa xadrez molhada e aquela *mentira* em forma de coração que a prendia. — Não se preocupe. Eu aprendi a minha lição.

— Não entendo muito de amor e aceitação, mas acho que compreendo você. Eu a entendo o suficiente.

— Não entende de verdade.

— Ah, eu entendo, sim. — Os olhos dele examinaram o rosto dela. — Você é mentirosa, fantasiosa, inteligente, espontânea, generosa, talentosa com um lápis nas mãos... — Ele passou o polegar enlameado no nariz dela. — ...e está suja. Muito, muito suja.

— Não estou mais suja que você.

Ela apertou a mão espalmada no rosto dele, deixando a marca de cinco dedos enlameados... e um escocês nada satisfeito. Somada aos intensos olhos azuis e à barba por fazer, aquela marca lhe deu o aspecto de um antigo guerreiro das Terras Altas, pintado para combate. Pronto para atacar.

A manzorra enlameada dele desceu sobre a cintura dela, enroscando-se no tecido molhado do vestido.

— Se é sujeira que você quer... — Ele a puxou para perto, fazendo-a soltar uma exclamação. — É sujeira que você vai ter.

A boca de Logan desceu sobre a dela, quente e dominadora. Solícita, exigente. Ela conseguiu sentir o gosto de frustração no beijo dele. Se vinha da noite passada, daquela manhã ou de toda a última década, ela não soube dizer. Qualquer que fosse a causa, ele pretendia vingá-la com aquele ataque sensual. E Maddie não conseguiu se opor. Ela adorou o modo possessivo e bruto com que ele a estava tocando. As mãos de Logan passeavam por seus seios, quadris, nádegas. Seus mamilos tornaram-se tesos, como se pudessem se lembrar da atenção que receberam na noite anterior e estivessem prontos para pedir mais. Quando o polegar dele encontrou um dos bicos doloridos e o provocou, ela gemeu de prazer e alívio.

Maddie deixou a cabeça pender para trás e ele cobriu a pele vulnerável de seu pescoço com beijos suaves. A delicadeza e dedicação dele a fizeram se sentir querida. Preciosa. Desejada. Ela nunca sonhou que pudesse se sentir desejada assim por alguém. Era quase... Oh, que irônico. Aquilo era quase um sonho se tornando realidade. *Não*, ela disse para si mesma. *Não seja uma pateta.* Ela não podia se permitir pensar daquele modo. Ela estava lutando para manter seu coração boboca fora daquilo, para mantê-lo afastado com regras e condições. Era perigoso demais fazer outra coisa. Seu coração tinha muita facilidade para criar histórias em sua cabeça. Para criar um conto de amor que seria apenas mais uma mentira — uma que ela contaria para si mesma. Maddie não queria imaginar que Logan pudesse gostar dela. Ele *não* gostava dela. Mas ele a *desejava*. O calor entre eles era real. Aquele beijo intenso era real. E a dureza quente da excitação dele encostada em sua coxa era grande demais para ser um truque da imaginação dela.

Ele levantou a cabeça e a encarou.

— *Maddie.*

Assim que ele sussurrou o nome dela, o frio foi esquecido. Assim como a lama, as provocações dele e a dor em sua perna. A chuva continuava caindo, empurrando-a mais para dentro do abrigo que era o abraço dele. Derretendo a resistência dela. Maddie levou a mão até o rosto dele. O feroz guerreiro das Terras Altas tinha sumido. A chuva colou o cabelo dele à testa e ensopou seu rosto, dando-lhe a aparência de um filhotinho molhado: perdido e carente de amor. Tão confuso quanto ela se sentia.

— Oh, Logan.

E então, apesar de todas as tentativas dela para evitar aquilo, ali estava. Seu coração começou a lhe contar uma história muito perigosa. A história de um homem decente e leal, para quem suas cartas foram um tesouro, que sonhou com ela todas as noites, sobreviveu a batalhas e marchou através do continente para voltar para casa — não para um castelo ou vale, mas para ela. E naquele momento, em que a segurava nos braços, ele não encontrava palavras para explicar toda a emoção que trazia no coração. Aquilo não era nada além de uma bobagem de ficção. Tinha que ser.

Mas ela não conseguia mais bloquear aquele conto. Ela pôs os braços ao redor do pescoço dele e enfiou os dedos em seu cabelo, puxando-o para perto.

Capítulo Treze

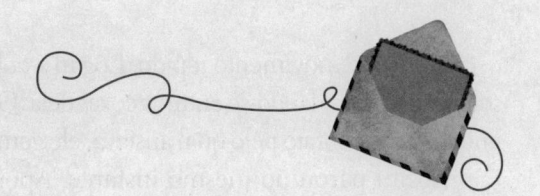

Logan deveria se afastar. Eles precisavam procurar abrigo. Mas ele não conseguiu a soltá-la. A chuva tinha colado o vestido à pele dela, deixando pouco para a imaginação. Ele a via por inteiro, o contorno perfeito de seu corpo — a pele pálida, os mamilos excitados, o tom azul dos lábios trêmulos. Ela estava vulnerável e trêmula. Ela precisava de calor. E ele precisava disso. De segurá-la. Protegê-la. Sentir o coração de Maddie batendo perto do seu e saber que ela estava viva. Porque, ainda que preferisse morrer antes de admitir, ele ficou assustado por um instante, quando ela afundou no atoleiro.

Ele a puxou para perto para reconfortá-la. Ele a beijou porque ela parecia querer que ele o fizesse. Mas então sua noiva tímida começou a beijá-lo e ele perdeu o controle de tudo. Os dedos dela passeavam pelo cabelo molhado dele. A língua doce e hesitante dela acariciou a dele. O desejo o atingiu em cheio. Ele ficou tonto com a sensação.

Logan apertou a mão nas costas dela, puxando-a por completo para si. Ela suspirou durante o beijo, contorcendo-se ainda mais forte contra ele. Sua barriga encostou na ereção dele e Logan sentiu um tremor passando pelo músculo da coxa. Como ele a queria! Aquilo era loucura. Os dois estavam cobertos de turfa e lama até a cintura. Ele não poderia de jeito nenhum tirar a virtude dela ali, no chão, debaixo de chuva, no frio. Mas ele não conseguia mais aguentar a tensão crescente. Seu membro latejava em vão, preso debaixo do tecido molhado de seu kilt. Ele estava desesperado por algum tipo de contato. Resistência. Toque. Calor. Ele precisava assumir o controle.

Com um movimento rápido, Logan a colocou de frente para ele e ficou sobre ela, acomodando-se entre as coxas dela. Quando seu membro finalmente encontrou o contato pelo qual ansiava, ele gemeu de prazer. Ela gritou de dor.

Logan parou no mesmo instante. Apoiando-se nos antebraços, examinando a expressão assustada dela.

— O que aconteceu? Você está machucada?

— É a minha perna. Eu... eu a desloquei ao sair do atoleiro.

Oh! Ela estava machucada o tempo todo? E ele a atacou naquela encosta como se Maddie fosse uma ovelha e ele o último lobo da Escócia?

— Não se preocupe. Vou levá-la agora mesmo para o castelo.

Ele soltou o tecido extra que usava jogado por cima do ombro. Segurando Maddie perto do peito, ele a envolveu com esse tecido para mantê-la aquecida. Em seguida, ele a pegou nos braços.

— Espero que saiba que você está arruinando suas chances de se deitar comigo — ela disse. — É impossível que eu consiga desprezá-lo quando você fica me beijando assim e me pegando no colo todo dia.

Ele fez uma expressão triste.

— Amanhã você pode aprender a me odiar de novo. Hoje você não vai chegar a lugar nenhum.

Quando os dois voltaram ao castelo, molhados, enlameados e gelados, Logan começou a dar ordens ainda com Maddie no colo. Ele orientou Becky a trazer cobertores. A cozinheira recebeu ordem de começar a esquentar água para um banho. E ele insistiu que Munro, seu médico de campanha, examinasse a perna de Maddie.

— Não é nada — ela garantiu ao médico depois que estava envolta em uma colcha velha e deitada em uma espreguiçadeira em seu quarto. — Eu só desloquei. Fui burra o bastante para pisar em um atoleiro.

Munro tirou a lama da perna dela e, com cuidado, virou o pé para um lado e outro, testando a reação dela.

— O inchaço é moderado. Não parece sério.

— Foi o que eu tentei falar para o Logan. Mas ele não me escuta.

— Se você quisesse andar agora, eu não a impediria — disse Munro. Ela concordou com a cabeça.

— Tenho certeza de que você já mandou soldados de volta à batalha em situação muito pior.

— Mas você não é um soldado. — Ele arqueou as sobrancelhas grisalhas. — Se o seu ferimento ainda está dolorido, eu posso dizer ao capitão que você precisa de descanso, e que ele precisa adiar por alguns dias a lua de mel.

Isso. Aquele era o golpe de sorte que ela precisava. Ela aceitaria qualquer desculpa para manter Logan afastado por mais alguns dias.

— Agora que você falou, meu joelho está bem dolorido. Acredito que descanso me faria bem, sim.

Maddie sorriu para si mesma enquanto o cirurgião guardava seus instrumentos na bolsa. Logan não ficaria contente com ela, mas foi ele que insistiu em ouvir a opinião do médico e não poderia ignorar o conselho de Munro.

Enquanto o médico desenrolava os punhos de suas mangas, ela viu uma cicatriz irregular no antebraço direito dele.

— O que aconteceu aí? — Ela fez uma careta.

— Ah, isto? Uma baioneta. Não é tão ruim quanto parece. Deveria ter cicatrizado melhor, mas você sabe como é. Em casa de ferreiro, o espeto é de pau, e o médico de campanha não é costurado direito.

— Parece que de tempos em tempos até o médico precisa ser tratado. Ele concordou.

— E de tempos em tempos até o comandante precisa ouvir o que deve fazer. Às vezes seria bom se o capitão recebesse algumas ordens. — Ele piscou um olho para ela. — Não precisa ser tímida com ele, minha jovem.

— Obrigada pelo conselho. — Maddie sorriu.

Depois que Munro saiu, Becky entrou com dois jarros de água fumegante, que ela virou na banheira para preparar o banho de Maddie. Ah, um banho. Aquela era uma das ordens de Logan que ela não tinha nenhum desejo de contrariar. Depois da lama e da chuva gelada, um banho quente era tudo o que ela precisava.

Maddie usou toalhas velhas e trapos para tirar o máximo possível de turfa do corpo, para não enlamear a água do banho. Então resolveu usar uma das compras da tia Thea e acrescentou uma boa dose de linimento com aroma de lavanda à água. Em seguida, ela prendeu o cabelo em um coque gigantesco no alto da cabeça e mergulhou o corpo na banheira fumegante. Um gemido involuntário escapou de seus lábios quando a água quente envolveu seu pescoço... Que delícia... Era quase tão reconfortante quanto um abraço caloroso. A tensão em seus músculos começou a se desfazer.

Todo o relaxamento foi arruinado, contudo, quando Logan abriu a porta com um estrondo. Maddie soltou uma exclamação e se encolheu, afundando mais na banheira e usando os braços para esconder suas partes mais secretas.

— Você não sabe bater na porta, não?

— Não na minha própria casa.

Ela olhou para a toalha na beira de sua cama. Longe demais para alcançar sem se expor.

— De acordo com Munro — ele disse, irritado —, não devo tocar em você. Durante vários dias.

— Oh? — Ela inclinou a cabeça com ar de inocente. — Que pena.

— Pare de fingir que não foi você que pediu para ele dizer isso.

— Foi você que insistiu para que ele me examinasse. Não pode ignorar a opinião dele. — Ela passou a esponja pelo braço, soltando espuma no caminho. — Como nós estamos proibidos de fazer atividades vigorosas, acho melhor você usar o quarto que Becky preparou.

— Isso não vai ser necessário. De jeito nenhum vou dormir no fim do corredor. — Ele expirou, ranzinza. — Vou partir.

— Partir?

— Não precisa ter muita esperança. É só temporário. Preciso encomendar madeira para as novas casas, então vou até Fort William. A viagem deve demorar dois ou três dias. Quando eu voltar, espero que você esteja com a saúde perfeita.

Ele olhou torto para ela e o recado foi transmitido com perfeição. Apesar do calor da água do banho, sua pele ficou toda arrepiada. Quando ele voltasse, sua paciência estaria no fim. Maddie não teria mais como adiar a lua de mel.

Ao fim de três dias, ou ela estaria livre dele... Ou se tornaria sua esposa.

Capítulo Catorze

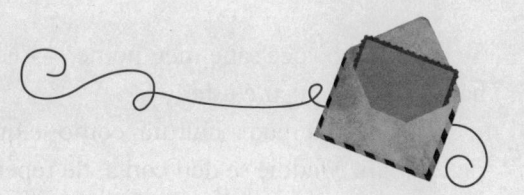

Maddie não acreditava que Logan tivesse sido tolo o bastante para deixar as cartas longe dele, mas se *estivessem* em algum lugar do castelo, ela estava decidida a encontrá-las antes que ele retornasse.

Maddie estava começando a gostar *muito* dele, de um modo ingênuo demais. Ela não poderia repetir o mesmo erro que cometeu aos 16 anos. Jogar aquelas cartas no fogo era sua única esperança, se não quisesse passar o resto da vida presa em uma mentira que ela mesma criou.

Infelizmente, após muitas horas de busca empoeirada, ela não tinha encontrado nem uma pista. Ao longo dos últimos dois dias havia aberto cada gaveta em cada peça da mobília — além de também verificar embaixo e atrás dos móveis.

Naquela tarde, ela voltou a vasculhar a Grande Galeria, uma sala no piso mais alto do castelo que ocupava toda a extensão da torre. Havia um vão entre o teto e os painéis de carvalho que revestiam as paredes. De onde Maddie estava, a falha não parecia ter profundidade suficiente para esconder um pacote de cartas... mas não era possível ter certeza sem verificar.

Ela empurrou uma cadeira até a parede e subiu nela, ficando na ponta dos pés para enfiar os dedos na fenda empoeirada e cheia de teias de aranha.

Nada... Nada... Ela se esticou em um esforço para alcançar o canto. Nad...

— O que significa isso?

Maddie quase caiu da cadeira. Ela se segurou no revestimento de madeira e firmou o pé, então se voltou para encarar o intrometido.

— Oh! Boa tarde, Grant.

— Como você sabe meu nome? — Ele examinou a galeria, desconfiado. — Que lugar é este?

Ele levou a mão à cintura, como se quisesse pegar a arma que deveria estar ali. Maddie se deu conta, de repente, de como ele era imenso, e ela, em comparação, minúscula... E como eles estavam sozinhos naquele momento. O coração dela começou a bater um pouco mais rápido. Se ela não conseguisse acalmá-lo, aquela situação poderia ficar perigosa.

Maddie ficou parada no mesmo lugar e ergueu as duas mãos vazias — e empoeiradas. Ela repetiu as palavras que ouviu Logan e seus companheiros dizer tantas vezes.

— A guerra acabou, Grant. Você está na Escócia. Este é o Castelo de Lannair, onde está há quase uma semana. Callum, Rabbie, Munro, Fyfe... estão todos trabalhando lá fora, pegando pedras.

Ele franziu a testa.

— Quem é você?

— Sou Madeline. A namorada do Capitão MacKenzie, que escreveu todas aquelas cartas para ele. Nós estamos casados, agora. — Ela fez um gesto indicando sua faixa xadrez e o *luckenbooth*.

— Estão mesmo?

Ela concordou e o rosto do homenzarrão relaxou.

— Ele é um vagabundo de sorte, então.

— Obrigada. E você é minha pessoa favorita.

— Então eu também sou um vagabundo de sorte. — Ele sorriu.

Maddie só pôde retribuir o sorriso. Aquele homem devia ter sido muito charmoso quando era saudável de corpo e mente.

O olhar dele passeou, agitado, pela sala.

— Você sabe onde estão meus pequeninos? Nós já estivemos em Ross-shire? Eu queria muito ver as crianças.

Ela meneou a cabeça.

— Desculpe, eu não sei.

— Vou perguntar para o capitão se nós podemos ir amanhã.

Maddie sentiu o coração apertar. Uma vez após outra ele emergia daquela névoa que turvava sua mente querendo saber dos filhos. E todas as vezes Logan mentia para ele. Bem, Maddie não podia levá-lo para Ross-shire. Mas talvez pudesse ajudá-lo de outro modo.

Ela desceu da cadeira e bateu as mãos para tirar o pó. A busca das cartas teria que ficar para outra hora. O mais provável era que Logan as tivesse levado consigo naquela mochila preta, que Maddie também não encontrou.

Ela atravessou a sala e pegou Grant pelo braço.

— Seus filhos gostam de biscoito?

— É claro que gostam. Nunca vi uma criança que não gostasse de biscoito.

— Então vamos até a cozinha. Acho que a cozinheira preparou uma fornada esta manhã, e eu estou precisando de uma xícara de chá. Vou adorar ouvir histórias dos seus filhos enquanto nós comemos.

Fazia horas que a noite havia caído quando Logan, afinal, chegou ao vale. Ele não pretendia viajar de noite, mas a lua estava quase cheia e a ideia de acampar no mato molhado não era muito atraente. Não quando havia uma cama quente esperando por ele no Castelo de Lannair. Ele tinha dado tempo para ela. Maddie teve condições de descansar. Naquela noite ele não iria dormir no maldito chão.

Um criado de olhar cansado abriu a porta lateral para Logan, que se sentia tão cansado quanto o criado parecia estar. Em vez de ir direto para a cama, contudo, ele parou no primeiro patamar e observou o salão principal. Dali, ele contou em silêncio os homens dormindo. Esse era um velho hábito, do tempo em que ele cuidava de gado e ovelhas na juventude, um hábito que não abandonou quando se transformou em comandante de tropas. Ele nunca perdeu uma ovelha nem um filhote, e também nunca deixou um soldado para trás. *Um, dois, três, quatro...* Ele contou duas vezes e continuava faltando um. Faltava Grant. Cristo!

Seu coração preocupado acelerou o ritmo e ele atravessou toda a extensão do salão. Quando descobrisse quem tinha cochilado em serviço naquela noite, a pessoa levaria um chute no traseiro. Mas na verdade Logan não podia culpar ninguém a não ser ele mesmo. Ele nunca deveria ter deixado os homens por conta própria. A partir daquela noite, ele sempre colocaria alguém de sentinela. Aquilo era uma droga de castelo, afinal. Uma fortaleza militar. Talvez fosse melhor começar a administrá-lo dessa forma.

Enquanto procurava nas salas próximas, ele fez uma oração silenciosa. Grant não podia ter ido longe, podia? Logan esperou que o outro não tivesse saído vagando pela noite. Se ele se perdesse no pântano e sua cabeça desse um branco...

Um ruído abafado alcançou suas orelhas. Uma voz, murmurando. Uma voz não... *vozes.* Ele seguiu o som do burburinho baixo até o fim do corredor e chegou a um lance de escada. As vozes vinham da cozinha.

Enquanto ele descia os degraus, os murmúrios foram ficando mais distintos e o nó de preocupação em seu peito começou a se desfazer. Ele reconheceu a voz de Grant.

— Guinche mais alto, moça. Guinche mais alto.

E então, uma risada feminina suave.

Quando ele chegou à entrada, viu os dois ali. Grant e Maddie. Sentados juntos à mesa, diante de duas canecas e uma vela. Logan se apoiou na arcada e as emoções o assaltaram. Ele ficou aliviado e irritado ao mesmo tempo. Ele tinha se preocupado que Grant pudesse fazer mal a si mesmo. Então se deu conta de que a situação poderia ser pior — ele poderia ter machucado Madeline.

— Boa noite — Logan disse.

Ela levantou a cabeça de súbito.

— Logan. Você está em casa.

Deus. Aquelas palavras fizeram o mundo girar. Ela parecia quase feliz por vê-lo. E aquelas palavras. *Logan. Você está em casa.* Ele nunca imaginou que as ouviria. Não em toda sua vida. E, diabos, como ela estava linda. Maddie usava apenas um robe bem fechado por cima da camisola. O cabelo estava preso em uma trança grossa caída sobre um ombro. Algumas mechas soltas emolduravam o rosto dela. Mas outra coisa chamou e prendeu sua atenção. A trança dela não estava presa com uma fita qualquer de musselina, mas com uma tira de tecido xadrez. O xadrez *dele*.

Aquilo tudo era demais. A sensação de alívio de encontrar os dois em segurança. A doçura nos olhos dela, a voz calorosa. A tira no cabelo. Ele tinha forçado o ritmo da viagem para chegar nessa noite, e a situação toda fez com que sentisse estar a ponto de desabar. E o que ele iria fazer? Pegá-la nos braços e dizer que tinha sentido falta dela durante todos os momentos em que esteve fora? Dizer que sentiu ciúme de Grant porque o homenzarrão conseguiu fazê-la rir com aquela piada boba, algo que Logan ainda não tinha conseguido? Claro que não. Porque todas essas coisas teriam sido sensatas, e ele não conseguia fazer nada que fosse sensato perto dela. Porque quando alguém lhe oferecia, com tanta alegria, a única coisa que lhe foi negada a vida toda, e que ele jurou nunca almejar, seu primeiro impulso era de desconfiança. E raiva. Uma raiva estúpida e irracional.

— O que está acontecendo aqui? — ele perguntou.

— Só estamos conversando — Maddie respondeu. — Você está com fome? Eu posso pegar uns...

— Não.

— Ela está fazendo um desenho das minhas crianças. — Grant levantou o papel e mostrou para ele, orgulhoso. — Veja só isto. Estão como no dia em que eu me despedi deles com um beijo. Devem estar bem maiores agora.

Logan pegou o papel e examinou o desenho. Ele não estava com os óculos, mas mesmo assim conseguia perceber a habilidade dela. Duas crianças de cabelos claros, um garoto e uma menina, de mãos dadas debaixo de uma sorveira.

— Capitão, nós podemos ir a Ross-shire amanhã? — Grant perguntou. — Eu quero muito ver os pequenos.

— Claro, *mo charaid*. Amanhã, porque agora está na hora de dormir. Vá, então. Os outros estão logo depois daquele lance de escada.

Grant o cutucou com o cotovelo ao passar.

— Você sabia que está casado com ela? — ele perguntou, inclinando a cabeça na direção de Maddie.

— Sabia. — Logan olhou para ela.

O homenzarrão esticou a mão e remexeu o cabelo do capitão.

— Seu vagabundo sortudo.

Depois que Grant saiu, Maddie lavou as xícaras de chá e as deixou escorrendo. Ela pendurou a lanterna em um gancho e limpou a mesa com um pano, que pendurou para secar. Tudo em silêncio. Ela o estava evitando. Muito bem, então. Logan podia esperar. Ele tinha a noite toda.

Quando Maddie afinal se virou, ele mostrou o desenho dos filhos de Grant.

— O que significa isto?

— Como? — Ela franziu a testa. — Eu dei isso para o Grant. É dele.

— Ele vai esquecer em dez minutos. Não vai sentir falta.

— Talvez não, mas ele sente falta das crianças. São os filhos dele.

Logan sacudiu o papel enquanto se aproximava dela.

— Isso não irá ajudá-lo. Que bem isso pode fazer? Só vai deixá-lo mais nervoso, fazendo com que se pergunte onde estão.

— Talvez, se conversarmos sobre as lembranças dele, isso possa ajudá-lo a melhorar.

— Faz mais de um ano. Ele não vai ficar melhor. Grant precisa de uma rotina. Um lugar seguro e familiar onde não vá ficar agitado o tempo todo.

Maddie deu a volta na mesa e apoiou o corpo na beirada. Ela cruzou os braços à frente do peito e o encarou com aquela expressão solene, curiosa. Procurando seus espaços vazios.

— Então é por isso que é tão importante para você — ela disse — que nós dois mantenhamos as aparências. Que estejamos casados de verdade. Não é só por causa da terra. Se Grant acreditar que você conseguiu voltar para sua namorada na Escócia, aquela que lhe enviava cartas, você poderá mantê-lo acreditando que a felicidade dele próprio está logo ali. Que você irá levá-lo para ver a avó e os pequenos em Ross-shire. Mas sempre amanhã. Nunca hoje.

Logan não tentou contestá-la. Ele não parecia estar envergonhado.

— Eu só quero que ele tenha paz. O máximo que for possível.

— Mas você não pode mentir para sempre, Logan. O que vai acontecer quando ele ficar mais velho? Quando vir que todos ao seu redor estão grisalhos, que suas mãos estão com manchas de idade e que todos os amigos estão casados e com filhos... e até mesmo netos?

Logan suspirou fundo e passou as duas mãos pelo cabelo.

— Nós temos anos antes que isso aconteça.

— Mas vai acontecer. Você está querendo acreditar que pode mantê-lo em segurança. Mas não pode. — Ela tirou o desenho da mão dele e o colocou de lado. — Eu sei o que é viver em um mundo feito de mentiras, Logan. Pode ser qualquer coisa, menos pacífico. É necessário estar sempre alerta. A qualquer momento, o menor detalhe pode fazer tudo ruir. Isso não é bom para o Grant nem para você.

— Não cabe a você decidir isso.

— Claro que cabe a mim. Este ainda é o *meu* castelo. E comecei a ver Grant como um amigo. Você pode tentar me dizer o que vestir, aonde ir e o que servir de jantar. Mas não pode me proibir de me importar com ele.

A simples menção ao fato de se importar com Grant fez o coração de Logan disparar em direção a um lugar desconhecido.

— Eu posso e é o que vou fazer.

Ela bufou para manifestar sua discordância.

Ele se aproximou e apoiou as duas mãos na mesa.

— Você não deveria ficar sozinha com ele. Grant é um homem grande, com temperamento imprevisível e o raciocínio prejudicado. Não dá para sabermos o que ele pode fazer. Quando eu parei à porta e vi vocês dois juntos...

Ela inclinou a cabeça para o lado e o fitou através dos cílios compridos.

— Você ficou preocupado comigo. Eu sei. É tão amável.

Ele crispou os dentes.

— Não é *amável*. Eu vi uma situação perigosa e reagi.

Ela baixou os olhos e tocou na lapela do casaco dele.

— Eu também fiquei preocupada com você. Nós o esperávamos ontem, Logan. É por isso que fiquei a noite toda com Grant. Para passar o tempo.

Santo Deus. Os dedos dela tocaram um botão do casaco.

— Era natural que você estivesse receoso.

— Eu não estava receoso. Estava bravo.

— Estou vendo isso. — Ela ergueu os olhos para os dele. — Mas não entendo o porquê.

Logan também não entendia. Da mesma forma que não entendia por que tinha pensado tanto nela nos últimos três dias. Ele estava perdendo o controle e odiava quando isso acontecia. E como ele não parecia ter qualquer esperança de recuperá-lo, decidiu que faria com que Maddie também se descontrolasse.

Ele se inclinou para frente e capturou aquela boca rosada e exuberante com um beijo possessivo. Ela não precisou de muita coisa para corresponder. Os lábios de Maddie se abriram sob os seus e, quando a língua dele mergulhou, a dela foi recebê-la. Isso. Deus, como ele a queria.

Logan pôs os braços ao redor dela e a puxou para si, passando as mãos pelo veludo do robe e puxando o nó do cinto.

— O que você está fazendo? — ela perguntou, mas ele não respondeu. Apenas continuou o que estava fazendo, na esperança de que suas intenções fossem muito claras.

Ele soltou o cinto e deixou a faixa de tecido cair no chão. Então deslizou as mãos para dentro do robe para sentir o algodão frio da camisola — e o calor macio e rosado do corpo por baixo dela. Ele sorriu de encontro à boca de Maddie. Ela só estava usando *uma* camisola essa noite. Com um grunhido baixo e cansado, ele inclinou a cabeça e começou a traçar uma linha de beijos por seu pescoço. Logan levou a mão à curva firme da coxa dela, segurando a musselina e puxando-a para cima.

— Logan — ela gemeu.

Se Maddie queria que ele parasse, estava fazendo tudo errado. Ele adorava ouvir seu nome saindo dos lábios dela. Isso fazia seu sangue correr com mais força. Seu membro logo despertou, endurecendo debaixo do peso do kilt.

— Você disse que me daria tempo — ela sussurrou. — Tempo para encontrar outra solução. Não posso deixar isso acontecer.

— Já está acontecendo. — Ele subiu a mão por baixo da camisola, acariciando a curva da perna e tocando a parte de trás do joelho dela. —

Você quer isso, *mo chridhe*. Eu sei que quer. Ah, você pode tentar negar com palavras. Mas se eu a tocasse, neste instante, seu corpo também negaria? Ou eu a encontraria quente, molhada e trêmula sob meus dedos?

Ele subiu mais a mão, escalando a pele sedosa da coxa. Maddie suspirou e sua carne tremeu debaixo dos dedos dele. Tão macia. Tão deliciosamente quente.

— Diga que você não sentiu minha falta — ele sussurrou. — Diga que não quer meu carinho.

— Logan, eu não posso...

Quando a voz dela sumiu, ele a beijou, decidindo interromper a frase ali mesmo. *Não, você não pode. Você não pode me dizer isso porque não é verdade. Você me quer tanto quanto eu a quero.* Ele tinha que acreditar nisso ou ficaria louco. Logan subiu o carinho pela coxa e parou a mão no cerne dela. Seus dedos deslizaram para cima e para baixo pela abertura. Maddie estava pronta para ele, bem como ele sabia que estaria.

Ela arfou e agarrou nos braços dele com as duas mãos.

— Logan...

— Só isso, *mo chridhe*. Só tocando.

Concordando, ela deixou a cabeça cair para frente e descansou no ombro dele. A respiração dela foi ficando difícil, carente. Ele a abriu com um toque gentil, enfiando um dedo no calor dela. Ela era tão apertada... Tão apertada e tão molhada. Maddie soltou pequenas exclamações deliciosas de prazer enquanto ele trabalhava com o dedo, entrando e saindo, indo mais fundo a cada vez. Quando o dedo entrou por completo e a palma da mão fez contato com o lugar mais sensível dela, Maddie arqueou os quadris. Logan ficou parado, dando-lhe um momento para se adaptar à sensação, então começou a roçar a palma de encontro ao núcleo do prazer de Maddie. E então ele parou, à espera.

Vamos lá. Você é uma jovem inteligente, sabe o que o seu corpo quer. Ela não demorou para começar a mexer os quadris. A cavalgar o dedo dele. A esfregar seu núcleo contra a palma da mão dele. Procurando o prazer, como ele sabia que ela faria. Ver Maddie buscando o prazer, sem pudores, deixou-o louco. Seu membro latejava contra o tecido áspero do kilt. Cada contato mínimo provocava um tremor na base de sua coluna. Ele nunca ansiou tão desesperadamente pelo alívio em toda sua vida. Nem mesmo quando era um jovem excitado. A respiração dela acariciava seu pescoço em baforadas curtas. Maddie ergueu a cabeça e o fitou com aqueles olhos escuros, sonolentos, mais excitantes que qualquer coisa. A língua tímida e rosada saiu para umedecer os lábios. Ele não conseguiu continuar em silêncio. Palavras começaram a jorrar dos lábios dele. Palavras carinhosas e grosseiras. Palavras que ele renegaria quando se lembrasse delas pela manhã. Todas em gaélico, ainda bem. Ela riria se o ouvisse confessar a frequência com que pensou nela durante a viagem. Ela duvidaria se ele dissesse que nenhuma outra mulher o deixou assim dolorido de tanto sentir prazer, tão duro. E se ela o ouvisse comparando seus lábios úmidos à flor da urze em uma manhã de verão na Escócia, tudo estaria arruinado. Mas ele não conseguia se segurar. Ela fazia seu sangue pegar fogo.

— *Maddie a ghràdh. Mo chridhe. Mo bean.*

Ela ergueu os braços e entrelaçou os dedos na nuca de Logan, e então o puxou para frente, afogando-o em seu beijo. Os quadris dela balançavam e ele se movia com ela, acrescentando um segundo dedo ao mergulhar de novo naquele corpo ávido. A língua dela se enroscou na dele, curiosa e desesperada. As unhas de Maddie apertaram a nuca de Logan. Ele pensou que iria gozar ali mesmo. Nem bem ele pensou nisso, Maddie mudou de posição, apoiando as costas na mesa. A coxa dela entrou em contato com a curva latejante do membro dele. E mesmo com todas as camadas de veludo, algodão e lã entre eles, esse contato, mais o calor pulsante que envolvia seus dedos, foi suficiente para deixá-lo no limite. Ele lutou contra o impulso de se esfregar nela até chegar ao clímax. Logan não gozava nas dobras do seu kilt desde que era um garoto de 15 anos e não o faria nesse momento. Perder o controle daquele modo... seria o mesmo que se render. Ele estava no comando.

— Vamos, *mo chridhe* — ele sussurrou. — Preciso senti-la gozando para mim.

O corpo dela ficou rígido, a não ser pelo tremor delicioso na coxa que o fez saber que ela estava perto do ápice. Ele manteve o ritmo contínuo, ignorando a dor no pulso e a sensação de desejo reprimido em sua virilha.

Ela mordeu o lábio e fechou os olhos bem apertados.

— É isso. Deixe vir.

E então ele sentiu. O corpo dela se contraindo em volta dos dedos dele, estremecendo com o êxtase do orgasmo. Os gritos de prazer que ela soltou foram tímidos e abafados, mas não menos excitantes para ele. Quando ela desabou de encontro a ele, mole de prazer e úmida de suor, ele disse para si mesmo que o equilíbrio de poder tinha sido restabelecido. Ele tirou os dedos do corpo dela e lhe levantou a camisola acima dos joelhos.

— No outro dia — ele disse, acariciando as costas dela —, você me disse que a Becky tinha preparado um quarto para mim.

Ela concordou, lânguida, caída em seu peito.

— Vou dormir lá esta noite.

— Não, não — ela disse e levantou a cabeça. — Logan, você não precisa ficar sozinho.

— Você me disse que ainda precisava de tempo.

— Não é isso que eu quis dizer. — Ela apoiou a mão no peito dele. — Existe mais de um modo de dar prazer e existe mais de um modo de amar.

— Eu já lhe disse que...

— E você mentiu. Você já amou alguém antes. O bastante para querer se casar com ela. O bastante para carregar uma lembrança dela com você durante anos, em batalhas e momentos terríveis. — Ela bateu no peito dele com o lado do punho. — Eu sei que aí dentro tem alguma coisa, sua criatura teimosa. Que por baixo desse exterior duro, você não é nada além de baba. Você não me engana.

A voz dele se tornou fria.

— Você é que está se enganando.

— Talvez. — Ela deu de ombros e olhou para longe. — Acho que não seria a primeira vez.

A verdade é que Logan era um covarde. Com medo demais para admitir que o que restava de seu coração murcho e escuro *estava* ficando cada vez mais envolvido. Ela estava errada em muitas coisas a respeito dele, mas talvez estivesse certa em algumas. Talvez Logan não fosse tão vazio por dentro como ele queria que ela acreditasse. E pensar nisso o assustava. Ele não queria precisar dela, não daquele jeito. Se Logan precisasse dela, isso daria a Maddie poder sobre ele, que já tinha bancado o fantoche dela por tempo demais. Todas aquelas cartas, durante todos aqueles anos. Todo o desejo e o querer que ela alimentou nele... Apenas para dá-lo como morto. A raiva sem sentido se agitou dentro dele. Um impulso de abraçá-la, puni-la, dar-lhe prazer, possuí-la. Essa noite ele seria um perigo muito maior para ela do que Grant jamais poderia ser. Ele reuniu toda força de vontade que lhe restava e recuou.

— Boa noite, *mo chridhe*. Vá para cama. E, quando chegar lá, tranque a porta.

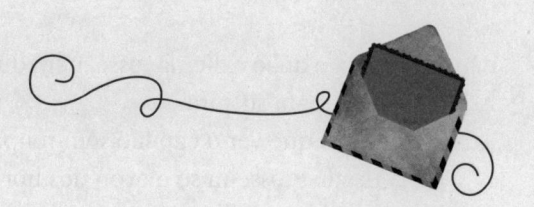

Capítulo Quinze

Durante o café da manhã, no dia seguinte, Rabbie arqueou a sobrancelha para ele.

— Nenhum progresso, ainda, na batalha da cama?

Logan continuou olhando para a frente. Ele resolveu ignorar a pergunta.

— Imagino que isso signifique não.

— Tem certeza de que está se esforçando? — Callum perguntou.

Logan olhou feio para ele.

— Você tem que ser o herói da imaginação dela. Você já experimentou chamá-la de "princesa do meu coração"? As inglesas se derretem quando ouvem isso.

— O que você entende de derreter o coração de inglesas? — Logan perguntou.

— Ele tem razão — Rabbie interveio. — "Princesa do meu coração" funciona. "Princesinha do meu coração", então, é melhor ainda.

— "Princesinha e dona do meu coração" — disse Callum, aprimorando o galanteio um pouco mais. — Inclua também palavras em gaélico e carregue no sotaque.

Rabbie meneou a cabeça.

— Vocês estão todos ignorando a solução óbvia.

— E qual é? — Munro perguntou.

Logan gostou que Munro tivesse perguntado, porque ele próprio, com certeza, não perguntaria. Mas para dizer a verdade, a paciência de Logan estava começando a se esgotar. Se ele não a possuísse logo, ficaria doido de desejo. Àquela altura ele estava disposto a ouvir qualquer ideia, não importava o quão ridícula fosse, nem que a sugestão viesse de Rabbie. Este se curvou para suspirar.

— Ela tem que ver o capitão sem roupa. Camisa, kilt... sem nada.

Uma risada grosseira se elevou dos homens.

Logan revirou os olhos e espetou a carne com sua faca.

— Não, eu estou falando sério — Rabbie disse, ficando em pé. — É assim que funciona: você levanta cedo um dia, capitão. Escolha um dia com névoa, quando estiver parecendo que o vale foi coberto com um cobertor.

Rabbie acenou a mão espalmada diante deles, como se fosse um artista pintando uma paisagem.

— Você tira toda a roupa, fica nu, e então mergulha no lago. Espere até que ela apareça à sua procura. Porque ela vai aparecer. Elas sempre aparecem. Mas finja que não percebeu a presença dela. E então, quando ela estiver bem perto para ver, e depois que ela estiver observando por algum tempo, você sai da água de repente. Como um golfinho. Ou uma sereia. Rompendo a névoa e jogando o cabelo para trás com as duas mãos — Rabbie passou as mãos pelo cabelo para demonstrar —, deixando escorrer as gotas de água pelos ombros e peito. — Ele tamborilou os dedos no corpo. — Assim.

Munro bufou.

— Então ele deve mergulhar no lago ao raiar do dia e ficar nadando na água gelada por uma hora ou duas para então aparecer? Estou achando difícil de acreditar que ela vai conseguir enxergar alguma coisa que a impressione.

Todos riram. Até Grant.

— Vocês podem rir — Rabbie disse —, mas escreva o que eu digo, capitão. Tire a roupa. Da próxima vez que a tiver nos braços, ela não vai conseguir resistir.

— Eu já fui casado — disse o normalmente silencioso Fyfe. — Vou lhe dizer o que ela quer. Os seus segredos. Sua alma. Você tem que se abrir ao meio e encontrar aquele pedacinho todo quebrado que chama de coração e esconde de todo mundo e até de Deus, se conseguir. E então sirva-o para ela em uma bandeja. Elas não aceitam menos que isso.

O clima do grupo ficou mais sério.

— Bem, eu prefiro a minha ideia — disse Rabbie, piscando para Logan. — Experimente a minha primeiro.

— Pode ser — Logan murmurou.

Mesmo que ele estivesse disposto a se abrir ao meio, não encontraria muita coisa para oferecer a ela.

— Vocês todos estão complicando isso demais — Munro disse. — Ela é uma jovem. Dê flores, leve-a para dançar, arrume uma desculpa para ela colocar um vestido bonito. Só precisa disso.

— Mas Madeline é diferente. Ela não gosta dessas coisas — Logan disse.

— Acredite em mim. Toda mulher gosta dessas coisas.

Mulheres são mulheres, Logan. Toda jovem precisa de cuidados e a chance de se sentir bonita de vez em quando.

Não era disso que tratavam as cartas dela? Maddie achava que nunca faria sucesso em uma festa ou reunião. E seu sonho era um homem que a quisesse mesmo assim. Logan não queria ser o homem dos sonhos dela. Mas talvez ele pudesse interpretar esse papel por uma noite. Talvez tudo o que Madeline Gracechurch precisasse era ser cortejada um pouco. Receber o mesmo tipo de atenção que toda mulher da idade dela recebe. E ela merecia isso e muito mais. E Logan sabia exatamente o que precisava fazer.

— Maldição — ele exclamou. — Nós vamos ter que ir ao Baile dos Besouros.

— Você quer ir ao baile de Lorde Varleigh? — Ela recolocou a caneta no tinteiro e se virou para ele. — Logan, não podemos.

— Por que não?

— É impossível, por uma dúzia de razões.

Ela cruzou os braços sobre o vestido de trabalho manchado de tinta e escondeu o lábio inferior debaixo dos dentes. E aquele dedo solitário foi de novo até a clavícula, deslizando para cima e para baixo. Deixando-o louco de desejo. Ele cruzou os braços e enfiou as mãos debaixo das axilas. Esse era o único modo de evitar agarrá-la.

— Diga-me quais são essas razões. Uma de cada vez.

— Em primeiro lugar, nós já declinamos o convite. Eu disse a Lorde Varleigh que nós não iríamos.

— Isso é fácil de consertar. Você só precisa escrever uma mensagem dizendo para ele que mudamos de ideia. Eu vou enviar um homem para entregá-la esta tarde. Próxima...

— Eu... eu não tenho nada para vestir. — Ela gesticulou para o próprio vestido. — Tenho vestido meio-luto há anos. Todos os meus vestidos são de lã cinza.

— Vamos encontrar um vestido pronto para você amanhã, em Inverness. Próximo problema.

— Eu imagino que você possa vestir seu melhor uniforme. Uma roupa de oficial é sempre um traje aceito. Mas você convidou todo mundo para vir aqui no Beltane, e agora faltam menos de quinze dias para a festa.

— Mais um motivo para encontrarmos um vestido novo para você e levá-la para passear. A lady do castelo não pode receber seus convidados de vestido cinza de lã.

Ela suspirou.

— Lorde Varleigh mora em Perthshire. É longe demais para nós irmos.

— Ouvi dizer que estão construindo umas novidades chamadas estalagens. Ficam perto das estradas. Nós vamos encontrar uma para passar a noite.

Logan estava começando a gostar da ideia. O Baile dos Besouros, em si, parecia uma forma de tortura, mas a ideia de passar a noite com Madeline em um quartinho de estalagem, em uma caminha ainda menor, longe de seus homens e da tia dela... *isso* parecia valer algumas horas de esforço. Também parecia o modo perfeito de, finalmente, tornar aquele casamento real.

— Mas é um baile. — Ela se virou para sua escrivaninha, que continuou a arrumar. — Eu não frequento bailes. Passo mal nesses eventos. Não sei dançar.

— Eu também não. Pelo menos não esse tipo de dança. — Ele parou atrás de Maddie e colocou as mãos de leve na cintura dela. — Nós não temos que dançar, *mo chridhe*. Nós só vamos até lá para ouvir Lorde Varleigh falar de besouros. O mais importante é que você estará lá para ver seu trabalho ser apresentado.

— Eu não quero esse tipo de atenção. — Ela bateu um lápis no mata-borrão sobre a mesa. — Mas eu confesso que gostaria da oportunidade para conhecer um homem que vai estar lá.

Isso chamou a atenção dele.

— Um homem?

— Logan, não fique com ciúme.

Ele apertou as mãos na cintura dela.

— Você gosta quando eu fico.

— Muito bem, talvez eu goste. — Ele percebeu um sorriso na voz dela. — Lorde Varleigh me falou de um especialista de Edimburgo. Ele vai estar no baile. Parece que esse especialista está planejando fazer uma enciclopédia, *Insetos das Ilhas Britânicas*, em quatro volumes. Pode ser que ele precise de um ilustrador. Lorde Varleigh prometeu fazer a apresentação.

Ele a virou para si.

— Está vendo? Você precisa ir.

Ela não respondeu, mas não precisava. Agora que Logan tinha removido as barreiras, uma cor bonita começava a aquecer as faces dela. Quando ele conseguisse colocá-la em um vestido de seda, tirando-a daquele traje de luto, meia batalha estaria vencida.

— Você só me deu seis razões até agora — ele observou. — Você me disse que eram uma dúzia. Vamos logo, então, para que eu possa solucionar as outras.

— Pensando bem, talvez só exista mais uma razão. Mas é a principal e não existe solução para ela.

— Experimente.

— Não posso abandonar as lagostas.

Santo Deus! Ela andou até o aquário e o examinou.

— Fluffy tem ficado mais ativa nas últimas horas. É um sinal de que ela pode estar pronta para mudar de carapaça. Eu tenho que ficar por perto ou posso perder o acasalamento. Estou esperando há tempo demais para deixar que isso aconteça. A propósito, Rex também tem esperado.

Diacho, será que ela não via que Rex não era o único macho frustrado naquele castelo? Se a maldita lagosta satisfizesse suas necessidades naturais antes de Logan, ele se sentiria tentado a subir na torre mais alta do Castelo de Lannair e se jogar lá de cima.

— Deixe que eu me preocupo com as lagostas — ele disse.

— Mas...

— Confie em mim. — Ele pôs as mãos nos ombros dela. — Eu sou um capitão, lembra? Eu sei como montar uma vigília, elaborar um plano, comandar tropas. Nós vamos colocar Rex em um aquário separado durante a noite. Meus homens vão se revezar para vigiar a lagosta. Se houver algum sinal de que Fluffy vai mudar a carapaça, Rabbie vai galopar feito um doido até a propriedade do Varleigh para avisar você, que vai voltar para casa com tempo suficiente para colocar Rex e Fluffy juntos e observar as fagulhas voando.

Ela olhou para o aquário de água marinha.

— Não sei se alguma fagulha vai voar.

— Observar as bolhas borbulhando. As antenas acenando. Seja o que for que aconteça quando lagostas fazem amor, juro sobre o xadrez do meu clã que você não vai perder. Não faço promessas que não posso cumprir.

Ela fitou Logan com olhos de filhotinho. Como sempre, ele pode sentir que um mundo inteiro de pensamentos girava atrás daquele olhar.

Logan não conseguiu mais se segurar. Ele passou o polegar pela clavícula dela, deslizando para cima e para baixo pelo osso estreito. Acalmando-a do mesmo modo que ela costumava se acalmar. A pele dela era tão macia. Ele estava morrendo para tocá-la em todos os lugares.

— Deixe que eu me preocupo com tudo — de repente, a voz dele ficou rouca. — Eu só quero que você se divirta. Você merece isso, Maddie.

Ela inspirou fundo, e então soltou o ar.

— Tudo bem.

Tudo bem. Esse não era o aceite entusiasmado que ele esperava ouvir. Mas o aceitaria assim mesmo.

— Talvez seja melhor que "bem" — ela disse, erguendo a cabeça e olhando para ele. — Talvez seja perfeito.

Perfeito. Assim era melhor.

— Talvez esse seja o acordo que nós estávamos querendo.

Logan pensou que ela poderia estar querendo um acordo, mas ele nunca esteve interessado em um.

— Eu quero o que eu quero, *mo chridhe.* Só isso.

— Eu sei. Compreendo. É isso que é perfeito. — Ela se soltou dele com um rodopio, como se impulsionada por sua própria empolgação. — Você tem um sonho.

— Já lhe disse, eu não...

— Você não tem sonhos. Tudo bem. Chame de objetivo, então. Você quer fazer uma vila para seus homens aqui, neste vale. Eu também tenho um sonho.

— Um sonho com insetos.

— Exato. Um sonho com todos os insetos das Ilhas Britânicas. Se o Sr. Dorning me contratar para essa enciclopédia, vou ter uma renda pequena, mas regular, para me sustentar. E então vou me estabelecer como ilustradora, com perspectivas excelentes para mais trabalhos depois disso. Eu não precisaria nem mesmo morar aqui.

Logan meneou a cabeça.

— Nós já discutimos tudo isso. Um arrendamento não vai servir e eu não posso comprar a terra.

— Talvez nós possamos fazer outro tipo de negócio. Uma troca.

— Uma troca? Que tipo de troca?

— Seu objetivo pelo meu.

Ele só olhou para Maddie. A conversa dela não fazia sentido.

— Eu nunca poderia pensar em ir a um baile sozinha — ela disse. — Sou tímida, desajeitada... Fico com vontade de fugir e me esconder. Mas pode ser que eu não fique assim se você estiver por perto. — Um sorrisinho brincou nos lábios dela. — É como se você me irritasse tanto que eu me esqueço de me preocupar comigo mesma. Se você me acompanhar ao baile do Lorde Varleigh, talvez possa me ajudar a causar uma boa impressão no Sr. Dorning. E se ele me der o trabalho na enciclopédia... — ela se virou para ele — ...eu lhe dou este castelo, e com muito prazer.

Quê? Logan não conseguia acreditar naquela oferta. Claro que ele não acreditou naquilo.

— Eu não pedi e não quero isso — ele disse. — Ninguém nunca me deu nada. Eu sempre trabalhei para conseguir minhas coisas.

— Eu sei. E você vai trabalhar por isso. Talvez não pareça algo muito equilibrado, se pensar em termos de dinheiro ou terra. Mas, para mim, vai ser um negócio justo. Seu sonho pelo meu.

Ele não sabia o que dizer.

— Tem certeza?

— Tenho — ela confirmou. — Bem, tem uma outra coisa. — Ela mordeu o lábio. — Vou precisar ficar com aquelas cartas.

— Certo — ele disse. — As cartas. É claro.

Podia existir um probleminha naquele plano dela, mas Logan decidiu que trataria disso quando chegasse a hora. Ele só precisava garantir que ela assinasse os papéis dela antes que ele lhe entregasse os seus.

Ela envolveu o pescoço dele com os braços, balançando para frente e para trás numa espécie de flerte.

— E, se nós não estivermos jogando esse jogo de "vamos ou não vamos consumar", talvez possamos nos divertir com os prazeres carnais. — Aquilo conseguiu a atenção dele. — Você disse que os homens são mais criativos que as lagostas.

— Sim, *mo chridhe*, nós somos.

— E você disse que eu sou curiosa. Talvez você tenha razão sobre isso, também. Principalmente depois da noite passada.

Ela apoiou as mãos quentes e macias no peito dele. Explorando. Provocando. Aquele plano dela... bem, parecia perfeito. Perfeito demais, ele receou. Ou pelo menos pareceria perfeito se não houvesse ainda um obstáculo significativo para ser transposto.

Ele tinha acabado de prometer levá-la a um baile — um baile dado por um maldito conde, onde besouros seriam o principal tópico das conversas — e fazer dela um sucesso. Só que ele não tinha a menor ideia de como fazer isso. Talvez pudesse encontrar algo a respeito em um livro.

Capítulo Dezesseis

Maddie se preparava para dormir naquela noite, atrás do biombo, quando saiu para se deparar com a visão mais assustadora.

— Oh, sério, Logan? Isso não é justo.

Ele ergueu os olhos de onde estava, reclinado na espreguiçadeira do quarto, o rosto parcialmente escondido atrás de um livro encadernado em couro verde.

— O que foi? — ele perguntou.

— Você está lendo *Orgulho e Preconceito*?

— Eu encontrei na sua estante. — Ele deu de ombros.

Vê-lo lendo qualquer livro já era ruim o bastante. Mas seu livro *favorito*? Aquilo era tortura.

— Só me prometa uma coisa, por favor — ela disse.

— O quê?

— Prometa que eu nunca vou sair de trás deste biombo para encontrar você segurando um bebê. — Aquela parecia a única possibilidade mais devastadora para o autocontrole dela.

Logan riu.

— Não acho isso provável.

— Ótimo.

— Já que estamos falando de livros... — Logan se levantou de seu lugar e jogou o livro de lado. — Tenho uma pergunta para você. Se esse é o tipo de história que você prefere, por que inventou um oficial escocês como seu pretendente imaginário? Você poderia ter criado alguém parecido com o Sr. Darcy.

— Porque a Escócia fica longe e eu precisava de alguém que nunca aparecesse.

Ele abriu um sorriso irônico.

— E isso deu certo?

— Não muito. Uma pena. — Junto à penteadeira, ela terminou de trançar o cabelo e amarrou a ponta com um pedaço do tecido xadrez. — Mais alguma pergunta?

— Sim. Tenho uma.

Maddie se virou e o encontrou olhando para ela com desejo descarado.

— Por que nunca me mandou um desenho de você mesma?

Ela hesitou, surpresa.

— Não sei... Acho que essa ideia nunca me ocorreu. Mas está dizendo que você pensou nisso?

— É claro que pensei. Sou homem, não?

Sim. Com toda certeza, um homem. E a masculinidade dele ficou bem evidente enquanto ele soltava os punhos da camisa, expondo os braços musculosos e bronzeados.

— Toda vez que me entregavam uma das suas cartas — ele disse —, eu sentia uma expectativa crescer. *Quem sabe... quem sabe desta vez haja um desenho de mulher dentro do envelope.* — Ele tirou a camisa pela cabeça e a pendurou nas costas da cadeira. — Não tive sorte. Tudo o que consegui foram traças e lesmas.

Maddie mal ouviu a última parte do que ele falou. Além do estupor costumeiro que a visão de Logan sem camisa provocava nela, sua cabeça tinha se fixado em uma das primeiras palavras que ele disse. Aquela que parecia com... expectativa.

— Você... — as palavras morreram na língua dela. Maddie pigarreou e tentou de novo. — Você ficava esperando minhas cartas?

Ele lhe respondeu do lavatório.

— A guerra é uma ocupação brutal, *mo chridhe.* Além de ser um tédio e muito desconfortável. Meias são motivo de comemoração. Uma escova de dentes? — Ele levantou a que tinha em mãos. — Vale o peso em ouro. Cartas são o maná dos céus.

Depois de enxaguar o rosto, ele caminhou até a beira da cama e deslizou um dedo pela clavícula dela.

— A menor visão desta maciez teria parecido um milagre.

Ele soltou o botão do alto da camisola dela, afastando o tecido para o lado e assim revelando um pedaço de pele.

— Só uma camisola esta noite?

Ela concordou.

— Agora eu confio em você.

Com um suspiro profundo, ele se encostou no pilar da cama, sem tirar os olhos do corpo dela.

— Então faça um desenho de você para mim. Sem lápis. Sem papel. Só você, aí mesmo, neste instante.

O coração de Maddie falseou. A sugestão dele deveria ser impensável, mas o corpo dela possuía vontade própria.

— Diga-me como — ela pediu.

— Comece soltando o cabelo.

Ela levou a mão à tira de tecido que amarrava a extremidade de sua trança. Ela libertou o nó e começou a soltar os fios, sacudindo a cabeça para distribuí-los por igual. Naquele momento, ela faria praticamente qualquer coisa que ele lhe pedisse. Mas não faria nada *por* ele. Ah, não. Ela faria por si mesma. Maddie adorava o modo como Logan a olhava naquele instante. Ela queria que aquilo não acabasse nunca.

— Agora isto.

Ele puxou a manga da camisola dela para baixo. Maddie ficou tensa.

— Eu só quero olhar, *mo chridhe* — a voz dele estava rouca. — Permita-me isso.

Ele continuou puxando o tecido até expor o seio. Apenas com a ponta do dedo, ele rodeou a aréola rosada. O mamilo endureceu, formando um bico dolorido. Maddie olhou para Logan. A expressão no rosto dele era de desejo puro e indisfarçável. Ela nunca poderia acreditar que era capaz de inspirar essa expressão em ninguém, muito menos em um homem que conhecia seus piores pecados. Ele engoliu em seco e o movimento de seu pomo de Adão foi a coisa mais sensual e excitante que ela já tinha visto. A vida toda de Maddie foi um exercício para evitar atenção. Observar, em vez de ser observada. Ela dominava a arte de se esconder à vista de todos. Pela primeira vez, ela queria que aquela atenção nunca acabasse.

Ele tirou o braço dela por completo de dentro da manga. Então soltou mais alguns botões da camisola, libertou o outro braço e deixou o tecido branco se amontoar na cintura dela.

Ela estava com o coração na boca.

— Deite-se na cama.

Ela obedeceu, reclinando-se sobre o colchão. Com um impulso libertino, ela empurrou a camisola pelos quadris e pernas, ficando completamente nua, da cabeça aos pés. Escolher a posição foi mais difícil do que ela teria imaginado. Deveria ficar deitada de costas ou de lado? Com as pernas esticadas ou dobradas? E pelo amor de Deus, o que ela devia fazer com os braços? Esticá-los acima da cabeça? Nas laterais do corpo? Um de cada jeito? A atitude mais natural seria movê-los, indecisa. Mas aquilo não apresentaria a imagem erótica que ela pretendia. Por fim, ela ficou de lado, atravessada na cama. As pernas juntas, dobradas com delicadeza nos joelhos. Um braço ela usou para apoiar a cabeça. A outra mão ficou jogada — casualmente, ela esperava — sobre a coxa.

Ele a fitou com intensidade. Ele a fitou durante tanto tempo, sem falar, que ela começou a ficar preocupada.

— Talvez esta ideia não...

Ele a silenciou.

— Desenhos não falam.

Maddie levou o dorso dos dedos ao pescoço longo, e os arrastou lentamente para baixo. Ela imaginou que ele reclamaria que desenhos também não se moviam... Ele não reclamou. A menos que um grunhido abafado contasse como reclamação, e ela achava que não. Ela deixou que os dedos deslizassem mais para baixo, passeando pelo vale entre os seios. Logan murmurou alguma coisa em gaélico, que ela deduziu ser o melhor tipo de obscenidade. Sem nunca tirar os olhos do corpo dela, ele soltou algum tipo de fecho do lado de dentro do kilt. O tecido pesado caiu no chão, deixando-o tão nu quanto ela. Talvez tão nu quanto, embora muito mais bronzeado, musculoso e coberto de pelos. Mais duro, também. Uma parte dele, em especial, estava muito, muito dura.

Maddie se perguntou se seria falta de educação ficar encarando, mas ela não conseguiu despregar os olhos. Ela estava fascinada. Não só como artista, mas também como mulher. O órgão masculino saltava daquele ninho de pelos escuros, um pedaço de carne grosso, escuro e curvado, que parecia, à primeira vista, ser de um tamanho assustador. Enquanto o encarava, o cérebro dela começou a fazer cálculos e desenhar diagramas. *Como era possível...? Por que será que...?* A mente dela não conseguia completar uma pergunta. Maddie precisava observar mais. O que significava que ela também precisava dar a ele algo para observar. Com a ponta dos dedos, ela delineou o formato de um seio. Apenas circulando, bem devagar, com os dedos.

Ele soltou um gemido baixo. Com uma das mãos, ele segurou no pilar da cama. Com a outra ele fechou em torno de seu *próprio* pilar. O nível de excitação aumentou de imediato. Foi elétrico. No momento em que a mão dele se fechou ao redor do membro, as partes íntimas dela ficaram moles e trêmulas. Talvez ela devesse ter ficado envergonhada — e, para dizer a verdade, ela ficou, um pouco. Mas Maddie não conseguia desviar o olhar. A prova visível da excitação dele, a força com que ele segurava, a tensão nos músculos do pescoço enquanto ele ia com a mão para cima e para baixo... Ela havia provocado aquilo. Tudo aquilo. A sensação de poder era inebriante.

O mais empolgante de tudo era o modo como Logan olhava para ela, ou melhor, olhava para *dentro* dela. Em algum lugar atrás daqueles olhos, ele estava fazendo amor com ela, através daquela carícia ousada e passional. E algo fez Maddie pensar que aquela não era a primeira vez que Logan se perdia naquela fantasia em particular. A ideia era enlouquecedora. Ela arrastou a ponta de um dedo ao redor de um mamilo, depois do outro. Então ela arrastou aquela mesma ponta até seu abdome. Alcançando seu local mais sensível.

Ele concordou. Seus olhos, pesados de desejo, buscaram os dela.

— Faça isso.

Maddie mal podia acreditar que estava fazendo aquilo, mas sua excitação era tão poderosa que não dava espaço para qualquer sentimento de vergonha. Atendendo ao comando dele, ela se tocou lá. Do modo que ela sabia que lhe daria mais prazer se estivesse sozinha. Mas ela não estava. Logan a observava, e isso fazia com que cada sensação fosse mais intensa. Havia perigo entre eles, mas também confiança. A sensação mais assustadora de segurança que ela já tinha conhecido.

Ele acelerou o ritmo de seus movimentos, apoiando a cabeça no braço que o sustentava. Sua respiração ficou forçada. O prazer de Maddie subia em uma espiral vertiginosa, aproximando-se do clímax. Ela queria se segurar, para observá-lo melhor e absorver cada detalhe do que via. Mas logo o prazer dela irrompeu. Maddie se curvou sobre a cama, fechando os olhos e deixando as ondas do êxtase sacudi-la uma vez após a outra. Ela teve uma vaga consciência do grunhido baixo dele. Quando o torpor de seu próprio clímax passou, ela levantou o rosto e o viu se limpando com a camisa que tinha tirado. A respiração fazia o peito de Maddie arfar. Minha nossa. O que eles deviam dizer um para o outro depois disso? Nada, pelo jeito.

Sem dizer nada, Logan deitou na cama ao lado dela. Sem tocar. Só ao lado. Nada de travesseiros nem tensão entre eles — apenas calor.

A respiração dele se acalmou e um langor delicioso se espalhou pelo corpo dela. Nenhum dos dois parecia ter vontade de estragar com palavras aquela trégua agradável. Eles estavam tão silenciosos... E logo estavam dormindo.

O sono de Logan foi do jeito que costumava ser. Escuro. Frio. Vazio. Parecendo interminável. Então, do nada surgiu um rosto na escuridão. Um rosto claro e bonito, com olhos escuros. Ela o chamou com uma voz rouca e doce: "Logan".

Bem, Logan pensou. *Se ele ia desenvolver o talento para sonhar, aquele era o tipo de sonho que ele iria gostar.* Ele estendeu a mão para o rosto, querendo trazê-lo para perto. Então o rosto começou a recuar. De volta para a escuridão.

Não. Não, volte.

"Logan."

Dessa vez havia medo na voz. Ele tinha que alcançá-la. Segurá-la. Não deixar que fosse embora. Mas ele estendeu os braços em vão. Olhando para baixo ele viu, horrorizado, que seus pés tinham afundado no chão. Seus braços não eram mais os seus. Estavam assustadoramente finos. Do tamanho de braços de criança. Ele não conseguia estendê-los o bastante, não importava o quanto tentasse. E como ele tentou... Sem parar.

— *Logan.*

Ele se sentou, de repente, na cama, tremendo e respirando com dificuldade. Os lençóis estavam banhados de suor.

Maddie estava ao seu lado. A mão dela pousou em seu ombro.

— Logan, você está bem? Parece que estava sonhando.

Ele sacudiu a cabeça.

— Isso não é possível. Eu nunca...

— Sim, você sonha, seu homem teimoso. Já vi isso mais de uma vez. Você sonha e fala. Às vezes eu consigo acalmá-lo durante o sono, mas desta vez foi diferente. Sinto muito por ter que acordar você, mas eu não aguento ver você sofrendo daquele jeito.

O peito de Logan arfava. Ele não soube como receber aquela notícia. Parecia que ele vinha passando vergonha todas as noites na frente dela... e Maddie vinha acalmando Logan sem que ele percebesse?

Ele passou as duas mãos pelo cabelo, frustrado.

— Você está bem agora — ela afirmou, passando os dedos pelas costas dele. — Nós podemos voltar a dormir.

Ele afastou a mão dela.

— Está quase de manhã. É melhor levantarmos e nos arrumarmos, se queremos estar em Inverness quando as lojas abrirem.

— Tudo bem.

Logan tentou ignorar o olhar de decepção dela. Ele sabia que a estava magoando ao dispensar os gestos amáveis dela. Mas ele a magoaria ainda mais se permitisse aquilo.

Seus planos não tinham lugar para sonhos. Aquele tinha sido um projeto impiedoso desde o início e precisava continuar assim. Se ele pretendia garantir aquela terra para seus homens, precisava conquistar Madeline de uma maneira ou de outra. Ou ela lhe cederia a propriedade, ou a virtude. Emoções só complicariam tudo.

Logan não podia encorajá-la a gostar dele.

Mesmo porque, isso só faria com que ele ficasse tentado a gostar dela.

Capítulo Dezessete

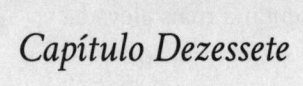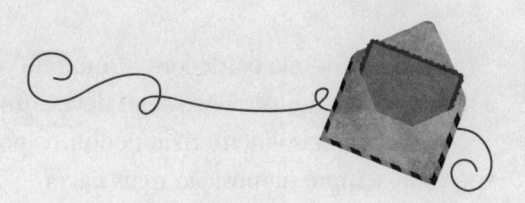

Tia Thea se aproximou dele.

— Eu imagino que você não tenha muita experiência em comprar roupa de baile para mulheres?

Logan coçou o pescoço.

— Como foi que a senhora percebeu?

Os dois estavam sentados em cadeiras no meio do ateliê de uma costureira em Inverness, esperando que Maddie escolhesse seu vestido. A grande quantidade de rendas e plumas no estabelecimento provocavam urticária nele.

— Também não tem muita experiência com bailes, não é? — ela perguntou.

— Nenhuma.

— Você deve estar tão nervoso. Eu não consegui comer durante semanas antes da minha primeira apresentação.

Se ele já não estivesse ansioso, iria começar a ficar.

Obrigado, tia Thea. Obrigado mesmo.

— Enquanto nós esperamos, deixe que eu lhe dê um conselho. — Ela ficou em pé e o cutucou no cotovelo. — Vamos, levante-se. Um homem nunca deve ficar sentado quando uma mulher se levanta.

De má vontade, Logan se levantou. Ele não fazia muita questão de receber uma aula de etiqueta naquele momento, mas também não sabia o que mais fazer naquele lugar. Pelo menos ela estava oferecendo um modo de passar o tempo. Era melhor do que ficar bufando. Se ele batesse o pé no chão mais algumas vezes, acabaria abrindo um buraco no tapete.

— Agora — ela começou —, quando você for apresentado a alguém, a pessoa de menor posição social deve cumprimentar a mais elevada.

— Não preciso memorizar nenhuma posição social — ele disse. — Eu vou estar sempre na posição mais baixa.

Ele não conseguia imaginar que houvesse alguém com posição mais baixa que a sua na residência de um conde. Mesmo dentro de humildes vilarejos da Escócia, Logan sempre foi o mais baixo dos mais baixos, um degrau acima dos animais. Às vezes ele recebia comida *depois* dos cachorros.

— De qualquer modo, você fará uma reverência. Não precisa se curvar todo, desde a cintura. Isso é para criados bajuladores. Mas algo um pouco maior que uma leve inclinação de cabeça é necessário para a aristocracia. Pense em uma dobradiça na altura das suas escápulas e incline-se até aí. Isso basta.

Logan obedeceu o melhor que pôde, sentindo-se como uma marionete.

— Agora beije minha mão — tia Thea disse.

Ele levou a mão dela até os lábios e beijou o dorso dos dedos.

— Essa parte não era estritamente necessária. — Os olhos dela brilharam. — Era só algo que eu queria.

Ele não pôde evitar de sorrir. Logan não sabia de quem Madeline tinha herdado aquela timidez toda, mas com certeza não foi da tia.

— Agora, a dança — ela disse.

— Nós não vamos dançar.

— A maioria dos passos não é difícil. Espere uma dança começar e observe o cavalheiro ao seu lado. Ou, se quiser arriscar, pode tentar uma valsa.

Logan meneou a cabeça.

— Maddie me disse que não vai querer dançar de jeito nenhum.

— Talvez ela não queira. Mas eu quero. Faz muito tempo desde a última vez que eu dancei a *gavota* com o Conde de Montclair. Pode fazer a minha vontade?

Ele lançou um olhar esperançoso para as cortinas pesadas que guardavam o provador, desejando que elas se abrissem e lhe dessem uma desculpa para recusar. Sem chance.

Então, ele permitiu que tia Thea posicionasse os braços dele e o ensinasse a se mover para lá, depois para cá. Um-dois-três, um-dois-três. Ele não iria se lembrar de nada disso mais tarde, mas se aquilo podia deixar uma senhora feliz, ele não iria se opor.

— Nada mal — ela disse. — Nada mal mesmo.

Logan se curvou e beijou os dedos dela de novo. Tia Thea segurou a mão dele e a apertou.

— Eu nunca tive filhos, sabe. É por isso que Madeline é tão preciosa para mim. Sempre pensei nela como sendo minha própria filha. Cuidei dela o melhor que pude. O que você acha que isso significa, Logan?

Ele mudou o peso do corpo de um pé para outro.

— Este é o momento em que você me avisa que, se eu a magoar, vai colocar veneno no meu chá?

— Não, não. O que eu tenho para dizer é muito pior. Como você é o marido dela, significa que vou cuidar de você como se fosse meu filho também. — Então ela lhe deu um abraço rápido antes de soltá-lo. — E você vai ter que aguentar isso.

Logan ficou aturdido. Nunca antes alguém o tratou como filho. Ele não sabia se reconheceria o sentimento, muito menos se saberia retribuir o afeto. Mas ele entendia lealdade. O impulso de proteção familiar cresceu e ele a ajudou a se sentar. Naquele momento, tia Thea foi adicionada à breve lista de pessoas por quem ele daria a vida e a alma para proteger. Não era uma decisão, mas um fato. Ele protegeria a felicidade daquela velha boba com sua vida, não importando se ela tentasse matá-lo com tônicos e unguentos.

Então, quando ele estava parando de divagar, Madeline empurrou de lado as cortinas do provador. E ele ficou aturdido de novo.

Madeline estava diante dele com um belíssimo vestido de seda verde-esmeralda. O corpete decotado fazia milagres com o busto dela, e a cor vibrante proporcionava um contraste notável com a pele clara e o cabelo escuro. E os lábios dela... alguma coisa na cor verde destacava a exuberância deles, que pareciam duas fatias suculentas de ameixa madura. Logan ficou com água na boca.

Ela se virou e deu uma volta na frente do espelho, tentando se observar.

— Ele precisa de algumas alterações, mas acho que serve. — Ela se virou para Logan. — Não acha?

Ele concordou, mudo.

— Muito bem.

Maddie desapareceu de novo atrás das cortinas. Ele continuou concordando com a cabeça. O que tinha acabado de acontecer? Ela havia aberto aquelas cortinas por no máximo dez segundos, talvez, e ele se sentia como um profeta que havia recebido uma revelação divina. O mundo dele estava acabando.

Tia Thea esticou as luvas.

— Bem, está feito. Enquanto Madeline termina de fazer os ajustes, você pode ficar aqui. Eu vou descer para a rua e dar uma olhada no boticário.

Logan concordou. De novo...

— Você está se sentindo bem? — tia Thea perguntou. — Não disse uma palavra desde que Madeline apareceu. E seu rostò está todo vermelho.

— Está? — Logan esfregou o rosto. — Devo estar precisando de um dos seus tônicos.

— Acho que não. — Ela arqueou a sobrancelha grisalha. — Já vi essa doença antes. É um mal do coração. E não existe cura.

— Não, espere. Não é isso. Tia Thea...

Depois que ela saiu, Logan se inclinou para frente na cadeira e deixou a cabeça cair sobre suas mãos. Brilhante! Ele tinha começado a se preocupar em não partir o coração de Maddie e agora precisava se preocupar com a tia dela também.

— Aonde foi tia Thea? — Maddie perguntou.

Ele levantou a cabeça e viu que ela havia saído de novo, dessa vez usando o traje cinza de sempre. Racionalmente, ele não deveria tê-la achado ainda mais linda do que antes, mas achou. Era a familiaridade que o comovia. Ele conhecia aquele vestido. Ele *a* conhecia.

— Ela disse alguma coisa sobre ir ao boticário.

— Oh, céus! — Ela fez uma careta. — Bem, acontece que eu preciso de luvas novas. Será que você consegue suportar uma parada rápida no armarinho? Acho que é um pouco mais adiante, nesta rua mesmo.

Eles saíram juntos da costureira e atravessaram a rua. Era meio-dia de um dia útil, e a rua tinha ficado bem mais movimentada enquanto eles estavam no ateliê da costureira. Um trio de garotos que vinha rindo e correndo pela rua os separou. Logan foi obrigado a soltar a mão dela. Quando chegou à calçada do outro lado da rua, ele se virou para ela... Que não estava do seu lado.

— Maddie?

Madeline tinha travado bem no meio da rua. Ela estava trêmula e pálida. Pessoas e cavalos se moviam em volta como peixes nadando ao redor de uma pedra dentro do rio. Jesus Cristo. Se ela não se mexesse, acabaria sendo atropelada por uma carroça.

Logan abriu caminho até ela.

— Maddie. O que foi? Você vai desmaiar? O que há de errado?

Ela não respondeu. Só ficou ali, os olhos sem foco e o corpo todo tremendo. Logan teve vontade de pegá-la no colo e tirá-la dali, mas isso criaria um constrangimento ainda maior. Ele não queria chamar mais atenção para ela.

Colocando o braço ao redor dos ombros dela, ele a levou para o lado da via, procurando um lugar seguro onde ela pudesse se sentar para recuperar o fôlego. Havia uma casa de chá ao lado, mas estava cheia de fregueses àquela hora. Por puro desespero e falta de alternativa, Logan a conduziu na direção da igreja. De todos os lugares, uma igreja! Fazia anos que ele não entrava em uma. Mas o local estava escuro, silencioso e vazio, e era tudo o que Maddie precisava naquele momento.

Ele caminhou com ela pelo corredor central e a ajudou a se sentar no banco de madeira estreito. Então ele a envolveu com os braços, tentando acalmar os tremores que sacudiam o corpo esguio dela. Logan lembrou do modo como ela o tocou naquela manhã, quando ele acordou tremendo e coberto de suor. Deslizando os dedos pela coluna dela, ele tentou imitar a carícia calmante. Ele continuou assim durante vários minutos, até ela se sentir pronta para falar.

— Não posso fazer isso. — Ela sufocou um soluço. — Sinto muito. Eu sei que nós tínhamos um acordo, mas não consigo nem andar na rua sem entrar em pânico. Eu não sei como achei que poderia ir a um baile.

— Tudo bem, *mo chridhe*. Estou com você agora. Já acabou.

— Não acabou. Nunca acaba. — Ela tirou um lenço do bolso. — Eu tinha esperança de que pudesse superar isso, mas fui assim durante quase toda a vida. Pelo menos desde...

— Desde o quê, *mo chridhe*? O que aconteceu? Você pode me contar.

— Você vai achar que eu sou idiota c boba. Eu *fui* idiota e boba.

— Eu nunca vou achar você idiota. Boba, é possível. Conte-me a história e eu digo o que acho.

Ela mexeu na borda rendada do lenço.

— Quando eu tinha 7 anos, era Natal e minha mãe estava morrendo. Eu sabia disso, embora ninguém tivesse me contado nada. Vi como tinha ficado pálida e magra e podia sentir a morte no hálito dela. Era um odor muito estranho, algo como uma mistura de aromas minerais e pétalas de rosa. Ninguém a visitava, a não ser médicos. Minhas aulas foram suspensas. Eu tinha que ficar em silêncio o tempo todo, para não atrapalhar o descanso dela. Então aprendi, ainda muito nova, a me tornar invisível. Qualquer brincadeira que eu fizesse, qualquer alegria que tivesse — tudo tinha que ser imperceptível. Passei muito tempo fora de casa, e foi quando me interessei por coisas pequenas e silenciosas.

"Um dia, uma das jovens da fazenda me contou que haveria uma apresentação de Natal na praça da vila. Eu fiquei com vontade de assistir, mas não tive coragem de contar para ninguém. Saí de fininho e andei sozinha até a vila para assistir à apresentação. Abri caminho em meio à multidão até ficar na frente. Foi maravilhoso! Os figurinos, as brincadeiras. Um homem que fez malabarismo com bastões em chamas. Eu ri até minha barriga doer. Durante alguns minutos, me esqueci de toda tristeza que havia na minha casa. Então..."

Quando ela hesitou, Logan esticou o braço e pegou a mão dela.

— Não sei exatamente o que aconteceu — ela continuou. — Um cavalo se assustou, talvez? — Ela franziu a testa, concentrada. — Talvez um cachorro tenha se soltado. Eu não me lembro. A multidão inteira entrou em pânico e fiquei presa no meio, sem ninguém para me proteger. Se eu não tivesse conseguido me esconder embaixo do palco, com certeza teria sido pisoteada. Ainda não lembro como cheguei em casa. Só lembro que estava escuro e muito frio. Escondi meu vestido na lata de carvão para esconder os rasgos e as manchas e passei a noite tremendo na minha cama. Pensei que seria descoberta pela manhã. Alguém ficaria sabendo do acontecido na vila ou encontraria meu vestido. Mas quando meu pai me acordou, foi para me dizer que minha mãe tinha falecido durante a noite. Então ninguém descobriu minha travessura. E eu nunca contei para ninguém.

— Ninguém?

— Como eu poderia? Confessar que, enquanto minha mãe jazia em seu leito de morte, eu fugi para me divertir em uma apresentação? Fiquei tão envergonhada.

Ele meneou a cabeça.

— Você era uma criança. Precisava de um descanso da tristeza e da dor. Não há nada do que se envergonhar.

— Foi difícil acreditar nisso quando eu era criança. Durante muito tempo, senti que a minha timidez era uma punição merecida. Sabe, desde então, costumo congelar em lugares lotados de gente. Mercados, ruas movimentadas, teatros...

— Salões de baile — ele completou.

— Salões de baile — ela confirmou e arqueou os ombros, deixando-os cair em seguida. — Sempre que tem muita gente ao meu redor, volto a ser aquela garotinha de 7 anos. Sozinha e paralisada de medo.

Logan não sabia o que dizer. Ele acariciou o dorso da mão dela com o polegar.

— Dá para entender.

— Dá? Porque eu mesma não entendo, na verdade. Será que é a multidão que me põe medo? Talvez eu esteja me punindo por um erro antigo. Ou talvez seja uma superstição. Tenho medo de que, se eu me divertir, algo terrível irá acontecer.

Ela engoliu em seco antes de continuar.

— De qualquer modo, eu não poderia de modo nenhum enfrentar uma Temporada em Londres e não tinha como explicar as razões para o meu pai. Então eu menti. E, anos mais tarde, aqui estamos.

— Aqui estamos...

— Está vendo? — Ela forçou um sorriso. — Eu lhe disse que a verdade era uma idiotice. Só mais uma história patética de Maddie Gracechurch fazendo um erro e deixando que isso estrague os próximos dez anos da vida dela. Parece que é um padrão de comportamento.

Ele ficou olhando para ela, pensativo.

— Esse padrão não é o que eu vejo quando olho para você.

— Não?

— Não.

Na penumbra misteriosa do interior da igreja, os olhos dela eram como piscinas de águas escuras.

— Então o que você vê? — ela perguntou.

Ele esperou um momento antes de responder.

— Eu vejo um inseto.

Ela riu, surpresa, como ele esperava que fizesse.

— Não, falando sério — ele disse. — Um daqueles insetos que começa como larva e depois faz uma casca em volta de si. Como isso se chama?

— Um casulo?

— Isso. Ele faz um casulo e vai se esconder. E quando finalmente sai dali, se transforma em uma coisa totalmente diferente. Uma coisa linda.

— Bem, às vezes é algo lindo. Muitos insetos fazem casulos. Nem todos são borboletas ou donzelinhas, sabe. Se você está certo, e eu estive me escondendo em um casulo, posso ressurgir como uma lacraia ou um cupim.

Logan duvidava disso. Ele sabia muito bem o que tinha visto quando aquelas cortinas de veludo se abriram no ateliê da costureira, e não era nada parecido com uma lacraia. Mas ela precisava descobrir isso sozinha.

— Só tem um jeito de descobrir — ele disse.

— Você quer dizer que eu preciso criar coragem e ir ao baile.

Ele acenou com a cabeça.

— Você é mais corajosa do que acredita. Você é valente o suficiente para me enfrentar, e isso não é pouca coisa.

— Acho que isso é verdade. Você é assustador.

— Muitos soldados treinados fugiram só de me ver. Você sempre manteve sua posição.

— Deve ser indizivelmente ridículo, ter que me convencer a ir a uma festa depois de ter comandado tropas em combate. Como você conseguia fazer isso sem sentir medo?

— Está falando de ir para a batalha? Eu não conseguia. Ficava sempre com medo. Aterrorizado, todas as vezes.

— Oh...

— Mas saber que eu não estava sozinho ajudava. Saber que sempre havia comigo alguém que não me abandonaria. — Ele passou o braço pelo dela e a puxou para perto. — Nós vamos fazer isso juntos. Vou estar lá com você. Com toda a certeza eu jamais iria ao Baile dos Besouros por qualquer outra pessoa.

— Obrigada — ela sussurrou.

Como por impulso, Maddie o beijou no rosto. E então, como se fosse o destino, Logan se inclinou e a beijou nos lábios.

O beijo foi breve e casto, mas gostoso. Tão gostoso... E, de algum modo, mais emocionante do que qualquer beijo que ele deu antes. Em Madeline ou qualquer outra mulher.

Aquele dia estava ficando cada vez mais perigoso. Ele tinha acordado para descobrir Maddie preocupada com ele. Então tia Thea deixou claro que ele corria o risco de destruir as esperanças de mais uma pessoa. Depois veio a revelação mais impensável de todas.

O que poderia ser pior do que saber que havia dois corações correndo risco de serem partidos?

Suspeitar que poderiam ser três.

Capítulo Dezoito

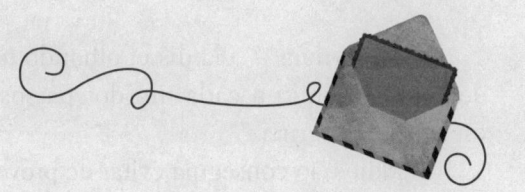

Tirando um pequeno atraso devido às estradas lamacentas, a viagem transcorreu como o planejado. Eles chegaram à estalagem com bastante tempo para se vestirem para a festa. Uma das jovens que trabalhava no lugar ajudou Maddie com a roupa e o cabelo. Ela possuía um talento admirável com os ferros de cabelo, Maddie observou ao examinar o trabalho no espelho, enquanto pensava se deveria ter contratado uma camareira de verdade. Mas ainda que seu cabelo estivesse apresentável, havia... o restante dela. Seu rosto estava pálido e seu estômago era uma massa de nervos contorcionistas. Ela não tinha conseguido comer nada o dia todo.

E Logan não estava ajudando em nada. Enquanto ela hesitava sobre quais brincos usar, ele andava pelo quarto. De um lado para outro. E do outro lado para o primeiro. O pior é que ele parecia ganhar velocidade a cada passo. Até estar caminhando com passos cada vez mais barulhentos.

Ela o observou no espelho.

— Você está me deixando nervosa. Eu gostaria que parasse de espernear. O pedido fez com que ele ficasse imóvel.

— Eu não estou esperneando.

— Parecia que sim, para mim.

— Homens não esperneiam.

— Podem espernear, se estiverem usando saia.

— Um kilt não é uma saia. Esta é uma coisa totalmente diferente. — Ele fez meia-volta e continuou a dar seus passos agitados.

— Esperneia — ela disse, olhando torto para a bainha tremulante do kilt. E repetiu a cada um dos passos pesados dele. — Esperneia, esperneia, esperneia.

Maddie não conseguia evitar de provocá-lo. A provocação tirava um pouco de sua própria ansiedade.

— Isto não é espernear — ele disse. — É *marchar*.

— Se você acha isso, Capitão MacSperneia...

— Ou rondar.

— *Rondar.* — Ela arqueou a sobrancelha. — Como um gatinho? Ele soltou um suspiro exasperado.

— Se me chamar de gatinho mais uma vez, eu vou...

— O quê?

— Vou pular em cima de você para lambê-la como um prato de leite.

Maddie sorriu para si mesma. Aquele não parecia um castigo tão terrível.

— Você está sentada diante dessa penteadeira há duas horas — ele disse. — Eu sei que está ansiosa, mas se quer mesmo encontrar esse Sr. Dorning, nós precisamos sair.

— Eu sei, eu... — Ela levantou a cabeça e se encarou no espelho. — Só estou nervosa.

— Você não está indo se apresentar em St. James. Eles são só um grupo de naturistas.

— *Naturalistas.* Se fossem naturistas, isso tornaria a escolha da roupa muito mais fácil. — Ela pegou um potinho na penteadeira. — Estou tentando me decidir se experimento este ruge que a tia Thea me deu.

Ela pegou o potinho de cosmético e espiou dentro dele. Depois passou o dedo com cuidado no ruge.

Logan foi até ela, tomou o ruge de suas mãos, levou-o até a única janela do quarto e o arremessou em direção ao crepúsculo. Depois de alguns instantes, ela ouviu o pote cair com um baque distante.

— Muito bem. Vou ficar mais à vontade se não chamar atenção. — Maddie se levantou com um suspiro e pegou suas luvas. — Nós podemos ir agora.

Mas ele bloqueou o caminho, impedindo-a de prosseguir.

— Espere só um momento.

Céus! A aproximação repentina dele foi tão perturbadora. Ele estava tão lindo com o kilt escuro verde e azul e o casaco de oficial limpo, que parecia uma segunda pele. Todos os botões e a trança dourada brilhavam.

Ele tinha até comprado uma gravata branca, que amarrou com habilidade razoável. Logan também tinha se barbeado, de modo que a sombra da barba ainda não aparecia. O rosto dele estava liso, a não ser por um pequeno risco vermelho onde ele tinha se cortado com a navalha. Maddie se sentiu tomada pelo desejo de tocar a face dele. De encostar os lábios naquela ferida pequena e cativante. De fazer muito mais. O nervosismo a deixou com as mãos irrequietas, como se ela e Logan não se conhecessem e aquele fosse o primeiro encontro dos dois. Apesar disso, ela tentou parecer despreocupada.

— Não consigo entender o que você quer. Primeiro me apressa para sair e agora quer que eu espere? Pensei que as mulheres é que fossem volúveis.

— Nós precisamos conversar sobre o comentário que você acabou de fazer. Alguma coisa sobre você não chamar atenção?

— Sim. O que tem isso?

Ele colocou as mãos sobre a penteadeira, uma de cada lado dos quadris de Maddie. Aqueles olhos azuis a prenderam, como se ela fosse uma borboleta presa em um quadro.

— Como você acha que *não* vai chamar atenção? — ele perguntou. — Já chamou a *minha*.

Maddie se contorceu, tentando escapar.

— Sério, nós vamos nos atrasar. É melhor sairmos.

Ele não recuou.

— Ainda não.

— Mas eu pensei que você estivesse com pressa.

— Tenho tempo para isso.

Essas palavras saíram como um rugido grave que mergulhou na barriga dela e ferveu ali. Ele se aproximou tanto que Maddie pôde sentir o cheiro de pele e cabelos limpos, junto com os aromas de sabão e goma de roupa. Ela nunca sentiu um perfume mais excitante.

— Você pode dizer que não quer chamar atenção, mas eu presto *toda* atenção em você. — Ele afastou a cabeça e deixou que seu olhar percorresse o corpo dela. — Na verdade, estou começando a me sentir um tipo de naturalista. Com interesses muito particulares. Estou me tornando um especialista em Madeline Eloise Gracechurch.

— Logan...

— E *mo chridhe*, você não pode me impedir.

Logan se demorou admirando Maddie. Santo Deus, como ela estava linda nessa noite. O verde do vestido destacava o rosado das bochechas e dos lábios. A seda delineava seu corpo, e aquele babado enfeitando o decote o deixou louco de desejo. Ele inclinou a cabeça, olhando fixamente para o vale escuro entre os seios. Ele precisava tocá-la, saboreá-la. Possuí-la de alguma forma.

— O que você pretende fazer? — ela perguntou.

— Pretendo pôr um pouco de cor no seu rosto.

— Como?

— Eu vou beijá-la.

— Nem pense nisso. A criada gastou uma hora com o ferro de cabelo.

— Não vou estragar seus cachos. — Um sorriso maroto brincou nos lábios dele. — Pelo menos não os cachos na sua cabeça.

— Agora você não está mais fazendo senti...

Ele se ajoelhou diante dela e levantou suas saias com as duas mãos.

— *Logan!* — ela guinchou.

— Só um beijo, *mo chridhe*. Só um beijo. Deixe que eu lhe dê isso.

Aquilo não era só dar. Era receber, também. Ele subiu a mão pela perna coberta pela meia, passando pela liga e chegando à coxa sedosa. Então ele foi mais alto, alcançando o triângulo escuro para onde as coxas dela convergiam.

— Logan, por favor. Eu não quero... — as palavras dela se perderam em um suspiro forçado.

Ele abriu um sorrisinho, enquanto a massageava com a ponta do polegar.

— Ah, você quer. Quer com toda certeza. Eu posso sentir que você quer. — Ele lambeu a parte de dentro da coxa. — Eu sinto o sabor do querer.

Ela poderia até ficar chocada com o linguajar dele, mas seu corpo não se incomodou. Ele deslizou um dedo pela abertura e descobriu que ela estava molhada. Molhada e pronta para ele.

— Demorei tanto para me vestir — ela sussurrou. — Não quero ficar desarrumada.

— Então é melhor se apoiar na penteadeira. — Logan apoiou o traseiro dela na borda do móvel. — Segure sua saia assim. — Ele ergueu a bainha de seda e a dobrou para cima, colocando-a nas mãos dela. — E agora fique muito, muito imóvel.

Antes que ela pudesse fazer mais objeções, Logan voltou a se ajoelhar e mergulhou a boca no núcleo dela. Maddie arfou. Ele gemeu. Céus! Ela possuía gosto de ambrosia. Pêssego, flores, mel, almíscar... E só um toque de sal, para deixar a doçura insuportável ainda mais doce.

Ele começou devagar, passando a língua para cima e para baixo por toda a extensão da abertura dela. Provocando, saboreando, deleitando-se com a respiração dela, cada vez mais rápida, sentindo os pequenos tremores nas coxas dela. Saboreando a maciez perfeita das partes mais íntimas de Maddie.

E então, quando ela começou a arquear os quadris contra sua boca, ele subiu e encostou a língua no lugar que ela mais queria. Maddie soltou um gritinho e projetou os quadris. Ele pôs as mãos por baixo das anáguas, agarrando as duas partes das nádegas dela, para mantê-la imóvel. Completa... e absolutamente... imóvel... Enquanto investia naquele lugar sensível com as passadas mais delicadas de sua língua. Não demorou para que Maddie começasse a balançar os quadris em um ritmo instintivo. Movendo-se com ele, contra ele. Se Logan afastava a língua, ela ia ao seu encontro.

Isso. A excitação cresceu nele. Por baixo do kilt, seu membro estava duro como o punho de uma espada. Um pensamento surgiu em sua cabeça tomada pelo desejo. Ele poderia possuí-la. Ele poderia torná-la sua. Ali, naquele momento, para sempre. Se ele se pusesse de pé, colocasse Maddie sentada na mesa e posicionasse seu membro na entrada dela... Ela lhe diria não? Logan não achou que diria. Mas ele estava gostando tanto daquilo. Da sedução. Da perseguição. De descobrir o sabor doce dela e quais carícias a faziam suspirar e gemer. Mesmo assim, ele precisava estar dentro dela de algum modo. Uma de suas mãos soltou o traseiro dela e subiu pela inclinação da coxa. Sem parar de se dedicar ao ápice do sexo dela, ele introduziu a ponta de um dedo dentro de Maddie.

— Sim? — ele sussurrou, apertando a testa na barriga dela.

Não houve hesitação na resposta. Apenas confiança.

— Sim — ela disse.

Ele enfiou mais o dedo, subindo e descendo, indo cada vez mais fundo. Ela era tão apertada. Logan sentiu uma excitação primitiva pela forma como os músculos internos dela agarravam seu dedo. Aquilo era algo que ela só tinha feito com ele. E ela adorou.

— Logan. Oh, Logan, isso é tão... — um gemido sequestrou as palavras dela. — Tão delicioso.

— *Você* é deliciosa. — Ele a beijou onde ela mais precisava. — Linda. — Deu uma passada com a língua. — Perfeita.

Então ele manteve um ritmo. Deslizando o dedo para dentro e para fora. Provocando-a com a ponta da língua. A respiração e os movimentos dela ficaram frenéticos, mas ele manteve o mesmo ritmo lento e regular.

Ela soltou uma das mãos da bainha do vestido e enrolou os dedos no cabelo dele.

— Não pare — ela pediu.

Logan não tinha nenhuma intenção de parar. Ele poderia ficar assim —beijando-a, acariciando-a, adorando-a — por todo o tempo que ela precisasse.

É isso, mo chridhe. Mo chridhe. Goze para mim. Ela apertou mais os dedos no cabelo dele. Com um grito agudo, Maddie se contraiu ao redor do dedo dele. Ele sentiu o prazer estremecer todo o corpo dela. Então ela desabou sobre a penteadeira, ofegante e exausta.

Logan também precisou de um momento para se recompor.

— Está vendo? Você não precisa de ruge. — Ele ajeitou as saias dela. — Agora tem bastante cor nas suas bochechas. No pescoço e no peito também. Todos no baile vão perceber. E como não tenho nenhuma intenção de sair do seu lado, eles também vão saber quem foi o responsável por deixá-la corada dessa maneira.

Ela esticou as mãos para ajeitar a gravata dele. Logan tinha ficado um pouco desarrumado. Ele gostava de quando ela cuidava dele.

Por baixo daqueles cílios longos, ela ergueu os olhos para ele.

— Você é terrível — ela disse, como se esse fosse o elogio mais carinhoso.

— Está esperando um pedido de desculpas, *mo chridhe*? — Ele deu um beijo na testa dela. — Vai ficar esperando.

Ela ficaria esperando pelo resto da vida. Porque Logan tinha acabado de se decidir. Não iria haver nenhum acordo. Nenhuma troca ou compromisso. Madeline realizaria seus sonhos *e* seria sua esposa. Naquela noite, se houvesse justiça no mundo. E depois que ele a tivesse nos braços, nunca mais iria soltá-la.

Capítulo Dezenove

Quando Maddie e tia Thea compraram aquela carruagem em York, o vendedor as informou que cabiam quatro pessoas com conforto no veículo, seis em caso de necessidade. Maddie imaginou que até podia caber toda essa gente — mas apenas se nenhuma delas fosse um escocês de um metro e oitenta usando uniforme completo das Terras Altas. Daquele modo, eles viajavam apertados. Ele tinha insistido em se sentar de frente para ela no assento virado para trás, para não amarrotar o vestido dela. Bem, para não amarrotá-lo *ainda mais*.

Pelo que pareceu ser a vigésima vez no mesmo número de minutos, ele esticou a cabeça pela janela da carruagem. Olhou para ela pouquíssimas vezes, passando a maior parte do tempo observando a estrada e a paisagem.

— Não devemos estar muito longe, agora.

— Verdade — ela disse.

Resposta idiota. Eles só trocaram palavras vazias desde a estalagem. Ela parecia não conseguir juntar mais que três sílabas desde que... Desde que. Misericórdia. Depois das coisas obscenas que ele tinha feito com ela... Falar o quê? Ela nem sabia como *olhar* para ele. Sempre que relembrava da sensação da língua dele em sua carne — o que dava, aproximadamente, umas sete vezes por minuto — ela sentia o corpo todo arder. Suas pernas ficavam trêmulas debaixo das anáguas. O suor se juntava entre os seios.

A carruagem chacoalhou ao passar por um buraco. O joelho dele bateu na coxa dela.

— Você está bem? — Os olhos de Logan pularam para os dela.

— Ótima.

Ela percebeu no mesmo instante que os pensamentos dele o estavam levando para um único lugar — para baixo das anáguas dela. Pela primeira vez desde que saíram da estalagem, os olhos dele pararam de passear pelas colinas e pelos penhascos da paisagem e vagaram pelas curvas do corpo de Madeline. Devagar, com uma fome bruta, possessiva. Um calor intenso e fervilhante se acendeu e cresceu dentro dela, alimentando o desejo nos olhos dele da mesma forma que carvão alimenta a chama. Uma vez, enquanto conversavam, Logan disse que Maddie possuía uma beleza incomum, e na hora ela teve vontade de contestá-lo. Mas nessa noite, pela primeira vez em sua vida, ela se sentiu irresistível. Arrasadora. *Linda* de verdade. Para ele, ainda que para mais ninguém. Oh, isso era tão perigoso.

A carruagem foi parando devagar.

— Chegamos — ele anunciou, ainda a fitando nos olhos.

— Verdade — ela respondeu.

O nervosismo sempre presente em Maddie logo afastou quaisquer outras emoções inconvenientes. Quando Logan desceu e lhe estendeu a mão para ajudá-la a desembarcar, terror puro e absoluto tinha substituído toda sua excitação.

Ele pôs a outra mão debaixo do cotovelo dela, tomando cuidado de sustentar seu peso enquanto seus sapatos tocavam o cascalho do caminho.

Finalmente ela pôde erguer os olhos para a cena diante de si. Então aquela era a Propriedade Varleigh. Minha nossa! O castelo era um espetáculo imponente de torres quadradas com acabamento que lembrava cobertura de bolo. Toda a superfície das paredes tinha recebido um reboco cor-de-rosa, com pedrinhas misturadas à massa, de modo que a fachada cintilava sob a luz do crepúsculo. Luzes brilhavam em todas as janelas, grandes e pequenas. À volta deles, jardins primorosos perfumavam a noite. Ela ainda não os tinha conseguido admirar direito, mas o aroma envolvia seus sentidos, deixando-a tonta. Maddie não pôde fazer outra coisa que não ficar boquiaberta. Ela esperava mesmo uma casa impressionante. Elegante, até. Mas aquilo? Aquilo era pura e simples opulência. Some-se a isso o congestionamento de carruagens à volta deles, os cavalheiros de gravata branca e as ladies cobertas de joias e plumas...

— Oh, não — ela choramingou e agarrou o braço de Logan. — Não, não, não. Nós não podemos entrar aí. Olhe para isso. Olhe para essas pessoas.

E olhe para mim. O vestido de seda reformado às pressas, que parecia passável dentro da estalagem mal iluminada, agora parecia deselegante e fora de moda. Ela devia ter colocado as pérolas de sua mãe. Ela deveria ter comprado luvas novas.

— Eu estava esperando uma reunião pequena e sossegada de aristocratas cientistas. Não isto.

— Estamos aqui agora, *mo chridhe*. Não tem como voltar atrás.

Talvez eles não tivessem como voltar, mas os pés de Maddie também não demonstravam vontade de se mover para frente. Ela ficou bem perto dele enquanto caminhavam até a entrada e esperavam em fila para serem anunciados no salão de baile.

— Primeira regra dos bailes — ele sussurrou, apertando o braço dela com o dele. — Não entre em pânico.

— Qual é a segunda regra? Acho que devemos ir logo para ela.

— Lembra daquela vez em que fomos ao Baile dos Besouros e nos divertimos para valer? — ele murmurou.

— É mesmo, eu me lembro! Você se comportou muito bem, foi encantador. Eu me recordo que você dançou com a própria condessa.

Ele deu de ombros.

— Eu costumo me dar bem com mulheres mais velhas.

— Foi o que eu ouvi dizer.

— Mas eu só dancei com ela por educação. A verdadeira alegria veio depois, quando eu peguei você em uma alcova e a fiz gritar de prazer.

Maddie pôs a mão enluvada sobre a boca para abafar a risada inesperada. Pelo menos suas bochechas ficariam rosadas sem ruge.

Chegou a vez de eles serem anunciados. O mordomo olhou para eles, esperando que Logan fornecesse os nomes.

Logan deu um olhar de dúvida para Maddie e mexeu na gravata. Naquele momento, Maddie percebeu algo. Ela estava sendo incrivelmente egoísta. Por mais que se sentisse deslocada naquele ambiente, Logan devia estar se sentindo cem vezes mais constrangido. Era verdade que ela nunca tinha ido a um baile de verdade, mas Maddie tinha sido educada para saber se comportar nesses eventos. Ela foi criada dentro da Sociedade. Logan era um oficial, mas não um cavalheiro de nascença. Para um rapaz órfão do interior que cresceu dormindo com o gado no curral, aquela cena devia ser totalmente estranha. Era como se ele tivesse sido jogado na lua. Uma emoção terna se desdobrou no coração dela.

Pare com isso, ela disse para si mesma. *Ele não está aqui por amor a você. Ele está aqui pelo castelo. Pela terra. Pelos homens dele.* Os dois tinham um acordo. Depois dessa noite, ele ficaria com as terras e Maddie teria sua vida de volta. Sem precisar se esconder. Sem mentiras.

Ela se inclinou na direção do criado e informou os nomes.

— Srta. Madeline Gracechurch e Capitão Logan MacKenzie, de Inverness-shire.

Assim que foram anunciados, eles entraram no salão.

— Este é o meu debute — Maddie falou em meio a um sorriso. — Esta é a primeira vez que ouço meu nome sendo anunciado desse modo.

— Espero que tenha gostado, pois também é a última vez que ouviu seu nome sendo dito assim.

Algo estranho de ele dizer, mas Maddie imaginou que ele tinha o direito de falar aquilo. Parecia improvável que ela fosse comparecer a algum outro baile.

— Agora nós entramos e fazemos um círculo lento pelo salão — ela murmurou.

— Certo — ele disse. — Está vendo, eu disse que eles iriam nos encarar.

— É claro que estão encarando. Todo mundo está encarando você. — E Madeline ficou muito feliz por isso. Ela estava preocupada em chamar atenção, mas era como se, ao lado de Logan, ela fosse invisível. — Você não percebe, não é?

— O quê?

— Como sua aparência está magnífica esta noite.

Ele emitiu um ruído de pouco caso.

— É o kilt.

— Em parte é o kilt — Maddie concordou. — Mas é principalmente a sua personalidade e atitude.

Aquela era, afinal, uma reunião de naturalistas, e Logan era um espécime raro. Ela imaginou se haveria algum animal tão atraente quanto um escocês das Terras Altas com uniforme militar completo. Todos no salão estavam fascinados.

— Ainda não avistei o Varleigh — ele murmurou.

— Imagino que esteja preparando seu discurso.

Logan concordou.

— Você quer dançar?

— Não — ela logo respondeu.

— Graças a Deus. Vou ficar perto de você para que ninguém a tire.

Ela não soube dizer o que era mais encantador — ele acreditar que alguém se incomodaria em tirá-la para dançar, ou o posto de guarda deliciosamente possessivo que ele adotou ao seu lado. Eles aceitaram taças de ponche que um criado ofereceu. Fizeram uma cena admirando um busto de mármore esculpido. Observaram os dançarinos executando os passos de uma dança. Durante tudo isso ele não ficou a mais de meio passo do cotovelo dela.

Maddie sabia que era em parte para protegê-la, em parte para se proteger, mas para um observador qualquer ele devia estar parecendo apaixonado por ela. Maddie não podia reclamar. Ela sempre imaginou como seria ter um belo oficial das Terras Altas absolutamente atento a todas as palavras e ações dela. Agora Maddie sabia como era. Tão maravilhoso como ela sempre sonhou.

Pouco depois a música parou e os convidados começaram a se dirigir a uma galeria.

— Aqui. — Maddie tirou um objeto de sua bolsa e o colocou na mão de Logan.

— O que é isto? — ele perguntou.

— Um charuto.

— Eu não fumo charutos.

— Mas você pode fumar um esta noite. Se quiser.

Ele franziu a testa para ela, demonstrando a confusão que sentia.

— Esse é seu passe para sair para o jardim, se quiser fugir. A palestra naturalista logo vai começar. Eu sei que você não está interessado em ouvir falar de dezenove espécies novas de besouros amazônicos, então pensei que posso me virar ficando sentada nos fundos da sala. Se você quiser dar uma volta lá fora, eu entendo.

Ele a observou por um instante. Então amassou o charuto no vaso de planta mais próximo.

— Eu vou ficar com você.

Naquele momento, Maddie não soube dizer se ela própria ligava para uma palestra sobre dezenove espécies novas de besouros amazônicos. Talvez ela preferisse encontrar a alcova mais próxima e produzir aquela lembrança com que Logan a tinha provocado. Mas levando em conta todo o trabalho a que ele tinha se dado, ela achou melhor cumprir sua parte do compromisso. Era disso que se tratava aquela noite, Maddie se lembrou. Trocar o sonho dela pelo dele. Com certeza Logan não tinha se esquecido, e ela também não se esqueceria.

Eles escolheram lugares no fundo da sala. Logan enfrentou com muita valentia a palestra, que deve ter sido dolorosamente entediante para ele. Até mesmo a tensão de Maddie cedeu. Ela estava ansiosa com a possibilidade de que Lorde Varleigh a chamasse para se levantar e se apresentar. A pressão firme da coxa de Logan contra a sua foi reconfortante. E também uma distração deliciosa. Suas preocupações, contudo, mostraram ser em vão. Uma salva de palmas marcou o fim da palestra.

Maddie continuou em seu assento.

— Ele não falou de você — Logan murmurou. — Por quê?

— Não sei — ela sussurrou. — Talvez ele queira me apresentar depois.

— Mas acabou. Todo mundo está indo embora. — Antes que Maddie pudesse detê-lo, Logan se pôs de pé e chamou: — Lorde Varleigh.

As pessoas pararam de se dispersar.

— Sim, Capitão MacKenzie? Você tem uma pergunta?

— Só um elogio para fazer, meu lorde — Logan pigarreou. — Eu queria parabenizá-lo pela qualidade espantosa dessas ilustrações.

Lorde Varleigh o fitou no fundo dos olhos.

— Obrigado.

Maddie sentiu a raiva tomando conta de Logan. Ele podia estar vestido com elegância e se comportando como um cavalheiro aquela noite, mas continuava sendo um guerreiro em sua essência, e seus instintos de combate subiram à superfície. Alguém estava para se machucar.

— Desgraçado.

Ela puxou a manga dele, pedindo que se sentasse.

— Não importa — ela disse.

— É claro que importa. É o seu trabalho que está à mostra nas paredes e ele roubou todo o crédito.

— Ele merece a atenção esta noite. Foi ele que viajou até a Amazônia.

— Ele embarcou em um maldito navio. Foi só isso. E quando chegou lá, aposto que pagou uma equipe de nativos para fazer todo o trabalho. É provável que ele tenha roubado os nativos, também. Mas você, Maddie... Você pegou aquelas coisas feias e secas e lhes deu vida. — Logan tocou o rosto dela por apenas um instante, como se não acreditasse que poderia ser gentil naquele momento. — Essa é a coisa mais admirável em você, *mo chridhe*. A capacidade que tem para trazer vida onde parece não existir nada.

Um caroço se formou na garganta dela. Desesperada, Maddie tirou Logan do local da palestra e o puxou para um aposento ao lado. Um tipo de biblioteca.

Lorde Varleigh foi ao encontro deles.

— Algum problema, Capitão MacKenzie?

— Você bem sabe que sim.

— Logan, por favor — Maddie murmurou.

Atendendo ao pedido dela, Logan moderou o tom, indo de um rugido baixo para um rosnado frio.

— Você a convidou para ser reconhecida. E disse que a apresentaria ao Sr. Dorning. Agora, que explicação você tem para dar à Srta. Gracechurch por seu comportamento?

Lorde Varleigh ajeitou o colete.

— Vou ter prazer em apresentar a Srta. Gracechurch para os meus colegas. Isso se ela me garantir que vai continuar sendo a Srta. Gracechurch.

— O quê?!

— Eu preciso saber — Varleigh disse —, que não existe a possibilidade de ela se tornar em breve a Sra. MacKenzie.

Logan praguejou baixo.

— Mas por que isso importaria, meu lorde? — Maddie perguntou.

— Srta. Gracechurch, eu não posso, em sã consciência, recomendá-la para um projeto extenso como esse caso esteja para se casar. Uma esposa tem obrigações com o marido e a família, e essas obrigações irão suplantar sua dedicação artística.

— Mas isso é um absurdo — ela disse. — Com certeza muitos de seus colegas são cavalheiros casados, com deveres para com a esposa e a família. Ninguém questiona a dedicação científica deles.

— Talvez — Lorde Varleigh disse, dando um olhar condescendente na direção de Logan —, se você fosse casar com um cavalheiro de certo nível social ou erudito, o assunto fosse diferente.

Então foi a vez de Maddie sentir a raiva se inflamando dentro de si. Nunca, em toda sua vida, ela bateu em alguém, mas naquele instante Maddie teve vontade de socar o nariz aristocrático de Lorde Varleigh.

— Você acabou de insultar o Capitão MacKenzie? — ela disse. — Pois fique sabendo que ele é um homem muito inteligente. Ele lê. Todas as noites. Até mesmo frequentou a universidade.

— *Mo chridhe* — Logan fez uma pressão de leve nas costas dela e se dirigiu a Lorde Varleigh: — A Srta. Gracechurch logo vai estar consigo, meu lorde.

Depois que o outro saiu do aposento, um silêncio caiu sobre os dois.

Logan começou a andar de um lado para outro.

— Eu falei que ele a queria para si. Deve ter planejado todo este baile como meio de impressioná-la, talvez até pretendesse lhe pedir em casamento. Agora está armando essa vingança mesquinha porque ficou bravo quando viu você chegar comigo.

— Isso é um absurdo.

— É mesmo?

— Não posso acreditar que algum homem se daria a esse trabalho todo. Não por mim.

Logan parou de andar e se aproximou dela. Ele pôs as mãos nos ombros de Maddie e a obrigou a encarar seus intensos olhos azuis.

— Eu estou usando gravata e abotoaduras no maldito Baile do Besouro. Isso não conta como alguém se dando ao trabalho por você?

— Mas... não é por mim. Não de verdade.

— Maddie, *mo chridhe*... — As mãos nos ombros dela se afrouxaram e transformaram em um carinho, e ele baixou os olhos para a boca de Maddie. — Com o diabo que não é verdade.

Ela sentiu o coração inchar dentro do peito. Se ele a beijasse naquele instante... Se ele pudesse *amá-la*... Talvez nada mais importasse. Perder o trabalho seria uma decepção, Maddie queria o posto de ilustradora de enciclopédia. Mais do que isso, ela queria que a reconhecessem por suas ilustrações. A trapaça de Lorde Varleigh tinha ido parar no fundo do seu estômago como uma pedra amarga. Mas a ideia de perder Logan doeu em seu coração. De um modo estranho e ilógico, ele havia sido uma constante em sua vida desde que tinha 16 anos. E, apesar de todo o seu esforço para que isso nunca acontecesse, Maddie começou a gostar dele — do Logan *real* e imperfeito. O homem que fazia seu corpo pegar fogo com beijos incendiários e a enfurecia com suas suposições arrogantes e a obrigava a sair de seu casulo gelado. Maddie tinha se apaixonado por ele.

— Acho que tudo isso não importa — ele disse. — Tudo que você tem que fazer é dizer para ele que nós não vamos nos casar.

Maddie engoliu em seco.

— Não sei se posso fazer isso.

Ela não sabia se *queria* fazer isso.

Ele olhou por cima dela para o salão de baile.

— Eu acho que eles estão indo jantar. Não está mais tão cheio de gente.

— O problema não é a multidão. Logan, por favor. Vamos para casa.

— Então vamos nós mesmos até lá para encontrar esse Sr. Dorning — ele disse. — Para o diabo com Varleigh. Você não precisa ter medo dele. Eu conto a verdade para todo mundo.

— Só me leve para casa — ela disse. — Não tem mais importância.

— Não. Não vou deixar que se esconda atrás de mim de novo.

— E se eu não estiver me escondendo atrás de você? — Ela pôs a mão na dele. — E se eu estiver escolhendo você no lugar do resto?

Ele a olhou fixamente.

— Maddie, eu...

Toque-toque. Toque-toque-toque.

Eles se viraram, procurando a origem daquelas batidas frenéticas. Um rosto conhecido apareceu na janela da biblioteca.

— Rabbie? — ela disse, sem acreditar no que via.

Ele acenou com a cabeça e articulou uma palavra: *Abra.*

E então mais uma: *Depressa.*

Logan praguejou e correu para a janela, abrindo-a e estendendo a mão para ajudar Rabbie entrar. Uma vez dentro, Rabbie se endireitou e tirou pedaços de plantas das mangas.

— Aí estão vocês.

— Que diabos você está fazendo aqui? — Logan perguntou.

— Não me deixaram entrar pela frente. Espiei em todas as janelas, à procura de vocês. Por pouco escapei de apanhar de dois criados.

— O que aconteceu? — Logan perguntou. — É o Grant?

— Não, não. Grant está bem. É a lagosta.

Maddie soltou uma exclamação.

— Ela está mudando?!

Rabbie fez uma careta.

— Ah, não... Bem, eu não sei. Não muito bem.

Logan conhecia aquela expressão no rosto de seu soldado. A notícia não podia ser boa.

— Fale de uma vez — ele disse. — A verdade.

— A lagosta sumiu. Ela escapou.

Capítulo Vinte

Eles foram embora do baile no mesmo instante.

Logan se ofereceu para ir sozinho na frente.

— Você não precisa sair comigo — ele disse. — É melhor ficar e falar com esse Sr. Dorning. Rabbie pode levá-la para Lannair depois.

Maddie não quis nem ouvir falar nisso.

— Não posso continuar sem você. E se Fluffy sumiu, eu tenho que ajudar a procurar. Ela é mais do que um trabalho. Você sabe disso. Ela é de estimação.

Logan saiu na frente e pediu a carruagem com uma ordem enérgica. Como o cavalo de Rabbie estava exausto, ele teria que viajar com eles. De carruagem a jornada iria durar... Logan fez alguns cálculos mentais... quatro horas para voltarem a Lannair. Se tivessem sorte. O que significava que Logan tinha quatro horas para gastar antes que pudesse fazer qualquer coisa de útil para amenizar aquela expressão de preocupação no rosto de Madeline. E ele passaria cada minuto desse tempo ralhando com Rabbie.

Enquanto a carruagem era trazida, ele pegou o soldado pelas lapelas do casaco.

— Você tinha *uma* tarefa.

Rabbie engoliu em seco.

— Eu sei.

— Observe a lagosta! — Logan sacudiu Rabbie de leve. — Essa foi a única ordem que eu lhe dei. Como conseguiu não dar conta disso?

— Bem, o negócio é o seguinte. Eu estava observando o bicho no estúdio. Mas aquele lugar é de dar medo, não é?

Sim, Logan sabia. Aquele lugar também lhe causava arrepios, mas isso não era desculpa.

— Então eu pus aquele treco num balde e desci para ficar com os rapazes e jogarmos cartas. Alguém deve ter derrubado o balde. Quando eu olhei, a coisa tinha sumido.

A pura estupidez da situação toda deixou Logan sem fala. A carruagem chegou e ele ajudou Maddie a subir antes de entrar.

— Não precisam se preocupar — Rabbie disse ao subir. — Quando nós chegarmos lá, os outros rapazes já terão encontrado o bicho. Qual a distância que uma lagosta pode cobrir sozinha, afinal?

— Eu não sei — Logan falou entredentes. — Essa é uma pergunta que um soldado *zeloso* nunca deveria fazer.

Quando iniciaram a viagem de volta, Maddie estava em silêncio. Pálida e nervosa. Logan teve vontade de abrir um buraco no teto com um soco. O teto era rígido, o que faria com que sua mão sangrasse, mas ele tinha certeza que, com toda a sua raiva, conseguiria fazer o furo.

— Quanto tempo uma lagosta pode sobreviver fora da água? — ele perguntou se virando para ela.

— Alguns dias, se ficar dentro do castelo, onde é fresco e úmido. Mas se ela conseguir chegar ao lago? — Maddie meneou a cabeça. — A água doce irá matá-la.

— Nós vamos encontrá-la. Não se preocupe. Vamos procurar a noite toda se for preciso.

— Não importa mais — ela falou baixo e descansou a cabeça na lateral da carruagem.

— É claro que importa.

— Isso é tudo culpa minha. Foi errado da minha parte prender Fluffy naquele aquário. Não me admira que ela tenha aproveitado a primeira chance que teve de fugir. Se ela quisesse acasalar com Rex, já teria feito isso. Talvez ele não seja a escolha certa para ela. Talvez ele seja uma lagosta grosseira, com péssima higiene pessoal, e por isso Fluffy não quer saber dele.

— E quanto aos seus desenhos do ciclo de vida?

Ela deu de ombros.

— Parece que sou uma mulher sem futuro no ramo da ilustração.

Certo. Logan manteve a calma pelo restante da viagem. Por pouco...

Quando eles chegaram ao Castelo de Lannair, os homens ainda não tinham encontrado a lagosta. Droga. Logan reuniu todos na cozinha e esboçou o plano na lousa que a cozinheira usava para anotar o cardápio do dia.

— Esta é a planta do térreo — ele disse. — As entradas e saídas ficam aqui e aqui. A primeira coisa que vamos fazer é estabelecer um perímetro. Garantir que nenhuma lagosta entre ou saia. Munro, você vai guardar a entrada da frente. Grant fica com você. O resto de nós vai procurá-la.

— Tentem assim — Rabbie assobiou algo que parecia um canto de pássaro e fez uma concha com as mãos ao redor da boca. — Aqui, Fluffy, Fluffy, Fluffy! Aqui, minha jovem!

Logan arregalou os olhos para ele.

— Duvido muito que seu método vá funcionar.

Rabbie deu de ombros.

— Bem, nós vamos ver, não é mesmo?

Logan traçou uma cruz dividindo a planta do castelo em quadrantes. Ele deu três quadrantes para Rabbie, Callum e Fyfe.

— Eu fico com este — ele disse, marcando o lugar com giz. — Peguem tochas. Procurem em todos os cantos e fendas na pedra. Antes de ser cozida, uma lagosta é azul, não vermelha, então vai ser difícil encontrá-la à noite. Cuidado onde pisam. Se a encontrarem, tragam-na imediatamente para a cozinha. Vamos nos reunir aqui dentro de duas horas, mesmo que não a encontremos. E façam o que fizerem, mantenham-na longe de água doce. Alguma pergunta?

Fyfe levantou a mão.

— Quem encontrar a lagosta vai poder comer o bicho?

— *Não!* — Logan apoiou as mãos na mesa da cozinha e se dirigiu a todos. — A lagosta é muito importante para Madeline. O que significa que é muito importante para mim.

Essas palavras eram a expressão da verdade. Ele não sabia quando isso tinha acontecido, mas ele se importava. Com Madeline e suas ilustrações. Aquilo era mais que uma lagosta. Era o *sonho* dela. Ninguém iria tirar isso de Maddie — nem Varleigh, nem Rabbie, nem Logan.

— Eu preciso que vocês sejam rápidos e precisos, rapazes. Em todos os anos que passamos juntos em campanha, nunca abandonamos um soldado para a morte. Nós também não vamos abandonar essa lagosta.

Pouco antes de sair da cozinha, ele puxou Maddie de lado.

— Não se preocupe. Você tem minha palavra. Nós logo iremos achá-la.

Horas se passaram. E nada. Quando os homens começaram a busca, Maddie subiu até seu quarto para trocar de roupa. Ela seria de maior ajuda usando algo mais prático.

Enquanto subia, ela vasculhou cada nicho e reentrância na pedra. Parecia muito improvável que uma lagosta tivesse conseguido subir uma escada, mas ela ficou atenta mesmo assim.

Ela entrou em seu quarto e começou a soltar os fechos do vestido de seda quando seus olhos pararam em algo que lhe chamou a atenção. Não era Fluffy. Mas a bolsa preta de Logan. Para ir ao baile ele usou a pequena bolsa que fazia parte do seu uniforme. Mas ali, pendurada em um gancho, estava a bolsa militar onde ele carregava óculos, moedas, luvas... e, quem sabe, vários anos de cartas constrangedoras de Maddie.

Ela desistiu da ideia de se despir e correu para investigar. Aquelas cartas tinham que estar ali. Tinham que estar. Maddie já tinha procurado por toda parte. Seus dedos tremiam enquanto ela soltava a fivela que prendia a tira. Então, parou... O que ela faria com as cartas se as encontrasse ali? Ela planejava destruí-las assim que possível, mas então ela hesitou. Maddie seria mesmo capaz de jogá-las no fogo? Não soube dizer. Tanta coisa tinha mudado.

Ela inspirou fundo, abriu a mochila e espiou dentro. Nada. Bem, não exatamente nada. Havia as coisas esperadas lá dentro, mas nada de pacote de cartas. Droga.

— O que você está procurando?

A voz de Logan. Ela se virou para ele.

— Oh... Nada. Bem, estou procurando Fluffy, é claro. A bolsa estava caída aberta e eu pensei que ela poderia ter entrado rastejando. É... um fato pouco conhecido que as lagostas adoram o cheiro de lona.

Em uma vida que passou contando mentiras idiotas, Maddie sabia que tinha acabado de contar a mais idiota de todas. Mas Logan pareceu cansado demais para duvidar dela, ou talvez fatigado demais para se importar. Os olhos dele estavam vermelhos de exaustão, e seu rosto tinha adquirido de novo a sombra da barba por fazer.

O coração dela amoleceu. Ele estava se esforçando tanto por ela.

— Também não teve sorte? — ela perguntou.

Ele balançou a cabeça.

— Mas não vamos desistir. Nem se demorar a noite toda e a manhã também.

— Você precisa descansar. É só uma lagosta.

— Não é *só* uma lagosta. Ela é seu sonho e esse era o nosso acordo. Seu sonho pelo meu.

— Acabou, Logan. Acabou. Você viu o modo como Lorde Varleigh me tratou esta noite. Mesmo que ele me apresentasse para o Sr. Dorning, não adiantaria de nada. Eu sou uma mulher. Isso já é um ponto negativo para mim aos olhos da maioria das pessoas. Sendo recém-casada, então... eles nunca me contratariam para um projeto longo. Vão pensar que a qualquer momento eu posso engravidar e abandonar o trabalho.

— Por que você está falando como se nós fôssemos casados? — ele perguntou.

— Porque talvez devêssemos ser. — Ela se obrigou a encará-lo.

— Você não quer isso.

— Não quero?

— Não — ele insistiu. — Não quer.

— O que faz você ter tanta certeza?

— Além do fato de você ter me repetido isso, sem nenhuma dúvida, desde que eu cheguei? — Passos pesados o conduziram até ela. — As cartas, *mo chridhe*. Você criou uma história sobre um oficial escocês e um lar na Escócia. Mas isso era só uma história. Seu sonho verdadeiro estava nas margens. Todas aquelas borboletas, flores e caramujos. Não vou deixá-la desistir de tudo só porque Lorde Varleigh é um maldito e uma lagosta fugiu. Isso significa algo para você.

Talvez fosse mesmo. Mas que ele compreendesse aquilo significava *tudo* para ela.

— Talvez nós pudéssemos significar algo um para o outro — ela disse.

— Maddie...

Ela esticou as mãos para ele e agarrou as lapelas do casaco, puxando-o para perto. O coração martelava no peito, mas ela decidiu que precisava ter coragem. Ele estava exausto e preocupado, mas ela também estava. Exausta de reprimir aquela onda de afeto e carinho dentro de si. Ela não conseguiria controlar suas emoções nem por mais um instante. Ela queria abraçá-lo. E queria que ele a abraçasse.

— Você não percebe? — Ela deslizou a mão para dentro do casaco dele, alisando a superfície ondulada do abdome dele e circundando-o com os braços. — Se nós tivermos um casamento real... que *signifique* algo... Lorde Varleigh, Fluffy e a enciclopédia deixam de importar. Nada mais importaria.

— Não — a voz dele estava rouca. — Não fale assim. Nós ainda temos muitos cômodos para vasculhar.

— Deixe que os homens procurem. Fique aqui comigo.

Ela sentiu que a vontade de Logan resistir começou a diminuir. A respiração dele ficou irregular. Ela descobriu o lugar em que o colarinho dele estava aberto e beijou o pedaço de pele na base do pescoço.

— Fique comigo, Logan. — Ficando na ponta dos pés, ela beijou o queixo dele, depois a bochecha. — Faça amor comigo.

Ela o beijou e quaisquer objeções frágeis e insinceras que Logan pudesse fazer se perderam, levadas embora pela doçura dela.

— Fique comigo. — Ela o puxou na direção da cama e ele a seguiu. — Está na hora de tornarmos isto real.

Eles caíram juntos no colchão. Enfim, ela estava debaixo dele. Macia, quente e acolhedora. Abrindo as coxas para fazer um espaço para as de Logan ao mesmo tempo que puxava a bainha de sua camisa.

Lá embaixo, ainda era possível ouvir os homens indo de um quarto a outro, gritando orientações um para o outro durante a caçada à lagosta.

— Você... — Quando a mão de Maddie deslizou por baixo da camisa dele, Logan gemeu de encontro à sua boca. — Você tem certeza de que quer isto agora?

— Quero. Agora. Sempre. — As palavras sussurradas esquentaram a pele dele, inflamando seu desejo. — Faça eu me sentir como antes, na penteadeira da estalagem. Deixe que eu faça o mesmo por você. — Ela puxou o tecido da camisa e passou as mãos pelo peito nu. — Logan, eu quero você.

Céus! Aquelas palavras foram como fagulhas caindo no álcool. Em um instante ele ficou em chamas por ela. Pronto para explodir. Ele se lembrou que Maddie era uma mulher adulta, que compreendia o que aquilo significava e estava escolhendo o que queria. Tudo que ele precisava fazer era pegar seu prêmio. Ela o segurou mais apertado, passando os dedos pelo cabelo na nuca dele. Logan sentiu um prazer agudo e a puxou para si, mergulhando no beijo.

— Apenas faça — ela pediu, colocando a mão entre os corpos para levantar suas saias. — Depressa. Faça-me sua antes que eu...

A voz dela sumiu. Mas ela não precisava completar aquela afirmação. Ele sabia o que ela quase tinha dito.

Faça-me sua antes que eu mude de ideia.

Um sussurro de culpa passou por ele. Logan o ignorou, mergulhando de cabeça no medo, como ele sempre disse para que seus homens fizessem em combate. Por um instante glorioso, ele acreditou que poderia conquistar isso. Mas então... Em um instante, aquilo ficou pesado demais. Não houve raciocínio na decisão dele. Nada de desejo ou intenção consciente. Apenas o instinto: afaste-se.

O brilho de dor nos olhos dela foi imediato. E excruciante. Ele sentiu como se tivesse visto o paraíso por entre grades no momento em que os portões se fechavam diante dele. Para sempre.

— Antes que você mude de ideia — ele terminou a frase para ela. — Foi o que você quase disse, não foi? Você quer que eu a possua aqui e agora, antes que pense no que está fazendo. — Ele rolou para o lado, respirando com dificuldade. — Não gosto de como isso soa.

Ela jogou os braços acima da cabeça e suspirou. O gesto fez coisas incríveis pelos seios dela.

— De repente você ficou cheio de escrúpulos?

— Não sei. Talvez eu tenha escrúpulos.

— Logan, era isso que você queria. O que você exigiu e me ameaçou para conseguir.

— Você só está chateada agora por causa do que aconteceu na festa. Eu sei que está decepcionada, *mo chridhe*.

Ela estendeu as mãos para ele.

— Então faça com que eu me sinta melhor. Não seria nenhum sacrifício eu desistir do meu trabalho se este fosse um casamento real em todos os sentidos. Um casamento com amor. Uma família. Nós poderíamos ter isso juntos, Logan.

Céus! Então Logan tinha que prometer que valia a pena desistir de tudo por ele? Como poderia fazer isso? Ele não sabia como substituir a carreira dela, a família, uma comunidade de colegas e amigos. Era impossível. Ele não seria suficiente. Com o tempo Maddie ficaria ressentida. E então ela iria embora.

— Nós não precisamos mentir para ninguém. Nós podemos fazer com que tudo isso seja verdade. Esta noite. Você não gosta de mim nem um pouco?

É claro que ele gostava, e mais do que um pouco. A verdade era que ele gostava demais de Maddie. E por isso não podia acabar com os sonhos dela. Não desse jeito.

— Nós vamos encontrar um modo — ele disse.

Foi a coisa errada a dizer.

— Nós já passamos por isso, Logan. Ou você se esqueceu? Você rejeitou todas as minhas ideias. Incluindo esta, o que é bem humilhante. — Ela se sentou na cama e escondeu o rosto nas mãos. — Eu me sinto uma tonta.

— Eu não posso lhe dar o que você está pedindo — ele disse. — Eu lhe disse desde o começo. Amor e romance... não existem dentro de mim.

— Eu me recuso a acreditar nisso. Eu sei que não é verdade. — Os olhos escuros dela chamejaram de raiva. — Você é o homem mais leal e afetuoso que já conheci. Eu vejo o modo como você trata seus homens, os arrendatários. Até minha tia. Eu sou a única que parece não inspirar seu afeto.

— Isso não é justo. E você sabe que não é verdade. Eu a protegeria com a minha vida.

— Mas nunca vou ter o seu coração, não é?

Ele não soube como responder. Ela levantou da cama e foi para a penteadeira.

— Estou cansada disso. Cansei de sonhar com você. — Ela arrancou a faixa xadrez que atravessava seu tronco, abrindo o broche e estendendo-o na palma da mão. — Eu quero a verdade. Quem é ela, esta A.D.?

— Eu já lhe disse que não é importante.

— É importante para mim! Eu usei isto todos os dias. Uma mentira em forma de coração no meu peito, para que todos vejam. Eu aceitei este broche como se fosse meu dever. Uma marca de vergonha que eu provoquei ao mentir para todo mundo. Mas agora eu quero a verdade. Você a amava?

— Maddie...

— É uma pergunta simples, Logan. Explicações não são necessárias. Só uma palavra será suficiente. Sim ou não. Você a amava?

— Sim — ele respondeu.

— Muito?

— Tanto quanto eu sabia amar. Não foi o bastante.

— E ela o deixou.

Ele concordou.

— Mulher inteligente.

Logan estremeceu.

— Talvez ela fosse. Eu estava atrasando a vida dela.

E ele atrasaria Maddie também. Ela possuía muito mais que desenhos a oferecer para o mundo. Ela possuía um coração gentil e amor abundante. O desejo de ter uma família. Todas essas coisas que ele não conseguia se fazer aceitar. Ela seria desperdiçada nele.

— Então mesmo depois que ela o abandonou, mesmo depois de todo esse tempo — ela disse —, você não conseguiu esquecê-la.

— Não. — Ele meneou a cabeça em sua resposta honesta.

Ela jogou o *luckenbooth* na direção dele e o objeto caiu na colcha amarrotada.

— Fique com isso. Não quero mais usar essa coisa. Eu vou embora.

— Espere! — Ele ficou em pé. — Falta menos de uma semana para Beltane. Qualquer que seja o acordo que nós façamos, preciso que você esteja aqui nessa noite.

— Você acabou de me *rejeitar*. O que o faz pensar que tenho algum interesse em fazer acordos com você?

— Preciso lembrá-la das cartas?

— Essas cartas estúpidas... — Ela soltou uma risada desvairada. — Elas não têm mais importância. Vá em frente, pode enviá-las para os jornais de fofocas. O que eu tenho a perder? Não tenho nenhum trabalho em vista para proteger. Nenhum romance em vista, também. Estou acostumada à humilhação pública e à solidão. Não posso ficar mais isolada do que fiquei morando aqui.

Ela escancarou o armário e se esticou para pegar uma valise vazia na prateleira mais alta. A valise despencou sobre ela, batendo em sua cabeça antes de cair no chão.

Ai. Logan fez uma careta de dor por solidariedade.

— Era exatamente o que eu precisava neste momento — ela disse, entorpecida. — Mais uma humilhação.

Maddie abriu a valise e a colocou sobre a cama. Depois começou a pegar punhados de roupas no armário e a enfiar dentro dela.

Logan segurou a valise por uma das alças.

— Você não pode ir. Ainda não.

Ela pegou a outra alça e puxou.

— Eu posso. E vou. Você não pode me deter.

— Do que você vai viver?

— De raiva, por enquanto. Parece que eu tenho o bastante para me alimentar por algum tempo.

Os olhos dela brilhavam de coragem e determinação de um modo que ele nunca tinha visto. Aquele era o fogo que ele esperava ver nela. A força que ele sabia que ela sempre possuiu. E, é claro, isso tinha que aparecer no momento em que ela resolvia deixá-lo.

Ele passou a mão pelo cabelo.

— Esqueça de mim.

— Ah, mas eu pretendo. Pode acreditar.

— Nada disso foi por mim. Meus homens precisam de um lar, você sabe disso. Eu sei que você também se importa com eles. Pense em Callum, Rabbie, Munro, Fyfe. Pense em Grant.

— Vou sentir falta de todos. Principalmente do Grant. — Ela fez uma pausa e pegou meias listradas de lã com uma das mãos, que apertou junto ao coração. — Grant é minha pessoa favorita. Sabe por quê? Ele me fez sentir linda no dia do meu casamento. Não importa quantas vezes nós nos conhecemos, ele sempre fica impressionado. Ele me faz rir. — Maddie enfiou as meias na valise. — Ele acha que você é um vagabundo sortudo por me ter — ela disse e bufou. — Ele é um pobre tolo com problemas.

— Grant pode ter problemas, mas não é nenhum tolo. E ele também não foi o único a achar que você estava linda no dia do nosso casamento. — Logan a pegou nos braços. — Não posso deixar que você vá embora.

— Por que eu ficaria?

— Porque eu...

Logan sabia o que ela queria ouvir, mas por algum motivo ele não conseguia pronunciar as palavras. Ele não acreditava nelas. Nem saídas da sua própria boca, nem vindas de outras. Cedo ou tarde, elas se transformariam em mentira.

Maddie lhe deu um sorriso triste.

— Foi o que eu pensei.

— Maddie...

Um longo grito agudo fez com que os dois se afastassem.

Os instintos protetores dele logo vieram à tona. Mas antes que ele pudesse começar a investigar a causa daquele grito, a cabeça de Rabbie apareceu no vão da porta.

— Encontramos! — o soldado ofegante, de rosto vermelho, anunciou. — Ou melhor, ela encontrou o dedo do Fyfe. Uma lagosta, viva e em boas condições.

— Excelente! Muito obrigada, Rabbie. — Maddie abriu um sorriso que desapareceu assim que o soldado saiu do quarto. Para Logan, ela acrescentou: — Bem a tempo. Agora ela pode ir embora comigo.

— Você vai terminar seus desenhos em outro lugar?

— Não. Vou fazer para Fluffy um favor que eu já deveria ter feito a mim mesma. Vou libertá-la.

Capítulo Vinte e Um

— Madeline? — tia Thea colocou a cabeça com turbante no vão da porta. — Becky me disse que você está arrumando seus baús de viagem. Está tudo bem?

— Tia Thea, sente-se, por favor. Nós precisamos conversar.

Maddie se preparou mentalmente. Estava na hora. Já tinha passado muito da hora. Aquele atoleiro de mentiras a tinha puxado cada vez mais para baixo ao longo dos anos. Ela estava afundada até o pescoço e dessa vez não teria qualquer ajuda de Logan. Maddie só dependia dela mesma para se soltar.

Primeira regra dos atoleiros: não entre em pânico.

— O que foi, Madeline? — tia Thea perguntou.

Respire, ela disse para si mesma.

— Eu... eu tenho muita coisa para dizer. Posso lhe pedir para que escute tudo que tenho para falar?

— É claro.

— Quando eu tinha 16 anos e fui passar aquela temporada em Brighton, contei para você que conheci um oficial escocês na praia. — Maddie engoliu em seco. — Eu menti.

Lá estava. A grande confissão, em três sílabas. Por que foi impossível dizê-las em voz alta por tanto tempo, ela não sabia dizer. Mas agora que ela já as tinha dito uma vez, não parecia tão difícil dizê-las outra vez.

— Eu menti — ela repetiu. — Eu nunca conheci nenhum cavalheiro. Passei as férias todas sozinha. Quando voltei para casa, todo mundo esperava que eu fosse passar minha Temporada em Londres. Entrei em pânico ao pensar na Sociedade, então inventei essa mentira maluca sobre um Capitão MacKenzie. E continuei mentindo. Durante anos.

— Mas... a menos que minha idade avançada tenha me deixado demente, há um homem neste castelo. Um homem cujo nome é Capitão MacKenzie. Ele parece bem real para mim.

— Ele é real, mas eu nunca o encontrei antes. — Maddie deitou a cabeça nos braços cruzados. — Sinto muito. Eu estive envergonhada e com medo de que você descobrisse a verdade. Eu queria ter lhe contado anos atrás, mas você gostava tanto dessa ideia... e eu gosto tanto de você.

— Oh, minha Madeline. — Tia Thea massageou as costas de Maddie fazendo círculos com a mão. Do mesmo modo que ela fazia quando Maddie era uma garotinha. — Eu já sabia.

— Você sabe que eu sinto muito? Pode me perdoar?

— Não só isso. Eu sei de tudo. Das mentiras, das cartas. Que seu Capitão MacKenzie era apenas fantasia e imaginação. Eu sempre soube.

Aturdida, Maddie levantou a cabeça.

— *Como?*

— Por favor, não fique ofendida com isso, querida, mas não era uma história lá muito plausível. Na verdade, era bastante absurda, e você não tem muito talento para mentir. Sem que eu atestasse sua história, ela não teria durado um mês com seu pai.

— Não entendo o que você está me dizendo. Quer dizer que você nunca acreditou em mim? Esse tempo todo você soube que meu Capitão MacKenzie era uma total invenção e nunca disse nada?

— Bem, nós concordamos que você parecia precisar de tempo.

— Nós? Quem é "nós" nessa frase?

— Lynforth e eu, é claro.

— Meu padrinho também sabia que eu inventei um pretendente? — Maddie enterrou o rosto nas mãos. — Oh, Senhor, que vergonha.

Era vergonhoso, mas também dava uma sensação de liberdade. Se isso fosse verdade, pelo menos ela não precisava acreditar que tinha herdado o castelo com mentiras.

— É claro que ele sabia. E compreendia. Porque, minha querida Madeline, nós dois éramos muito próximos.

— Próximos...

— Namorados durante vinte anos, indo e voltando. E ele sabia que eu também havia mentido para evitar o casamento.

Maddie pensou que seu cérebro fosse se contorcer com todas essas revelações.

— O Conde de Montclair não a estragou para todos os outros homens?

— Oh, eu fui para a *cama* com ele. Não foi terrível, mas também não foi mágico. E, não, aquela noite não me estragou para os outros homens. Pelo contrário, aquilo me fez perceber que eu era jovem demais para me prender a um homem pelo resto da minha vida, só porque meus pais acreditavam que ele fosse adequado – e para que eu descobrisse, na noite de núpcias, que ele podia possuir ou não uma obsessão erótica por penas.

— Penas?

— Nós não precisamos falar disso. A questão é, a importância da compatibilidade na cama não pode ser subestimada. De qualquer modo, eu proclamei a minha ruína em voz alta como desculpa para evitar o casamento. Eu pude ter meus amantes quando e como preferia, mas durante as últimas duas décadas de vida de Lynforth, eu fui bastante dedicada a ele. Quando ele faleceu foi um golpe e tanto para mim. Por isso vim com você para a Escócia com tanto gosto. Eu também estava de luto.

— Mas o seu luto era real. — Maddie se aproximou da tia. — Oh, tia Thea, meus sentimentos.

A tia enxugou os olhos.

— Nós sabíamos que iria acontecer. Mas ninguém consegue estar preparado de verdade. Apesar de tudo, a vida segue. Nós descobrimos novas paixões. Enquanto você passava seu tempo desenhando besouros, eu estava na minha torre escrevendo uma novela tórrida.

— Você é uma escritora? Mas isso é... ora, isso é perfeito.

Quando Maddie pensou a respeito, constatou que a tia Thea vinha escrevendo um melodrama havia anos, com Maddie no papel principal.

— É mais um livro de memórias, na verdade. Ou, como os franceses dizem, um *roman à clef.* Quase tudo que acontece é fiel aos fatos da minha vida, mas os nomes foram mudados para proteger os libertinos.

Maddie meneou a cabeça.

— Por que você não me contou? Por que nós temos mentido uma para outra esse tempo todo?

Ela segurou as mãos de Maddie nas suas.

— Eu não sabia que estávamos mentindo, querida. Durante anos eu pensei que o entendimento era tácito. Às vezes uma mulher não precisa se encaixar no papel que criaram para ela. Nós fazemos o necessário para trilhar nosso próprio caminho, para criar nosso próprio espaço. Eu pensei que você seria feliz aqui na Escócia, e encorajei seu pai a deixá-la em paz. Mas então esse homem enorme e lindo apareceu...

— E não é que apareceu mesmo? — Maddie riu, irônica.

— Eu fiquei sem saber o que pensar. Talvez você estivesse dizendo a verdade o tempo todo. Eu criei alguns testes para ele. O poema, a aula de dança. Tentei me deixar à sua disposição, para o caso de você querer se abrir comigo. Mas, na verdade, eu decidi... você é uma mulher, agora. Uma mulher forte e inteligente, que eu admiro. Não cabia a mim interferir.

Maddie pegou a borda de crochê de seu lenço.

— Ele é um completo estranho. Dá para acreditar? De algum modo minhas cartas foram entregues para ele, que sabe tudo sobre mim. Sobre a nossa família. Mas eu nunca o tinha visto antes de ele aparecer na sala de visitas. E agora...

— E agora você o ama. Não é isso?

— Receio que sim... — Os olhos dela arderam nos cantos e ela piscou várias vezes. — Mas ele não me ama. Sinto que ele poderia amar, mas não se permite. Não sei o que fazer. Nós tivemos uma briga feia noite passada, depois do baile. Eu devolvi o broche de noivado para ele.

— Quem sabe foi apenas uma briga de namorados...

— Será? Nem sei se somos namorados. Eu quero desesperadamente ser amada. Tenho medo de que só estou fantasiando que ele poderia me amar da mesma forma. Vou acabar presa em mais uma mentira que criei.

Tia Thea sorriu.

— Depois do que eu o fiz sofrer nos preparativos para o baile, ele deve gostar mesmo de você. Pelo menos um pouco.

— Ele é um homem leal. Mas eu... eu acho que o magoei de algum modo. Profundamente. Talvez minhas mentiras não tenham magoado você ou a família, mas magoaram Logan. Não entendo como ou por que as cartas bobas de uma jovem de 16 anos poderiam causar um impacto tão grande. Mas eu queria saber, para poder consertar tudo.

Nem mesmo oferecer seu amor foi suficiente. O que, além disso, ela poderia lhe dar? Maddie ficou olhando para a mesa.

— Eu só me sinto retorcida por dentro. E sem esperança.

— Pois eu tenho o remédio certo para essa aflição.

Maddie estremeceu. Não havia nada melhor para estragar um momento emotivo daqueles do que um dos remédios da tia.

— Oh, tia Thea. Sinceramente, eu preciso dizer que... eu não sei se consigo engolir mais um dos...

— Deixe de ser boba. É apenas isso.

A tia se inclinou para frente e a prendeu em um abraço caloroso e apertado. Um abraço que cheirava a balcão de cosméticos, mas ainda assim era bem-vindo. Elas ficaram um tempo abraçadas, balançando para frente e para trás. Quando se separaram, Maddie tinha lágrimas nos olhos. Tia Thea levou as mãos às bochechas da sobrinha.

— Você *é* amada, minha preciosa Madeline. Você sempre foi. Quando souber disso, e acreditar de coração, todo o resto vai ficar mais claro.

Logan manteve distância de Maddie durante os dias seguintes. Não era fácil ficar longe, mas ele não via o que poderia ganhar se aproximando dela. Ela já estava quase indo embora e ele não tinha nada de novo para dizer. Ele só podia esperar que o tempo — ou talvez a ameaça das cartas — a fizesse mudar de ideia. Isso pareceu ainda menos provável quando, na tarde de Beltane, ele a encontrou no salão de jantar em meio a dezenas de caixas e engradados. A mesa estava coberta de pratos, talheres, copos e taças, toalhas e guardanapos, castiçais de estanho. E itens mais humildes também: potes e chaleiras, atiçadores de lareira, velas e potes pequenos de temperos.

— Você vai dar uma festa? — ele perguntou.

— Não — Maddie disse. — Isso tudo não é para uma festa. Estou fazendo o enxoval dos homens.

— Enxoval? — Ele franziu a testa.

— Homens *podem* ter um enxoval? Não sei bem. Não importa. Quando eles se mudarem para suas casas novas, vão precisar equipá-las. Estas coisas vão ser úteis.

— O castelo não vai mais precisar dessas coisas?

— Não mais. — Ela acomodou uma caneca de estanho em uma caixa com palha. — Vou voltar para a casa da minha família. Achei que alguém podia fazer bom uso dessas coisas.

Logan apertou os dentes. A calma dela o deixava ressentido, o modo prático com que Maddie falava em ir embora. Não apenas embora do castelo, mas da vida dele também.

Ele a seguiu quando ela foi até a outra ponta da mesa, onde separou as colheres em pilhas com a mesma quantidade.

— Eu também vou ganhar um presente de despedida? — ele perguntou, sem dúvida soando mais petulante e magoado do que gostaria. — Quem sabe uma mesa de aparador e um par de castiçais?

— Na verdade, tenho outra coisa em mente para você.

— Oh, mesmo? O que é?

Ela o encarou.

— Eu quero que você fique com isto.

— O que, uma colher?

— Não, isto. — Ela inclinou a cabeça e olhou para o teto abobadado. — A terra. O castelo. Tudo.

Logan a encarou. O que ela estava dizendo?

— Maddie, você não pode estar falando...

— Já está feito. — Ela esticou a mão para o centro da mesa e pegou um envelope no alto de uma pilha de toalhas de mesa dobradas. — Eu preparei os papéis, copiando os documentos que transferiam a propriedade para mim. Becky e Callum assinaram como testemunhas. A notícia já deve ter se espalhado pelo castelo. À noite todo mundo vai estar sabendo. — Ela entregou o envelope para ele. — Lannair é seu.

Logan pegou o envelope. Ele não soube o que fazer a não ser encarar o documento.

— Mas o acordo que você sugeriu... eu não cumpri a minha parte.

— A verdade, Logan, é que isso não me pertence. Nunca pertenceu. Eu não trabalhei para merecê-lo. Não tenho nenhuma ligação com a terra. Este lugar pertence aos escoceses. Ao povo que viveu aqui durante gerações. Àqueles cujos ancestrais empilharam as pedras deste castelo com as mãos calejadas. E não posso imaginar uma pessoa melhor para cuidar disso tudo.

— Eu não quero caridade de você nem de ninguém. Eu sempre trabalhei para ter as minhas coisas.

— Ah, eu sei disso. Eu sei bem que aceitar vai lhe deixar constrangido, e isso faz parte da minha diversão. Estou tendo muito prazer em ver você sofrendo. Para mim é um tipo de vitória.

E a vitória combinava com ela.

— Então, quando você vai embora? — ele perguntou.

— Amanhã. Pretendo ficar para a festa, é claro. E para a fogueira, esta noite. Todos nós trabalhamos tanto nos preparativos. Mesmo que eu não seja mais a senhora do castelo, e mesmo que não seja sua noiva... quero estar presente.

— Eu também quero — ele disse.

Eu quero que você fique aqui para sempre. Essas palavras pairaram na ponta da língua dele, mas Logan não as disse. Era tarde demais. Não adiantava mais. Ao lhe dar o castelo, tinha lhe tirado sua última moeda de troca. Ele não possuía nenhuma posse ou influência que ela já não tivesse recusado. Outro homem poderia ter oferecido a Maddie uma parte de si. O coração, por exemplo. Uma emoção calorosa. Quem sabe até um sonho. Mas Logan não sabia mais sonhar, se é que algum dia soube. E quando ele olhava para dentro de si, não via nada que não algo vazio e frio.

— Obrigado por isto — ele ergueu o envelope.

Ela concordou.

— Foi uma honra conhecer você, Logan. Espero que entenda se eu não lhe escrever.

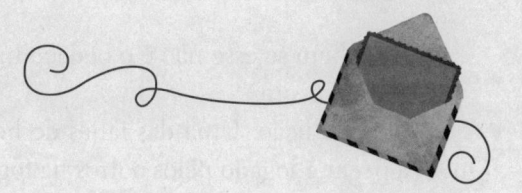

Capítulo Vinte e Dois

Maddie encontrou uma alegria inesperada em ser anfitriã. Ela achou que era mais fácil do que ser uma convidada. Ela se manteve ocupada fazendo a cerveja fluir e monitorando a entrada e saída de pratos da cozinha, de modo que pôde ficar nas bordas do salão e assim dar uma escapada sempre que a multidão se tornava opressiva demais para ela.

O mais conveniente de tudo era que ela mal teve tempo para pensar em Logan. Ela o viu uma ou duas vezes de passagem. Ele a cumprimentou com um aceno brusco de cabeça, mas não parou para conversar. Parecia muito provável que ela não falaria de novo com ele antes de ir embora pela manhã. Tudo bem. Não parecia ter restado nada para ser dito.

Conforme a tarde foi chegando ao fim, todos se afastaram das mesas espalhadas pelo salão principal e subiram, de barriga cheia, até o pico mais alto para admirar o lago. E, enquanto o dia se desvanecia no crepúsculo, um pequeno grupo de aldeões se reuniu para fazer uma fogueira. Em vez de levarem carvão do fogão de alguém, eles improvisaram uma máquina rudimentar com varetas — algo que quase parecia uma broca. Depois de quase uma hora em que os maiores e mais fortes se revezaram operando a coisa, uma coluna de fumaça se ergueu da madeira que era friccionada. Uma mulher correu até lá com uma braçada de musgo seco e lascas de madeira. Depois de um tempo soprando com muita paciência — e talvez um pouco de xingamentos e rezas —, a pequena brasa se tornou uma chama. E com muitas mãos levando mais combustível, a chama se tornou uma fogueira.

Uísque foi sendo passado, junto com fatias de bolo de aveia com frutas. Maddie recusou com educação o uísque, mas aceitou com alegria o bolo.

— Veja bem se esse não é o pedaço marcado — Rabbie disse.

— Como assim?

— É a tradição. Uma das fatias de bolo está marcada com carvão. Quem a pegar é jogado pelos outros na fogueira — ele piscou.

— Que tradição encantadora. — Ela inspecionou sua fatia. — Não tem nenhuma marca.

— Então você vai viver até o próximo Beltane.

Uma rabeca animada começou a ser tocada e, quando Maddie olhou, ficou chocada com a fonte do som.

— Eu não sabia que Grant tocava rabeca — ela disse.

— Ah, sim — Rabbie disse. — Ele carregou um durante a campanha toda. Levou-o através dos Pireneus e o trouxe de volta, mas o instrumento estragou durante a travessia de um rio. O capitão trouxe esse de Inverness alguns dias atrás.

Maddie mordiscou sua fatia de bolo e brincou de esconder com uma garotinha loira que se camuflava atrás das saias da mãe. Depois de algumas vezes escondendo o rosto quando a menina olhava, ela ofereceu para a pequena o restante do seu bolo. Como retribuição, ela recebeu um sorriso tímido e banguela. Maddie achou que tinha feito uma troca excelente.

De vez em quando ela via Logan com o canto do olho. Em geral, ele estava conversando com algum agricultor ou um de seus homens, ou então passando outra rodada de uísque. Os dois não chegaram a fazer contato visual. Uma vez ela pensou ter sentido o calor do olhar dele. Mas quando se virou, não conseguiu encontrá-lo. Ela pensou que estava imaginando coisas. Não seria a primeira vez.

Maddie foi ficar perto da fogueira e apertou bem o xale em volta dos ombros enquanto observava os casais dançando ao som da música que Grant tocava. A julgar pelos movimentos de homens e mulheres, a coreografia não era muito diferente de uma dança rural inglesa.

Quando os dançarinos se alinharam para outra dança, Callum apareceu ao lado dela.

— Você não quer entrar na próxima?

— Ah, não — ela disse sem pensar.

— Ah. Entendo. Muito bem, então.

Alguma coisa no jeito decepcionado dele fez com que ela percebesse algo. Maddie estava tão ocupada se preocupando consigo mesma, que não entendeu direito. Callum não estava apenas perguntando se ela gostaria de dançar, mas convidando-a para dançar. Com ele. E ela o rejeitou com uma palavra e uma balançada de cabeça. *Por que, Maddie?*

— Callum, espere! — Ela estendeu a mão para pegá-lo antes que ele sumisse. — Me desculpe. Eu não percebi que você estava me convidando para dançar.

— Tudo bem, não precisa se explicar.

— Não, eu quero me explicar. A verdade é que me sinto honrada de ser convidada para dançar. Significa muito para mim. Mais do que você pode imaginar! — Ela apertou o braço dele. — Obrigada.

Os olhos dele se aqueceram com um sorriso e o nó no estômago dela começou a se desfazer. Ainda que fosse difícil ir para longe de Logan, deixar o Castelo de Lannair partiria o que restava de seu coração. Ela iria sentir muita falta dos novos amigos que tinha feito ali.

— O problema é que eu não sei dançar — ela disse.

— Não tem problema. Os passos não são difíceis.

— Talvez não para a maioria das pessoas, mas eu nunca dancei. Acho que vou ser horrível nisso.

Ele levantou a manga mais curta, presa com um alfinete.

— Eu também tenho meus problemas. Se você for terrível mesmo, nós vamos combinar. Que tal nós tentarmos assim mesmo? Nem que seja pelas risadas.

Talvez fosse o calor da fogueira, ou talvez ela apenas não conseguisse decepcionar a expressão entusiasmada nos olhos de Callum. Era possível que uma pequena parte dela quisesse que Logan os visse e ficasse com ciúme. O mais provável, contudo... era que estava na hora de parar de ficar como uma estátua no frio. Rabbie disse que ela viveria até o próximo Beltane. Mas ela não estaria ali, na Escócia. Ela só teria aquela chance de dançar uma *reel* escocesa e seria uma pena desperdiçar a noite com seus nervosismo e pânico. Talvez aquele fosse um momento a ser aproveitado. Um momento para apenas *ser*.

Por algum motivo, Maddie se viu dizendo sim à dança. Pela primeira vez na vida. E isso a fez se perguntar, naquele mesmo instante, por que nunca tinha feito isso anos atrás. Mas isso não quer dizer que a dança deu muito certo. O ato de dançar em si foi um desastre, mas um desastre divertido. A *reel* em que eles entraram exigia muitos rodopios, e quando Maddie começava a rodopiar tinha muita dificuldade para parar. Junte isso ao fato de que Callum não apresentava as melhores condições para estender o braço e pegá-la, os dois ficaram parecendo duas bolas de bilhar, trombando e afastando-se um do outro, girando, várias vezes.

Não demorou para que Maddie começasse a rir tanto que mal conseguia respirar. Ao fim da dança eles deveriam se dar as mãos, mas passaram longe um do outro. Ela perdeu o equilíbrio e saiu pela tangente, ainda rodopiando e rindo. Até que trombou com alguém. Por sorte alguém grande e forte, e impossível de derrubar.

— Oh, minha nossa. Eu sinto muito, de verdade. Eu... — Ela olhou para cima e sentiu o estômago pesar. — Oh, é você.

Logan.

— Está se divertindo? — ele perguntou.

— Estou, bastante. Obrigada por perguntar.

De repente, ela estava tão nervosa perto dele como teria ficado aos 16 anos. Mas quem poderia culpá-la? Nessa noite ele parecia ter um novo ar de... não era atitude. Atitude não era nada mais que uma carcaça para disfarçar insegurança. Nessa noite ele parecia confiante. Protetor. Pronto para liderar. Ele estava senhoril, no sentido mais verdadeiro da palavra. Vestindo seu traje típico completo, com uma camisa cor-de-marfim bem passada, também parecia pronto para posar para uma ilustração do próximo romance de Sir Walter Scott.

A dança acabou e Callum foi procurá-la. Ele sorriu para Maddie.

— Desculpe por roubar Maddie de você, capitão.

— Não precisa se desculpar — Logan respondeu. — Madeline é dona do próprio nariz.

— Nós só estávamos dançando — ela disse.

— Eu vi.

— E não muito bem.

— Eu vi isso também — ele respondeu, retorcendo a boca.

— É. Bem... Desculpe-me por ter trombado em você. É que está escuro.

Ela olhou ao redor, desesperada para evitar o olhar desconcertante dele. Não havia outras luzes, em nenhum outro lugar. Não no castelo, nem no vilarejo à margem do rio. O mundo tinha se reduzido ao brilho laranja-avermelhado da fogueira e ao imenso céu estrelado acima deles.

— É a tradição — Callum explicou, prestativo. — Em Beltane nós apagamos todas as chamas, em todas as casas. No fim da noite, cada família vai levar brasas ou uma tocha e reacender sua lareira a partir desta fogueira. É um novo começo.

— Um novo começo... Que ideia encantadora.

Isso a ajudou a entender por que Logan estava tão decidido a se tornar dono da terra antes de Beltane. Ele queria que seus homens e arrendatários soubessem que aquele era um novo começo. Isso também a fez imaginar o que ela e Logan poderiam ser um para o outro se pudessem eles mesmos começar de novo. Ele era um bom homem. Bondoso, protetor, inteligente, leal. E, num nível mais superficial, muito atraente. Maddie iria se arrepender para sempre de não ter feito amor com ele. Pelo menos tia Thea tinha sido arruinada pelo Conde de Montclair. Com penas e tudo. Mas de nada adiantava ficar sofrendo por algo que não poderia acontecer. Logan não a amava. Ele não *podia* amá-la. Alguma outra mulher o tinha conquistado primeiro e estragado para todas as outras.

Ela esperava que aquela A.D., quem quer que fosse, e onde estivesse, soubesse o que estava perdendo. Maddie esperava que aquela mulher lamentasse seu erro todos os dias. Maddie também não era tão boazinha a ponto de não desejar que a mulher sofresse com furúnculos frequentemente.

— O que você disse? — Logan perguntou.

Ela falou em voz alta?

— Ah. Nada.

Uma mulher vestindo roupa típica completa se aproximou deles. Ela começou a falar com Logan em um gaélico entusiasmado e, antes que Maddie soubesse o que estava acontecendo, a mulher colocou um bebê em seus braços. Que maravilha! Era exatamente isso que seu coração *não* precisava naquele momento. Ela desejou que o bebê começasse a berrar ou sujasse as fraldas, ou então vomitasse leite azedo. Alguma coisa que fizesse seu útero parar de dar aquelas cambalhotas para chamar atenção, como quem diz: *estou aqui, use-me!* Mas o bebê se recusava a ser qualquer coisa menos que completamente encantador. Ele era um pacotinho angelical nos braços de Maddie, enrolado em um bolo de flanela quentinha.

Enquanto isso, a mãe do bebê agradeceu a Logan — mesmo sem entender o idioma, Maddie pôde reconhecer o olhar de gratidão, e Callum traduziu o resto. A jovem tinha ficado viúva havia pouco tempo e pensava que seria obrigada a ir embora da Escócia. Parecia que Logan a tinha contratado para lavar roupa e cozinhar para seus soldados enquanto eles construíam suas casas. Ela e o filho poderiam ficar.

Maddie sentiu o coração se retorcer. Ela olhou para o pacotinho, que arrulhou e abanou as mãozinhas. Alguma coisa brilhou no tecido que envolvia a criança e Maddie examinou o objeto.

— Ele está usando um *luckenbooth*. — Ela mostrou para Callum. — Mas ele é novo demais para estar noivo. E eu pensei que só jovens usassem isso.

— Ele não está noivo. — Callum fez um carinho na bochecha do bebê. — É o costume. O homem dá o *luckenbooth* para a mulher no noivado, e então ela coloca o broche no cobertor do primogênito do casal. As pessoas acreditam que isso afasta o mal.

— Que interessante. Então quer dizer que essas marcas aqui... — Maddie passou o dedo pelas marcas gravadas no broche em forma de coração. — Elas não são as iniciais da criança.

— Não, não. Devem ser da mãe e do pai.

— Entendo.

Ela ficou olhando para o bebê em seus braços e para o coração de ouro que cintilava sob a luz da fogueira.

L.M. e A.D.

O mundo pareceu desacelerar. Ela ouviu as batidas do coração nas orelhas.

Você a amava?

Tanto quanto eu sabia amar. Não foi o bastante.

Então ela o deixou.

Sim.

Mulher inteligente.

Maddie estremeceu ao lembrar do diálogo. Oh, bom Senhor. Se a suspeita dela estivesse certa...

A viúva entrou na dança e Logan se afastou. Quando Maddie ergueu o rosto, seu olhar encontrou o de Logan por cima da fogueira. Ele apertou o olhar, concentrado, procurando algo. A luz vermelha do fogo dançava em sua testa franzida. Ele parecia saber que algo tinha mudado.

— Callum — Maddie disse, engolindo em seco —, a palavra *nahtray-me* significa alguma coisa para você?

Ele inclinou a cabeça.

— Você quer dizer *na tréig mi*? É uma frase, não uma palavra.

— E o que significa?

— "Não me abandone". Por que você quer saber?

— Nenhum motivo em especial. — Ela tentou esconder a emoção em sua voz.

Nenhum motivo. A não ser que tudo faz sentido agora e eu percebo que fui uma completa idiota.

— Eu preciso fazer uma coisa. Você pode ficar com ele? — Ela se virou para colocar o bebê nos braços de Callum.

— Não, não. Espere um instante. Eu? — Ele recuou, acenando o braço amputado. — Eu não posso pegar o bebê com apenas um braço.

— É claro que pode. As mães fazem isso o tempo todo. — Ela enfiou o bebê na curva do braço saudável de Callum, verificando se a mão dele estava apoiando o bumbum do bebê. — Pronto. Algum dia você vai segurar seu próprio filho dessa forma.

Num impulso, ela beijou Callum e o bebê na testa.

Então ela se virou para Logan, procurando-o na multidão.

Mas ele não estava mais lá.

Capítulo Vinte e Três

Logan se afastou da fogueira com passos longos e decididos. Mas ele não conseguiu se afastar rápido o bastante.

— Logan, espere!

Ele não diminuiu o passo. Ele não podia falar com ela. Não naquele instante, depois de vê-la embalando aquele bebê em seus braços e dançando com Callum. Depois de sentir o corpo dela contra o seu, mesmo que por um breve instante. Maddie tinha feito suas escolhas e ele também. Logan conseguiria suportar a partida dela no dia seguinte. Mas se Maddie se aproximasse dele nessa noite, com certeza ele a puxaria para si e faria algo de que os dois se arrependeriam.

— Volte para a fogueira — ele disse. — Está escuro demais. Não tem luz no castelo para você se orientar. Vai tropeçar. Pode pisar num atoleiro.

— *Na tréig mi.*

As palavras o fizeram parar no mesmo instante. O coração dele também parou por um momento.

— Está entendendo gaélico, agora... — ele disse, mantendo a voz calma.

— Estou entendendo *você*, agora. Finalmente.

Que diabos aquilo queria dizer? Ela o alcançou. Pelo que Logan podia ver sob a luz prateada da lua, ela parecia brava. Ótimo! Seria mais seguro assim.

— Você mentiu para mim, Logan.

— Eu não menti para você.

— Você me deixou continuar com uma suposição falsa. O *luckenbooth*. Você não o fez para outra mulher, fez?

— De novo isso? Eu já lhe disse, ela não significa nada para mim. Não mais.

— Isso, por outro lado, é uma mentira. — Ela se aproximou. — O bebê que eu estava segurando perto da fogueira tinha um *luckenbooth* prendendo o cobertor. Callum me explicou tudo. O L.M. naquele broche não é você, certo? Essas são as iniciais do seu pai. Você recebeu o nome dele. E A.D... Oh, Logan. Sua *mãe*. Qual era o nome dela?

Ele exalou devagar.

— Eu não sei direito. Eu era novo demais para me lembrar.

— Eu sinto tanto. Por que você não me contou a verdade? Eu teria orgulho em usar se soubesse. Você se divertiu me deixando com ciúme?

Ciúme. A palavra não fazia sentido para ele.

— Por que diabos você ficaria com ciúme?

— Porque — ela exclamou, jogando as mãos para cima —, eu pensei que alguma jovem escocesa linda tinha roubado e partido seu coração. É óbvio que o ciúme me comeu viva. Eu queria seu coração para mim.

— Eu lhe disse que não podia lhe dar isso.

— É. Você me disse. E mentiu para mim, também.

Ela se aproximou o bastante para tocar no braço dele, apenas um toque leve da ponta de seus dedos na manga de Logan, mas fez com que ele estremecesse.

— Eu sei o quanto você se preocupa com seus homens — ela disse. — Eu sei como você pode ser carinhoso, gentil e protetor. Eu sei como você cuidou de mim em Inverness. Como me defendeu no baile...

Ele a agarrou pelo braço e a afastou à força.

— E eu sei como *você* é. Tem imaginação demais. Dá muito valor a tudo. Mente para si mesma. Eu pensei que você já teria aprendido alguma coisa a esta altura.

Ele recomeçou a andar, afastando-se, e, mais uma vez, ela foi atrás.

— Algum dia você vai parar de querer me castigar? Quando inventei essa mentira e escrevi aquelas cartas, eu era jovem, idiota e egoísta. Enganei todo mundo. Sem saber, eu o tornei meu cúmplice. Foi errado da minha parte. Eu sei disso e sinto... — a voz dela sumiu. — Não posso dizer que sinto muito. Eu não me arrependo.

— É claro que você não se arrepende. Por que se arrependeria? Você ganhou um castelo e uma vida independente.

Ela correu para ficar na frente dele, bloqueando o caminho.

— Eu encontrei *você*.

— Você inventou que eu tinha morrido e me abandonou.

Lá estava. A raiz de toda raiva dele, nua e pulsante, como uma ferida exposta.

— E essa não foi a primeira vez que você foi abandonado, não é?

Ele não respondeu. Não conseguiu.

— *Na tréig mi* — ela sussurrou. — Não me abandone. Você sabia que diz isso enquanto está dormindo?

— Eu não...

— Diz sim. *Na tréig mi, na tréig mi.* Várias vezes, tremendo todo. — Ela levou a mão à própria testa. — Não sei como não percebi antes. Isso explica tudo. Sua mãe o envolveu no xadrez do seu clã, prendeu o *luckenbooth* para afastar o mal... e o abandonou.

— Isso. Foi isso mesmo, está bem? Foi exatamente o que ela fez, e isso aconteceu em uma encosta bem parecida com esta em que você está agora.

— O que significa que você não era um bebê. Era velho o bastante para se lembrar. — Ela se abraçou, como se tentasse afastar a tristeza. — Oh, Logan. As coisas que eu disse... que ela devia ser uma mulher inteligente por tê-lo abandonado. Você sabe que não foi isso que eu quis dizer. Eu sinto tanto. Sinto tanto pelo que aconteceu.

— Você sente pelo que aconteceu? Não sinta pelo que aconteceu. Sinta pelo que você fez.

— O que eu fiz?

Ele recuou um passo e ficou em silêncio enquanto inspirava e caminhava lentamente em círculo. Ele estava bravo com Madeline Gracechurch havia muito tempo. E como ela tinha perguntado, ele iria contar para ela. Ali mesmo, no escuro.

— Você quer ouvir algo muito engraçado?

— Imagino que não seja uma piada que termina com "Guinche mais alto, jovem. Guinche mais alto".

— Ah, é muito melhor que essa. Quando sua primeira carta chegou até mim, eu não era capitão, mas soldado raso. A patente mais baixa do exército. Indisciplinado, desinteressado. Pobre demais para comprar sapatos. E aí apareceu essa carta endereçada ao Capitão Logan MacKenzie. Que piada. Os outros me provocaram, dizendo que eu devia ter passado uma conversa em alguma jovem antes de partir, mentindo ser algo mais do que eu era. — Ele passou a mão pelo cabelo. — Não demorou para que começassem a me chamar de "capitão" pelas costas. Meu sargento mandou me chicotear por querer passar por oficial.

— E você me culpou.

— É claro que culpei você. A culpa era sua. Eu li suas cartas. E sabia que não eram nada mais que fantasias de uma debutante inglesa mimada que não queria desfilar no Almack's naquela temporada. Mas as cartas continuaram chegando. E o deboche também. E depois de um tempo, comecei a me perguntar... será que eu não conseguiria me tornar capitão? Isso mostraria a todos eles.

— Essa atitude combina bem com você. Ambicioso. Determinado.

— Absurdo — ele bufou. — Você tem alguma ideia de como é estúpido para um soldado raso, sem nenhum dinheiro nem conhecidos, querer se tornar capitão?

— Mas você conseguiu.

— Sim, eu consegui. Demorei quatro anos, mas consegui, uma promoção de campo por vez. A patente no envelope passou a ser verdadeira. O deboche dos homens se tornou respeito. E as cartas começaram a mudar, também. Elas se tornaram... mais gentis. Reflexivas. Muito estranhas, mas reflexivas. Você me mandava notícias dos pequeninos Henry e Emma. Duas crianças que rezavam por mim todas as noites, como se eu fizesse parte da família. Você não entende, Maddie. Eu passei a juventude em estábulos, ou envolto no meu tecido xadrez ao ar livre. Eu nunca tive isso. Em toda minha vida. Me sentia um bobo por causa disso. Mas comecei a rezar por eles, também.

— Logan...

— E lá estava você. Uma mulher estranha, cativante, que não me reconheceria na rua, mas que me contava todos os seus segredos, e me fez crescer mais do que eu teria conseguido sozinho. Alguém que sonhava comigo, que desejava me pegar nos braços. A sensação era... — Ele ficou sem voz. — A sensação era de que eu estava puxando um fio solto do kilt de Deus, e que a um mundo de distância, alguém puxava o mesmo fio. O que era mentira e tolice para você, era muito mais para mim. Suas cartas me deram um sonho que eu não sabia sonhar sozinho. Elas me deram vida. E então você me matou e me abandonou.

Maddie levou a mão à boca.

— Logan, eu sinto tanto. Eu gostava de você. O que você sentiu... eu também senti. Eu nunca teria escrito durante tanto tempo se não sentisse. Eu sabia que, de algum modo, aquilo era real.

— Não diga isso. — Ele a pegou pelos braços e a sacudiu de leve. — Não me diga que era real para você, porque *você* me enterrou e nunca mais pensou em mim. Isso só piora as coisas.

— Então me diga como melhorar tudo.

— Não adianta. — Ele sacudiu a cabeça. — Não existe nada que você possa dizer.

Ela levou a mão ao rosto dele.

— Nem mesmo que eu te amo?

Aquelas palavras o abalaram. Ele se recusou a deixar que Maddie percebesse.

— Não. Eu não quero ouvir isso.

— Bem, eu quero dizer. Agora, que não temos nenhuma obrigação. Nenhuma chantagem me ameaçando. Nenhuma mentira para ser mantida. Eu te amo, Logan. De algum modo... isso começou antes de eu conhecer você.

— Isso não faz sentido.

— Eu sei que não faz... — Ela sorriu. — Mas é a verdade.

— Não. — Ele pegou o rosto dela com as duas mãos e a segurou com firmeza. — Não é verdade e você sabe disse. Estou cansado de falsidade.

— Eu te amo, Logan. Isso não é mentira.

Ele cerrou os dentes.

— Essas palavras são sempre uma mentira.

Talvez aquelas palavras não fossem falsas para todo mundo. Mas eram sempre uma mentira quando ditas para ele. Todo mundo que algum dia disse que o amava o abandonou. Renegou. Deixou-o como se estivesse morto. E ela não era diferente. Tinha lhe dado uma morte falsa no campo de batalha e, quando ele se inseriu à força na vida dela, Maddie encontrou um modo de fugir. Naquele exato momento, os baús dela estavam prontos. Ela planejava abandoná-lo pela manhã. E agora ela ousava ir atrás dele para lhe dizer aquilo?

Logan baixou a cabeça e encostou a testa na dela.

— Pare.

— Você acha que eu não tentei parar? Aliás, eu me esforcei muito tentando nem começar. Nenhuma dessas estratégias deu certo. — A ponta dos dedos dela roçaram o maxilar dele. — Não posso fazer nada. E não posso negar mais. Eu te amo. Mesmo que isso não faça nenhuma diferença, eu quero que você saiba.

Ele não deixaria que aquelas palavras entrassem em seu coração. Ele não acreditaria nelas. Mas ele as usaria a seu favor, de qualquer modo que pudesse.

Ela o beijou na boca, com toda delicadeza. Depois o rosto. Depois a testa.

— Lembra da primeira noite em que fizemos amor? — ela sussurrou, passando os braços ao redor da cintura dele. — Era Beltane. Todo mundo estava reunido ao redor da fogueira e nós escapamos em segredo.

— Isso — a palavra escapou dele como um gemido. Logan podia sentir que se entregava ao calor envolvente dela. — Eu me lembro.

— O que aconteceu em seguida? Nós abrimos seu kilt sobre a grama e fizemos amor sob as estrelas?

Ele meneou a cabeça e beijou o pescoço dela.

— Quase fizemos. A tentação foi grande. Mas eu queria que nossa primeira vez fosse em uma cama de verdade.

— Ah, é verdade. Estou me lembrando, agora.

Ela o encarou, esperando. Bastava de provocação. Ele precisava saber. Ele emoldurou o rosto dela com suas mãos e a agitou de leve, para ter certeza que ela estava prestando atenção. Logan falou com a voz grave:

— Se você não quer isso, precisa me dizer agora. Eu sei que você é curiosa. Eu sei que tem desejos. E se você só quer descobrir um pouco mais, não há vergonha nenhuma nisso. Mas não é o que vai acontecer se fizermos isso agora.

Ela entreabriu os lábios, mas não falou.

— Eu pretendo torná-la minha, *mo chridhe*. Tocá-la toda. Prová-la toda. Conhecê-la de dentro para fora. Depois que eu a tiver assim, não vou deixá-la ir. Nunca mais.

Como resposta, ela disse uma única palavra:

— Ótimo.

Muito bem. Ele tentou avisá-la. Ele lhe deu a chance de recuar. Maddie pediu aquilo. Então Logan fez o que vinha ameaçando fazer desde a primeira noite. Ele a pegou e a jogou sobre o ombro como um saco de aveia.

E carregou sua esposa para casa.

Para a cama.

Podia parecer estranho, Maddie pensou, para uma mulher que estava jogada sobre o ombro de um escocês, com o cabelo e os pés balançando ao vento noturno, dizer que aquele momento era algum tipo de vitória. Mas isso era exatamente o que ela estava sentindo. Afinal, ela estava conquistando o homem de seus sonhos. Sob suas próprias condições. E a menos que seu amante das Terras Altas pretendesse se mostrar um mentiroso descarado... Aquela noite seria muito, muito, *muito* boa.

O castelo estava por completo no escuro. Todos os fogos tinham sido apagados. O luar os conduziu até o pátio, então Logan foi obrigado a colocá-la no chão. Eles pegaram uma vela e um acendedor sobre uma mesa no hall de entrada e, depois de algumas tentativas e imprecações no escuro, conseguiram acendê-la. A luzinha amarela brilhava como uma promessa. Não era uma chama levada da fogueira para casa, mas uma que eles criaram juntos. Uma nova chama. Um novo começo. Nada do passado importava mais. Só haveria o futuro dali para frente. E o futuro seria o que eles escolhessem.

Maddie colocou a vela em um castiçal e os dois subiram juntos a escada até o quarto dela. O quarto *deles*. O coração de Maddie começou a bater mais forte a cada passo. Ela fechou a porta e a trancou, e então foi presa contra a porta. Ele a envolveu com o corpo, enrolando o cabelo solto dela em sua mão, depois levantando-o e tirando-o do caminho. Então sua boca, quente e faminta, desceu sobre o pescoço dela.

Maddie arfou com o delicioso choque provocado pelo toque. O puxão firme em milhares de terminações nervosas. A língua dele, deslizando da clavícula para a orelha. Seus joelhos arquearam. Maddie apoiou o braço na porta e caiu para frente, incapaz de se mover enquanto ele cobria cada centímetro de seu pescoço com beijos e passadas de sua língua possessiva. A barba por fazer arranhava a pele, fazendo um contraste delicioso com o calor macio da boca. Logo todo corpo dela parecia em chamas. Por baixo do corpete, os bicos dos mamilos endureceram, ansiando pelo toque dele, ansiando a boca de Logan. Os beijos estimulavam uma dor vaga, gostosa, entre as coxas dela.

Ela mordeu o lábio inferior para conter um grito de prazer, mas quando as mãos dele envolveram seus seios, Maddie não conseguiu mais se segurar, abandonando o último fio de consciência e gemendo de deleite.

Aquele som pareceu encorajá-lo e Logan respondeu com um grunhido baixo. O braço livre a envolveu pela cintura e ele a puxou para perto. Sua ereção encostou na coluna lombar dela. Estava impressionante de quente e rígida, mesmo através das camadas de camisola, espartilho, vestido e aquele kilt grosso. Ele a beijava na orelha, delineando os contornos com a língua e mordiscando o lóbulo. Com o polegar, ele encontrou um mamilo teso, que massageou para frente e para trás. Provocando de leve, numa tortura requintada.

— Logan. Por favor.

Ela tentou se virar para encará-lo. Ele pôs a mão na cintura dela, impedindo-a.

— Ainda não.

— Mas... quando?

— Em breve, *mo chridhe*. Em breve.

As mãos dele alcançaram os fechos do vestido. Logan se atrapalhou e praguejou até conseguir soltá-los. Aquela dificuldade com os botões fez Maddie saber que ele não estava tão controlado como a tinha feito acreditar. Ele estava tão impaciente quanto ela. Talvez até ansioso. Desesperado. Depois que soltou suficientes ganchos, botões e laços para que o vestido deslizasse até a cintura, ele a girou, colocando-a de frente, apertando-a de novo contra a porta para dessa vez tomar sua boca em um beijo possessivo. Com as mãos, ele puxou o vestido e o espartilho. Ela tentou ajudar o melhor que pôde, tirando os braços do vestido e do caminho dele, entrelaçando suas mãos na nuca de Logan.

Ele envolveu o seio nu com uma das mãos, erguendo-o e acariciando-o. Ela enfiou os dedos no cabelo pesado e macio dele enquanto os dois se beijavam. Ele gemeu dentro da boca de Maddie, e ela provou o sabor quente de uísque que continuava ali, misturado à doçura dele. Logan mantinha essa doçura escondida do mundo, mas ela sabia como extraí-la. Ela a saboreava.

Impaciente, Maddie começou a tirar a camisa dele, soltando-a da cintura do kilt com puxões firmes. Depois que conseguiu soltar toda a bainha, ela interrompeu o beijo por tempo suficiente para tirar a peça por cima da cabeça dele e a jogar de lado. E quando eles voltaram a se beijar, o peito nu dele encontrou o dela pela primeira vez. A sensação foi de uma intensidade que derretia ossos. Toda aquela pele contra pele. Calor contra calor. Os músculos sólidos dele moldando a maciez dela. Os pelos claros do peito dele provocando os mamilos dela. O coração dele martelando contra o dela.

— Levante as saias — ele murmurou, passando a língua pelo pescoço de Maddie.

Céus! Se pudesse escolher três palavras para ouvir de Logan, era provável que Maddie tivesse escolhido *Eu te amo*. Mas tinha que admitir que *Levante as saias* também tinha um apelo inegável. Suas partes mais secretas e delicadas tremeram. Ela obedeceu, recolhendo a seda com as mãos e levantando-a até a bainha chegar aos joelhos.

Logan deslizou as mãos até o traseiro dela e a levantou do chão, apoiando-a na porta, acomodando seus quadris em meio às coxas dela e passando as pernas, ainda com meias, em volta de sua cintura.

Ela soltou um gritinho de alegria. Então a boca de Logan encontrou o mamilo dela e o gritinho se converteu em um gemido lânguido. A superfície dura da porta arranhou as costas nuas dela, mas Maddie nem se importou. Os lábios e a língua dele faziam mágica em seus seios, e a extensão dura da excitação dele estava bem onde ela queria. Ele movimentou os quadris e uma alegria pura e vibrante a sacudiu. Ela deixou a cabeça tombar para o lado e se segurou nele, montada nas ondas de êxtase. Depois que ele deu um banho de prazer em cada um dos seios dela, Logan a prendeu junto ao corpo e a tirou da porta, carregando-a na direção da cama.

— Cuidado — ela sussurrou, ainda gemendo e rindo. — Está tão escuro. Não quero que você...

Blam. Ele bateu a cabeça no suporte do dossel. Logan praguejou e eles caíram juntos no colchão. Maddie se ergueu para avaliar o ferimento. Ela afastou o cabelo da testa dele, passando os dedos pela têmpora e pelo alto da cabeça.

— Você está bem? Está sangrando? Precisamos parar?

Ele não respondeu de imediato e ela acariciou de novo a cabeça dele.

— Logan?

— Estou bem, *mo chridhe*. Eu teria batido minha cabeça desse mesmo jeito, dias atrás, se soubesse que você iria me tocar assim. — Ele pegou a mão dela e a levou aos lábios, beijando primeiro o dorso dos dedos. Depois a palma. E então aquele trecho de pele sensível no pulso.

A partir daquele momento, tudo entre eles ficou um pouco menos frenético e bem mais carinhoso. Enquanto ele se movia sobre ela, tirando as meias de suas pernas e a ajudando a tirar o vestido, Maddie se sentiu adorada. Preciosa. Amada. Depois que ela ficou nua, ele a deitou na cama e começou a acariciar todo seu corpo. As mãos dele passearam por seus seios, pernas, quadris e barriga. Os dedos dela também ansiavam por sua vez. Ela queria tocá-lo. Em todos os encontros anteriores, Logan esteve com o controle quase total. Ele decidia quando e onde tocá-la, ou mesmo quando e onde ela podia se tocar. Dessa vez Maddie estava decidida a participar de igual para igual. Mesmo que se sentisse tímida ou insegura, ela não deixaria que ele a impedisse. Não quando sabia muito bem o que queria.

Ela atacou logo o kilt. Ele a ajudou com os fechos da frente, e então o pesado tecido xadrez ficou frouxo. Afastando-o para o lado, ela estendeu as mãos, ávida, para o homem que estava por baixo. E ela não teve que procurar muito para encontrá-lo. A ereção praticamente pulou na mão dela, enchendo-a com carne quente e dura. Ela o massageou para cima e para baixo do mesmo modo que o viu fazer naquela noite, e Logan gemeu de prazer. A pele era mais macia do que ela imaginava. Como se fosse de veludo rígido. Ela passou o polegar pela cabeça lisa e larga, depois estendeu os dedos para explorar a base espessa do membro dele e o saco sensível logo abaixo.

Ela estava começando a se divertir quando Logan afastou a mão dela.

— Isso tem que ser suficiente por enquanto, *mo chridhe*. Ou a coisa vai acabar antes mesmo de começar.

— Mas...

— Depois. — Ele pegou as mãos dela e as afastou para trás, prendendo seus braços contra o colchão dos dois lados da cabeça. — Não posso arriscar que você me desarme. Estou esperando isso há muito tempo. — Ele plantou beijos por todo pescoço dela. — Dias. Semanas. Anos.

Mantendo os braços de Maddie presos ao colchão, ele beijou e lambeu o caminho todo até o centro do corpo dela. Quando chegou ao umbigo, ele parou.

— Eu vou saboreá-la, *mo chridhe*. Tente não me chutar a cabeça desta vez.

Apesar do aviso, os quadris dela ainda assim foram para a frente quando ele deitou a língua em seu lugar mais íntimo. Oh, era bom. Muito... muito... *muito* bom. Em poucos momentos ela estava se contorcendo debaixo dele. Logan explorou cada dobra e reentrância com a língua, circulando o botão de seu sexo antes de descer mais um pouco e enfiar a língua dentro dela.

— Logan, por favor, estou perto de...

Ele não mostrou sinal de que iria parar ou de que estava ouvindo as súplicas. Ao contrário, ele redobrou seus esforços, usando nariz, lábios e língua para levá-la a um clímax repentino e violento.

— Isso não é justo — ela choramingou em meio à respiração ofegante. — Você nem me deixou tocá-lo.

Ele soltou os braços dela e se sentou sobre os calcanhares.

— É melhor assim. Vai ser mais fácil para você se já tiver chegado ao clímax. — Ele acariciou o rosto dela. — Não quero machucá-la.

Enquanto ele se ajeitava entre as coxas dela, Maddie deslizou as mãos pelos braços nus de Logan, deliciando-se com os contornos da força dele.

— Pronta? — ele perguntou, apoiando-se nos cotovelos.

— Sim.

Sim. Quando ele entrou nela, de fato doeu. Maddie teve que morder o lábio para não gritar. Ele foi se aprofundando em estocadas pacientes, e ela sentiu o corpo se alargando lentamente para acomodar o dele. Depois que, enfim, estava todo dentro dela, Logan permaneceu imóvel por um longo tempo. Apenas abraçando-a, enquanto ela o abraçava. O corpo dela começou a relaxar.

— Você está bem? — ele perguntou.

Ela disse que sim. Com cuidado ele retirou uma fração, e então entrou de novo, alcançando uma nova profundidade dela. Os dois gemeram.

— Você é tão apertada — ele murmurou, parecendo preocupado.

— Eu acho que você que é muito grande — ela disse. — Mas não precisa se preocupar. Estou bem.

Ele começou devagar. Mas isso não durou muito tempo. Logo um ritmo mais urgente tomou conta de Logan e suas estocadas ganharam velocidade e intensidade. A força de sua paixão tirou o fôlego dela, mas Maddie iria para o inferno antes de pedir que ele parasse. Ela adorava sentir o quanto ele a desejava, o desespero com que o corpo dele parecia necessitar do seu para ficar completo. Ele começou a murmurar palavras que ela não entendia. Pequenas e doces promessas em gaélico, ou pelo menos ela gostava de pensar que era isso. Embora Maddie não conseguisse decifrar o significado do que ele dizia, não havia como se enganar com o tom de voz. Era de pura emoção. Ela teve certeza de que ouviu algumas frases familiares em meio a tudo aquilo:

Maddie. Mo chridhe. Na tréig mi.

Ela envolveu os quadris dele com as pernas e agarrou seus ombros, segurando-o o mais apertado que podia. Então chegou o momento em que as palavras cessaram. Ele se apoiou em um cotovelo e passou o outro braço por baixo da cintura dela, puxando Maddie bem forte contra si. Quando ele enfiou de novo, seu membro alcançou um lugar tão fundo nela que Maddie o sentiu por *toda* parte. Depois de mais algumas estocadas, ele estremeceu e gemeu. Logan desabou sobre ela e enterrou o rosto em seu pescoço. Ela passou os braços pelos ombros dele em um abraço apertado. Ela nunca tinha sentido o coração tão repleto. Não demorou muito e ela começou a ouvir ruídos nos andares inferiores da torre. Os homens e criados estavam voltando da fogueira.

— Acho que eu deveria descer para ir encontrá-los. — Ela começou a levantar da cama.

— Não, não. Aonde pensa que está indo, Sra. MacApressada? — Ele agarrou o braço dela e a puxou.

Maddie riu quando caiu de novo na cama.

— Do que você me chamou?

— Eu acho... — Ele rolou na cama para encará-la e a observou, pensativo. — Eu a chamei de *esposa*.

— Estamos casados de verdade, agora?

— É claro que estamos casados.

Ela levantou uma sobrancelha.

— Você tem muita, muita certeza?

— Nós acabamos de consumar o relacionamento, Maddie. Eu a avisei... agora que eu a tive assim... — Os olhos dele ficaram intensos. — Você não pode me pedir que a deixe ir embora.

— Oh, Logan. Eu não vou pedir isso. Eu quero ser sua esposa. Mais do que qualquer coisa. Eu só o estava provocando quando perguntei se tinha certeza. — Ela afastou o cabelo da testa dele. — Me desculpe.

A expressão angustiada dele não relaxou.

Ela passou a mão pelo peito nu dele e se aninhou mais perto.

— Acredite em mim, eu não quero estar em nenhum outro lugar que não aqui. Com você.

Os homens lá embaixo teriam que se virar sozinhos.

Ela colocou um beijo no queixo dele, depois deslizou a língua pelo pescoço, querendo relaxar aquele tendão contraído. Tinha sido um descuido da parte dela provocá-lo daquela forma, sabendo o que sabia de sua infância. Poderia demorar meses, até anos, antes que os pesadelos cessassem e ele parasse de se preocupar que Maddie o abandonaria no momento em que tivesse uma oportunidade.

No dia seguinte ela começaria a encontrar modos de tranquilizá-lo.

Nessa noite ela esperava que beijos fossem um bom começo.

Capítulo Vinte e Quatro

Pela manhã, Logan acordou sozinho. Sonolento, ele sentiu um instante de pânico irracional – até encontrar um bilhete no travesseiro ao seu lado.

Meu querido Capitão MacDorminhoco,

Perdoe-me. Não quis atrapalhar seu merecido descanso. Quando você acordar, o café da manhã estará esperando lá embaixo.
Sua esposa amorosa.

Vestindo uma camisa, o kilt folgado e um sorriso descarado, ele entrou no salão. Seus homens estavam reunidos em torno da mesa comprida. Logan pigarreou.

— Bom dia.

Todas as cabeças se viraram para ele. Eles o observaram em silêncio por um momento. E então, todos juntos se levantaram e começaram a aplaudir espontaneamente.

— Hurra!

— Até que enfim!

— Orgulhe-se!

Logan fez pouco caso da provocação, mas não teve vontade de interromper a comemoração. Ele sabia que aquilo era um tipo de marco também para eles. Lannair tinha se tornado, de fato, um lar. Para todos eles. Aquilo era algo para se comemorar. Ele observou o salão principal com novos olhos, notando todas as rachaduras que precisavam ser consertadas, as paredes que tinham desbotado com o tempo. Os homens estavam adiantados na construção de suas casas. A partir desse dia, Logan poderia voltar sua atenção para transformar aquele castelo em um lar. Ele teria que fazer algo a respeito daquela escadaria íngreme antes que as crianças começassem a vir... Pensar em paternidade já era algo vertiginoso, das melhores e piores formas.

— Você demorou bastante, mas imagino que tenha valido a pena. — Rabbie se adiantou e o socou no ombro. — Bom trabalho, Capitão. E foi em boa hora. Noite passada Callum ficou de olho em uma das jovens da vila. Agora ele pode começar a cortejar a moça.

Callum ficou com o rosto vermelho.

— Eu não vou cortejar nenhuma moça.

— Eu vi como você olhou para ela, com mel nos olhos. Eu lhe dou uma semana.

Logan aguentou as brincadeiras com bom humor, mas não conseguiu ignorar por muito tempo a preocupação que lhe corroía as entranhas.

— Vocês viram minha mulher? — ele perguntou.

— A Sra. MacKenzie está na cozinha. — Munro piscou para ele antes de voltar sua atenção para os diagramas das casas.

Na cozinha? Intrigado, Logan desceu até a antiquíssima cozinha do castelo, com seu teto alto e fogão imenso. Antes mesmo de entrar, um cheiro familiar o assaltou — pungente, metálico. Ele passou pela porta e encontrou uma cena que o deixou gelado de medo. Maddie estava no centro da cozinha, com uma expressão aflita e um avental manchado de sangue.

— Bom Deus, Maddie. Você está...

— Estou ótima! — ela se apressou em tranquilizá-lo. — Esse sangue não é meu. Estou bem.

— O que diabos aconteceu? Alguém foi assassinado aqui?

— Não. — Ela enxugou a testa com o punho e soprou um cacho que insistia em ficar caído sobre seu olho. — Estou fazendo *haggis*. Grant está ajudando.

Ela inclinou a cabeça na direção do canto, onde o homenzarrão estava cortando cebolas e resmungando consigo mesmo.

Depois de ficar perplexo por alguns instantes, Logan começou a rir. Ela decidiu preparar *haggis*, dentre tudo que poderia fazer? Aquela parecia a confissão mais encantadora do mundo.

— Eu sei, essa é a coisa mais absurda que eu já fiz. E quando se trata de mim, não é pouco absurdo. Mas eu dei o dia de folga para a cozinheira e Becky, depois do tanto que trabalharam ontem. Eu encontrei um livro de receitas e pensei que poderia assumir a cozinha, já que minha tia foi embora esta manhã.

— Tia Thea foi embora?

Maddie disse que sim.

— A carruagem estava pronta e carregada, então eu pedi que ela fosse em frente. Ela vai dar a notícia do nosso casamento para meu pai e convidar todo mundo para passar alguns dias aqui no fim do verão. Faz tempo demais que a família não se reúne, e agora não há nada para nos manter afastados. Mal posso esperar que Emma e Henry conheçam você.

Logan percebeu que também estava ansioso para que isso acontecesse.

Ela tocou a página do livro de receitas com o dedo manchado de vermelho.

— Você tem alguma ideia do que vai *dentro* disto?

— Coração, pulmões e fígado de carneiro, tudo isso recheando o estômago do animal... e também aveia e um pouco de molho.

Ela olhou espantada para ele.

— E ainda assim você come isso?

— Sempre que posso. — Ele espiou dentro da panela e viu os *haggis* malformados. — Até que não parece ruim.

— Sério?

— Agora vamos ver se essas coisinhas redondas e deliciosas estão no ponto.

Ela ficou corada e cruzou os braços à frente do peito.

— O quê? Agora? Aqui?

— Não suas tetas. As batatas, *mo chridhe*.

— Oh! — Ela mordeu o lábio. — Bem que eu achei que estava um pouco cedo para isso.

Ele pôs a mão nas costas dela e lhe deu um olhar malicioso.

— Pode acreditar, nunca é cedo demais para isso.

Quando pegou a batata, Maddie se atrapalhou com os dedos escorregadios. A batata esguichou de suas mãos e quase acertou Logan na cabeça. Mas os reflexos rápidos dele o salvaram.

— Oh! Desculpe.

— Vamos tirar você da cozinha antes que alguém se machuque. — Ele desamarrou o laço do avental às costas dela e o puxou pela cabeça. Então Logan pegou uma toalha, molhou-a na água e limpou as mãos da esposa, um dedo delicado de cada vez. — Não consigo imaginar o que a levou a fazer isso logo de manhã.

— Não consegue? — Ela olhou para ele com um sorriso maroto. — Eu estava empolgada em ser a Sra. MacKenzie. Ansiosa para viver esse papel. Mas não sei se algum dia vou ser uma autêntica esposa das Terras Altas.

Logan cobriu a bochecha dela com a palma da mão. Ele estava a ponto de lhe dizer que ela era a única esposa que ele iria querer, das Terras Altas ou não. Mas as palavras ficaram presas em sua garganta por tempo suficiente para serem ultrapassadas em urgência por uma explosão.

Bum!

Maddie soltou um gritinho assustado e se encolheu perto dele.

— Acalma-se, *mo chridhe*. Isso foi só um dos *haggis* que explodiu.

— Eu fiz um *haggis* explosivo? Oh, Senhor.

Ele olhou para a panela e meneou a cabeça ao ver o alimento arruinado.

— Antes que você coloque o *haggis* para cozinhar, precisa furá-lo com um...

Um rugido selvagem ecoou pela cozinha. Logan soltou a tampa da panela e se virou.

Jesus.

Grant tinha levantado do lugar onde estava cortando cebolas. A explosão devia tê-lo assustado. Ele parecia aterrorizado, com os olhos vidrados, de um modo que Logan não o via há meses. Mas havia uma coisa diferente. Dessa vez Grant estava segurando Maddie. Ele a prendia com um braço, enquanto a outra mão mantinha uma faca de cozinha junto ao pescoço dela.

— Onde nós estamos? — ele perguntou. — O que aconteceu? Que lugar é este? Onde estão meus filhos?

Logan olhou para Maddie.

— Eu estou bem — ela disse, calma. — Não estou com medo. Ele não quer me machucar. Ele só está confuso.

Logan queria poder acreditar nisso. Entre a explosão e o cheiro de sangue que pairava na cozinha, ele só podia imaginar os lugares infernais para onde a cabeça de Grant o teria levado, ou que tipo de inimigo ele acreditava que Maddie seria.

— Calma, Grant — Logan disse. — Você está em casa, na Escócia. A guerra acabou.

— Não. — Ele girou a cabeça para os lados. — Não, não, não. Não me venha com essa história, capitão. De novo, não. Dia após dia é a mesma coisa. Nós vamos para Ross-shire amanhã, você me diz. É sempre amanhã, nunca hoje.

Logan engoliu um palavrão. Grant escolheu aquele momento para juntar pedaços de sua memória fragmentada.

— Calma, *mo charaid*. Vamos nos acalmar e sentar para tomar um belo copo de...

— Eu quero saber agora! — Grant gritou, mantendo a lâmina perto da garganta pálida de Maddie. — Diga-me a verdade, MacKenzie.

— Primeiro, solte a jovem. Ela não sabe de nada. — Logan andou na direção dele, com as mãos espalmadas para cima. — Eu vou lhe contar a verdade, mas você tem que soltá-la.

Grant sacudiu a cabeça, ainda segurando Maddie com força.

— Onde eles estão? Eu quero meus filhos. Minha família. Eu quero a verdade.

— Conte logo para ele — Maddie sussurrou. — Por favor.

Logan se preparou e encarou o amigo.

— Eles estão mortos. Todos mortos.

— Isso é mentira.

— Não. Nós voltamos lá juntos, meses atrás. Os pequeninos morreram de tifo há cerca de um ano. O que restou da vila foi evacuada. As casas foram queimadas e os sobreviventes enviados para o Canadá. O navio afundou em uma tempestade. Não restou nada.

— Não! — Grant apertou a faca na garganta de Maddie. — Não, você está mentindo para mim. Eu me lembraria disso.

— Você viu os túmulos deles, *mo charaid*. Ao lado da velha igreja, debaixo da sorveira. Eu estava do seu lado enquanto você chorava e rezava por eles.

O rosto de Grant se contorceu de angústia. O homenzarrão chorou e afrouxou o braço ao redor de Maddie.

Logan olhou para ela.

— Saia daí. *Agora*.

Ela se abaixou, passou por sob o braço de Grant e correu para o outro lado da cozinha. Antes que Grant fosse atrás dela, Logan se colocou à frente dele.

— É comigo que você está bravo. Vire essa faca para mim.

O homenzarrão soltou um rugido bárbaro e fez isso mesmo, atacando e desferindo um golpe em arco com a faca de cozinha. Logan se abaixou rápido o suficiente para evitar o perigo, mas ouviu o aço passar assobiando perto demais da sua orelha.

— Logan! — Maddie gritou.

Então Grant mudou de direção e atacou de novo. Logan pulou por cima da mesa, colocando-a entre os dois. Eles a circulavam enquanto Grant corria atrás de Logan e este recuava.

Logan manteve a voz serena.

— Madeline, saia da cozinha.

— Não.

— Eu disse *saia*, Maddie.

— Não vou deixá-lo sozinho com ele. Não deste jeito! — Com o canto do olho, Logan viu que ela pegou uma imensa colher de pau e a levantou como se fosse um bastão de críquete.

Então ele voltou a atenção para Grant. Do outro lado da mesa, o soldado ferido levantou a faca com a mão trêmula.

— O que aconteceu com a minha cabeça, capitão? Não me lembro de nada que aconteceu. Meus dias escorrem por entre os dedos. A última coisa que me lembro bem é que estávamos em combate.

— Foi um morteiro em Quatre Bras.

— Minha cabeça estava zunindo. E continua zunindo. O tempo todo, esse zunido. O sangue... — Ele bateu na própria testa com a mão espalmada. — Eu lhe disse para me deixar. Você deveria ter me deixado lá.

— Eu...

— Você deveria ter me deixado morrer lá. Eu estaria com eles agora, não preso neste inferno. Sentindo a morte deles todos os dias. Isto é culpa sua.

— Eu não podia abandonar você, *mo charaid*. Nós somos irmãos. Família. *Muinntir*. Nós não deixamos os nossos para trás.

A voz de Grant se tornou um rugido:

— Eu lhe disse... para me deixar. Por que não me deixou?

Com o braço livre, Grant levantou a extremidade da mesa e a virou, pulando para frente. Logan foi pego no movimento e trombou contra a parede de pedra. Ele sentiu o ardor rápido da lâmina cortando sua carne, mas não podia deixar que isso o detivesse. Reunindo toda sua força, ele pegou Grant pelos ombros e o empurrou para trás. O homenzarrão tropeçou na mesa virada e os dois caíram juntos. Logan ficou por cima. Ele montou no tronco de Grant e prendeu os braços dele dos lados do corpo, mantendo-o imobilizado.

— Respire, *mo charaid*. Só respire.

Ele manteve o amigo ali, imóvel, até uma nebulosidade familiar surgir nos olhos dele. Então, como tinha acontecido centenas de vezes desde a explosão do morteiro, Grant estremeceu e voltou.

— O que é tudo isto, capitão? Onde nós estamos?

Logan quase engasgou com a sensação de alívio.

— A guerra acabou, Grant. Estamos em casa, na Escócia. A salvo.

— Oh. Bem, isso é ótimo.

— Sim. É mesmo. — Ofegante, Logan se moveu para o lado. Quando foi se levantar, ele sentiu uma pontada no peito. Era provável que tivesse quebrado algumas costelas quando Grant o jogou contra a parede.

Ele se virou à procura de Maddie. Lá estava ela, segurando a colher de pau como se fosse uma arma. Pronta para bater em sua pessoa favorita para proteger Logan.

Minha querida.

— Fique calma — ele lhe disse. — Está tudo bem, agora.

Ela baixou a colher, mas a palidez e a preocupação continuaram em seu rosto.

— Logan, você precisa se sentar.

— Estou bem. Só um pouco abalado. — Ele crispou o rosto. — Acho que quebrei uma ou duas costelas. Nada que não sare.

— Logan, por favor. Sente-se agora mesmo.

A voz dela estava fria e séria. Até Grant o encarava, preocupado.

— O que foi? — ele perguntou. — Surgiu outra cabeça em mim?

Mas não era a cabeça dele que parecia aterrorizar os dois, mas alguma coisa vários palmos abaixo. Ele acompanhou o olhar de Maddie. Ah! Então era com isso que ela estava tão preocupada. A faca de Grant estava cravada em sua coxa. Até o punho. Estranho, isso. Ele estava tão concentrado na dor nas costelas que não tinha reparado. Ele ficou olhando o ferimento, sentindo como se fosse um observador afastado do próprio corpo. Quando ele enfim falou, sua voz lhe pareceu distante.

— Acho que é melhor o Munro dar uma olhada nisso.

Ele piscou. Duas vezes.

E então o mundo escureceu.

Capítulo Vinte e Cinco

— Logan!

Maddie não estava preparada para segurar um escocês de um metro e oitenta, pesando noventa quilos, mas ela fez o possível, pulando à frente para ficar do lado dele antes que Logan caísse. Ela o ajudou a deslizar até o chão, tomando cuidado com a faca. Ela não queria bater no objeto e assim machucá-lo ainda mais. Depois que ele estava estendido no chão, com a cabeça no colo dela, Maggie tentou avaliar melhor o ferimento. Ela puxou de lado o kilt.

Oh, céus! Talvez o ferimento a preocupasse menos se estivesse sangrando mais. Mas aquele não era um corte superficial. Todo o meio palmo de lâmina estava enterrado na coxa dele. Até o cabo. E se não fosse por Logan, aquela mesma lâmina poderia estar enterrada na garganta dela.

— Logan. Logan, você consegue me ouvir?

Ele piscou várias vezes.

— *Mo chridhe.*

— Sim, sim. Logan, sou eu. — Ela afastou o cabelo da testa dele. — Fique parado, meu amor. Nós vamos resolver isso já, já.

Então os olhos dele rolaram para dentro da cabeça e a mão ficou mole na de Maddie. *Oh, Deus!* Ela encontrou a pulsação dele com a ponta dos dedos. Enquanto o pulso continuasse batendo, ela saberia que tudo estava bem.

— O que aconteceu? — Grant foi se sentar ao lado dela, ignorando a confusão que havia provocado. — O capitão está ferido?

— Ele vai ficar bem — Maddie disse, precisando se convencer disso ao mesmo tempo em que tentava convencê-lo. — Não se preocupe, Grant. Ele vai ficar bem.

— Ele já passou por coisa pior, o malandro. — Ele sorriu um pouco, depois olhou para ela. — E quem é você?

— Eu sou Madeline. A namorada que escrevia as cartas para ele, lembra? Agora sou a esposa do capitão. Eu sou... — Uma lágrima quente escorreu pela face dela. — Eu sou a Sra. MacKenzie.

Ela só queria que Logan conseguisse ouvi-la dizendo isso. Grant olhou de Maddie para Logan e voltou para Maddie. Ele riu e cutucou o ombro de Logan.

— MacKenzie, seu malandro de sorte.

Os outros homens chegaram correndo, sem dúvida atraídos pelo barulho da mesa virando.

— Ajude-o, por favor — Maddie disse, olhando para o médico de campo. — Ele está ferido.

Munro se ajoelhou ao lado dela.

— Não vou saber a gravidade do ferimento até remover a faca. E não posso fazer isso até ter certeza de que ele vai ficar imóvel. Ele fraturou algumas costelas. Se o capitão se debater muito, uma dessas pontas quebradas pode perfurar o pulmão. — Ele olhou para Maddie. — Você tem algum analgésico no castelo?

— Tenho certeza que sim. Minha tia tem cerca de vinte diferentes tônicos, elixires e remédios milagrosos que encomendou em revistas. Aposto que todos eles têm láudano.

— Vá pegá-los, então.

Ela concordou com a cabeça e se preparou para levantar.

Logan fechou a mão, segurando uma dobra da saia dela.

— Não — ele murmurou. — *Na tréig mi.*

— Não posso deixá-lo. — Ela sentiu o coração apertar.

— Eu vou buscar os remédios — Rabbie disse.

— Estão no quarto de vestir da minha tia — ela disse. — Dois lances de escada, quarta porta no corredor oeste.

— *Na tréig mi* — Logan chiou de novo. — Não me deixe, Maddie.

— Não vou deixá-lo. — Ela segurou a mão dele. — Estou bem aqui.

Ele a apertou com força.

— Tem que jurar, *mo chridhe*. Você é meu coração. Se me deixar, eu vou morrer.

Ela levou a mão de Logan até seu rosto e olhou no fundo dos olhos dele.

— Não vou deixá-lo. E você não vai morrer. Munro vai dar um jeito em tudo e eu vou ficar aqui enquanto ele trabalha. Nem eu nem você vamos a lugar nenhum.

Rabbie voltou carregando várias garrafas escuras. Munro destampou e cheirou cada uma delas, entregando um frasco verde-escuro para Maddie.

— Este vai servir.

Ela levou a garrafa aos lábios de Logan.

— Agora beba isto — ela disse.

Ele fez o que ela lhe pediu, engolindo o líquido amargo sem nem fazer careta. As pálpebras dele começaram a ficar pesadas no mesmo instante.

— Munro — Logan virou a cabeça de um lado para outro, procurando o médico. — Munro, está vendo esta mulher aqui?

— Sim — Munro respondeu. — Eu a vejo.

— Está vendo como é linda?

Maddie corou.

— Sim — o médico disse, sorrindo. — Estou vendo.

— Bem, nós estamos casados há semanas — Logan disse, grogue, levantando a cabeça. — Eu só fui para a cama com ela uma noite. E eu vou ser um maldito sem sorte se essa foi a última noite. É melhor você me consertar, Munro. Ainda tenho muito que me divertir.

— Entendido, capitão.

O rosto de Maddie queimava, mas ela não pôde evitar de rir. Ela deu um beijo na testa de Logan.

— Maddie... — a voz dele ficou pastosa. Ele soava como se estivesse falando com ela de dentro de um poço profundo e escuro. — *Mo chridhe*, eu... eu...

— Silêncio — ela disse, segurando as lágrimas. — Eu vou ficar com você, Logan. Sempre. Só me prometa que vai ficar comigo.

Logan passou com tranquilidade pela cirurgia. Ou pelo menos foi isso que deduziu, já que não se lembrava de nada. Foram os dias seguintes que o ameaçaram com uma morte precoce. A febre veio à noite, depois que Munro retirou a faca da coxa dele. Os próximos dias foram uma névoa de sono agitado, calafrios violentos, panos frios passando por seu corpo e caldo ralo sendo lhe dado em colheres... E sonhos... Seu sono foi uma confusão de sonhos malucos e intensos. Tantos sonhos que ele suspeitou que sua cabeça estivesse compensando todos aqueles anos de escuridão. Ele sonhou com gente e lugares que tinha esquecido há muito tempo. Sonhou com campos de batalha e encontros sexuais. Mais que tudo, ele sonhou com Madeline. Os olhos escuros e os dedos esguios dela, além de seu sabor doce e essencial.

Quando finalmente acordou, sem febre e com a mente tranquila, ela estava bem ao lado dele. Mas *não* o deixou sair da cama. Por nada. Banhos de esponja não eram nem um pouco divertidos quanto um homem pode pensar. Nem mesmo quando administrados por uma mulher linda. No terceiro dia seguido em que recebeu esse tratamento de inválido, ele se rebelou.

— Espero que você saiba o quanto eu odeio cada momento disso.

— Eu sei. — Ela passou uma esponja com sabão debaixo do braço dele. — É por isso que estou gostando tanto.

— Sou perfeitamente capaz de fazer isso eu mesmo. Estou bem.

— Oh, não. Eu o sentencio a uma semana inteira de cuidados na cama. Se você se comportar, na próxima terça-feira eu posso começar a deixar que você coma seu mingau sozinho.

A resposta de Logan foi um grunhido.

— Isso é o que você ganha por ser heroico e salvar minha vida.

Ela se inclinou sobre ele e afofou o travesseiro. A posição deu a Logan uma visão desimpedida do vale entre os seios dela.

— Cuidado, *mo chridhe*. Você está brincando com o perigo.

Ela sorriu.

— Você não representa perigo para mim nesse estado.

— Isso pareceu um desafio.

— De verdade, Logan. Você sempre se esforça tanto para cuidar de todo mundo. Por alguns dias, apenas, eu vou cuidar de você, que vai ter que ficar deitado aí e aguentar o tratamento.

Logan tentou não ser grosseiro. Claro que ele não se opunha à presença dela. Ele nunca tinha recebido esse tipo de carinho e atenção. Ele apenas detestava a sensação de impotência e saber que, se alguém entrasse naquele quarto atacando, não seria capaz de deter. Mas ele também precisava admitir que havia um tipo de prazer inebriante em se entregar.

— Você não precisa ficar sentada aqui o dia todo — ele disse. — Eu sei que deve ter trabalho para fazer. Como estão Rex e Fluffy?

Maddie colocou a esponja e a bacia de lado.

— Estão se dando muito bem, na verdade. Ela mudou de carapaça. Eles copularam e agora estão cuidando uma da outra.

— E...? — ele a estimulou a continuar. — Não me deixe na dúvida. Qual é a posição preferida das lagostas para fazer amor?

Como resposta ela apenas sorriu e deu de ombros. Logan se levantou na cama quando entendeu.

— Você perdeu. Você perdeu a coisa toda, não foi? Porque ficou aqui comigo.

— Não importa. Eu só tenho que pegá-los da próxima vez. Fluffy vai estar pronta para procriar de novo em... oh, cerca de dezoito meses.

A resposta dela foi despreocupada, mas Logan sabia que aquilo devia ter sido um golpe para ela. Ele estendeu a mão para a esposa.

— Maddie...

Antes que eles pudessem continuar a conversa, Munro entrou no quarto para avaliar o ferimento e o curativo de Logan.

— O pior já passou — o médico declarou. — Nada de atividade física intensa por um mês.

— Um mês?!

— Um mês. E se pretende me azucrinar com suas reclamações, sugiro que fique grato por estar vivo para reclamar.

— *Mo charaid.* — Logan estendeu o braço e pegou a mão do médico. — Eu lhe devo minha vida. Nunca esquecerei disso. Obrigado.

Munro concordou com a cabeça.

— Dito isso, espero que entenda o que vou dizer da melhor forma possível. Caia fora. Quero ficar sozinho com a minha mulher.

O médico grisalho abriu um sorriso raro.

— Isso eu posso fazer.

Quando ficaram a sós, Maddie se ajeitou na cama ao lado dele.

— Venha aqui, então. — Ele a puxou para perto, enterrando o rosto no pescoço dela.

Maddie resistiu.

— Você ouviu o médico. Essa ferida vai demorar um mês para sarar. Durante os últimos dias nós dois trabalhamos dia e noite para manter você vivo. Não vou estragar tudo agora.

— Se eu tiver que esperar um mês para abraçá-la, juro que vou morrer de desejo.

Ela passou a mão pelo cabelo dele.

— Acredito que um abraço delicado seja aceitável.

Ele pensou que teria que se contentar com isso. Ela puxou o resto do corpo para o centro da cama e se aninhou nele, moldando a curva de seu corpo ao de Logan e deitando a cabeça no peito dele. Seus dedos acariciaram de leve a clavícula, para frente e para trás. Ele encostou o nariz no alto da cabeça dela e inspirou fundo. Maddie soltou uma risadinha suave no peito dele.

— O que foi?

— Oh, Logan. Detesto ter que lhe dizer isso, mas acho que nós estamos abraçadinhos. — Ela passou o nariz na camisa dele. — E você está fazendo um trabalho ótimo.

Jovem esperta. Muito bem, então ela conseguiu o que queria. Eles estavam abraçadinhos. E Logan estava gostando. Adorando. E parecia que ela devia amá-lo de verdade. Ou tinha conseguido se convencer que o amava.

Ele deslizou a mão pelo cabelo trançado de Maddie.

— Você não me deixou.

— Nem por uma única hora.

Ele sabia. Ela ficou ao lado dele o tempo todo. Viu o sangue, a sutura, a cauterização, a febre e os calafrios violentos. Ele sentiu a presença dela ao seu lado, os braços que o seguraram quando não conseguia parar de tremer sozinho. Seu aroma tênue de lavanda e a doçura que o alcançavam mesmo enquanto dormia. E os sonhos... Ele sonhou com ela dia e noite, e pela primeira vez em sua vida não tinha nada de frio, escuro ou solitário nessas fantasias. Elas estavam inundadas de mais cor e luz do que uma tenda de circo.

Os ombros dela estremeceram de novo. Ela estaria rindo dele?

Ele deu um suspiro para provocá-la e se arrependeu de imediato. Até suspirar doía.

— O que eu fiz de tão engraçado agora?

Ela não respondeu. Porque, do mesmo modo suave que riu alguns minutos antes, tinha começado a chorar.

— Eu tive tanto medo.

— Está tudo bem, *mo chridhe*. Está tudo bem. Eu estou aqui agora. E não irei deixá-la.

Ele inclinou o lindo rosto dela para o seu. E então a beijou. Como não poderia fazê-lo? Se ele tentasse falar, não conseguiria. Não havia palavras para descrever as emoções que inundavam seu peito. Seu coração martelava com tanta violência que ele temia que as costelas pudessem quebrar de novo – dessa vez por dentro. Ou então elas explodiriam pressionadas pelo inchaço crescente de sentimentos que se avolumavam. Alegria demais. Toda aquela emoção tinha que ir para algum lugar, ou aquilo com certeza o mataria. Um beijo era a única resposta. Maddie correspondeu ao carinho, como se a vida dela também dependesse daquilo, e deslizou seus dedos pelo cabelo úmido de Logan para segurá-lo com firmeza. Por baixo dos lençóis, partes adormecidas dele começaram a se mexer e afirmar sua vitalidade, fazendo exigências. *Nós ainda não estamos mortas*, disseram.

— Eu te quero — ele sussurrou, puxando o decote do vestido dela e se inclinando para beijá-la no pescoço. — Aqui. Agora. Maddie, eu preciso de você.

Eu te amo. Deus, como eu te amo. Esse pensamento passou pela cabeça dele e Logan combateu o instinto de afastá-lo. Ele não disse em voz alta – mas também não esmagou aquela ideia como se fosse um inseto. Só isso já foi uma vitória.

Ele levou a mão até o seio dela, provocando o mamilo até ele formar um bico duro, então enfiou os dedos por baixo do decote rendado do vestido azul-claro para sentir o calor delicado da pele dela. Um rugido possessivo ecoou no peito dele.

— Logan...

Apesar do tom de repreensão de Maddie, ela deixou que ele a rolasse para o lado, dando-lhe mais espaço para atacar o lóbulo de sua orelha.

— Deixe que eu a possua, *mo chridhe*. — Ele enfiou a mão dentro do espartilho, envolvendo o seio. — Nós não vamos ser interrompidos.

— Logan... — Ela se afastou com evidente pesar. — Munro disse nada de exercício intenso. Você sabe que não posso ignorar as ordens dele. Eu me preocupo muito com você.

Ele deixou a cabeça cair no travesseiro.

— Então... — Ela foi com os dedos até o centro do peito enfaixado dele, até alcançar o osso esterno. Então seus olhos procuraram os dele. — Nós vamos ter que tomar muito, muito cuidado.

Sim. Céus, sim!

— Eu posso ser cuidadoso. Eu posso ser *muito* cuidadoso. — Logan estendeu a mão para ela.

— Quieto. — Ela encostou dois dedos no peito dele e o empurrou contra a cama – suave, mas firmemente. — Sou eu que vou tomar cuidado. Deixe que eu faça tudo.

— Você não precisa fazer *tudo*.

Os dedos dela o mantiveram preso ao colchão.

— Eu vou fazer tudo. E você tem que ficar deitado aí e aceitar.

Não havia nada no mundo que fosse menos natural para Logan do que deitar em uma cama macia como uma nuvem e deixar que a mulher fizesse tudo. Muito menos a mulher que ele tinha passado a adorar e proteger. Mas parte dele gostou da ideia. Gostou muito, muito mesmo.

— Eu vou cuidar de você — ela sussurrou na orelha esquerda dele. Ela deixou o vestido afrouxado deslizar, enquanto suspirava na orelha direita dele — Eu vou lhe dar tudo o que você precisa.

A promessa sensual dela provocou calafrios no alto da cabeça de Logan, que depois escorreram pela coluna. A visão desimpedida dos seios dela deixou sua boca seca. Ele só conseguiu encontrar uma palavra para dizer.

— Depressa.

Maddie lhe deu um sorriso lento e malicioso. Ela levantou um seio com a mão e se inclinou para a frente, provocando a face barbada com aquela maciez perfumada de lavanda. Logan virou a cabeça e capturou o mamilo com os lábios. Ele puxou aquele bico duro e suculento para dentro da boca e ela soltou uma exclamação tão sensual que fez o membro dele se mexer. Ele lambeu e mordeu à vontade, adorando o sabor e a maciez dela. Melhor ainda eram os pequenos ruídos que ela fazia enquanto ele chupava com gosto. Arfadas, suspiros e gemidos baixos, eróticos.

— Eu... eu deveria estar lhe dando prazer — ela disse.

Ele soltou o mamilo dela apenas tempo suficiente para responder.

— Você está, *mo chridhe*. Está mesmo.

Ele abaixou a cabeça e passou o rosto pelo lado de baixo do seio, levantando-o com a testa para poder lamber aquela curva sensível. Então ele encontrou o mamilo outra vez e o banhou com passadas longas e lentas de sua língua. Quando ele a soltou, Maddie se sentou na cama. Os olhos dela possuíam aquele olhar vidrado de prazer e suas bochechas estavam rosadas. Ela estava linda. Tão linda. E era dele. Logan tinha conseguido isso.

— Fique bem parado — ela disse.

Ela pegou a saia com uma das mãos, ajeitando-se entre as pernas dele. Logan dobrou a perna não machucada e a afastou para o lado para dar mais espaço a Maddie. Ela puxou as cobertas da cama para baixo, expondo o corpo todo dele ao ar frio do quarto. Ele fechou os olhos na expectativa do toque dela, mas nada aconteceu. Depois de uma pausa que pareceu durar horas, ele abriu os olhos e a encarou. *Qual era o problema?* Aparentemente, nenhum. Ela observava a curva descrita pelo membro dele com fascinação estampada no rosto, do mesmo modo que observaria a garra de uma lagosta ou a asa de uma borboleta. Ela passou a mão de leve pela coxa de Logan.

— Posso fazer um desenho seu qualquer dia desses?

— Você pode fazer o que quiser comigo. Desde que seja *outro* dia — a voz dele estava trêmula e ele fechou as mãos, agarrando o lençol. — *Mo chridhe*, eu estou morrendo aqui.

— Oh! — Ela mordeu o lábio, um pouco envergonhada. — Bem, nós não podemos permitir isso.

Enfim, ela tocou nele. Maddie passou a ponta do dedo lentamente pelo lado de baixo do membro e circundou a cabeça sensível.

Ele praguejou e arqueou os quadris.

— Não se mova assim — ela disse.

— Não me provoque assim — ele rosnou.

Maddie ficou com pena dele. Sua mão envolveu o membro, pegando-o para valer. Com o primeiro movimento dela, uma luz brilhante iluminou o cérebro de Logan, esvaziando-o. Ele caiu na cama e ficou olhando para o teto. *Sim. Isso. Mais. Rápido. Por. Favor.* Ele fechou os olhos bem apertados para saborear a sensação. Cada movimento doce e lento da mão dela o empurrava para mais perto do alívio. E então... uma nova sensação se juntou às outras. Um carinho delicado, refrescante, na ponta da sua masculinidade. Quase como uma brisa. Ela o estava *lambendo*. Rodando aquela linguinha rosada, tímida e marota em volta da cabeça de sua ereção. Beijando e saboreando de leve. A sensação era intensa. Sublime. Insuficiente. Ele aguentou cerca de um minuto dessa descoberta antes que suas coxas ficassem rígidas. Ele não conseguia aguentar mais. Com a mão trêmula, ele fez um carinho no cabelo dela.

— Ponha tudo na boca.

As palavras eram um risco. Ele poderia tê-la assustado de uma vez. Ela poderia ter levantado a cabeça, soltado sua ereção latejante e lhe dado um sermão dizendo que não aceitava receber ordens. Para aumentar suas chances, ele completou com um "Por favor!" desesperado. Mas antes mesmo que ele se lembrasse de pedir com educação, ela obedeceu, envolvendo a cabeça do membro em seu calor úmido e extático. O prazer o envolveu e ele gemeu, entregue.

— Eu te amo.

As palavras escaparam dele. Logan não podia mais segurá-las. Ele se amaldiçoou no mesmo instante. De todos os momentos, aquele era o mais estúpido para dizer aquilo pela primeira vez. Ele teve certeza que a faria parar. Maddie se afastaria com lágrimas de alegria nos olhos e os dois se sentariam para discutir os sentimentos. Talvez até ficariam abraçadinhos. Mas ela não parou. Maddie apenas olhou para ele e sorriu, e então o engoliu mais fundo. Ele gemeu de novo.

— Deus, eu te amo tanto.

Ela começou hesitante. O que era compreensível, já que aquela era sua primeira vez. Mas Maddie não precisava de muita habilidade. Ele latejava de desejo enquanto ela mostrava muito entusiasmo, ainda que não tivesse experiência. Havia pouco que ela pudesse ter feito — a não ser mordê-lo, talvez — que não teria sido gostoso. Ela era mais que boa. Era fantástica. Ele se pegou balançando a pelve, tentando ir mais fundo cada vez que a boca doce e suculenta dela descia sobre ele. Ele começou a ficar com medo de perder o controle e ir longe demais.

— Ponha-me dentro de você — ele pediu. — Eu preciso senti-la. Preenchê-la.

Ele não precisou pedir duas vezes. Ela se levantou, ávida, puxou as saias até a cintura e o montou com cuidado. Logan levou a mão até entre os corpos deles para se posicionar, abrindo as dobras dela com a cabeça de seu membro. Ela estava molhada. Tão molhada. Saber que ela havia achado o carinho oral tão excitante quanto ele...?

Logan soltou um gemido abafado. Ela se sentou nele e Logan entrou com facilidade até a metade. Com um movimento de subir e descer dos quadris, ela foi descendo cada vez um pouco mais, em frações agonizantes. Aquilo era o paraíso e uma tortura ao mesmo tempo. No começo ela teve cuidado para não o receber todo, pensando na coxa ferida. Mas depois de alguns minutos, ela apoiou as mãos nos ombros dele e estabeleceu um ritmo que Logan percebeu ter menos a ver com seus ferimentos e mais com as próprias necessidades dela. Ótimo! Ele levantou os olhos para Maddie, incapaz de tirá-los do movimento delicado dos seios dela pulando e do prazer evidente em seu rosto. Ela era a coisa mais excitante que ele já tinha visto.

De repente, ela arregalou os olhos. Seu olhar encontrou o dele, suplicante.

— Logan, eu... *Logan*.

Ele soube o que ela precisava. Enfiando a mão por baixo da confusão de saias e anáguas, ele alcançou o local em que seus corpos se uniam. Sem tirar os olhos dos dela, Logan colocou o polegar no botão intumescido no alto do sexo dela.

— É isso, *mo chridhe*. Deixe acontecer. Goze para mim.

Maddie franziu a testa e mordeu o lábio. Ela manteve o contato visual só por mais alguns movimentos antes de fechar os olhos bem apertados. Ela gozou forte, convulsionando ao redor dele e tremendo de prazer. O clímax dela provocou o dele. Com um grito gutural, Logan se abandonou ao momento, perdendo-se na sensação.

Depois, ele quis puxá-la para si e continuar dentro dela, deixando-a adormecer encostada em seu coração agitado. Maddie lembrou dos ferimentos e dos seus próprios deveres, mas não quis saber disso. Ela se deitou ao lado de Logan, aninhando-se nos braços dele.

Bem. Aquilo também era bom.

— Só tem uma coisa que eu ainda não entendi — ela murmurou. — Onde diabos estão aquelas *cartas*?

Capítulo Vinte e Seis

Maddie sentiu o corpo de Logan ficar tenso no mesmo instante. O coração dele começou a bater mais rapidamente.

— Não é o que você está pensando — ele disse.

— Eu ainda não formulei um pensamento.

— Eu tinha aquelas cartas. Mesmo. Eu recebi todas elas e as li várias vezes.

— Eu sei que leu.

— E então, depois da última, em que você me matou... — ele praguejou baixinho. — Eu fiquei tão bravo que, certa noite, queimei todas na fogueira. Todas... menos uma.

— Então, quando você tirou uma das cartas do bolso e a leu para mim...

— Eu estava recitando de cabeça. Eu as sabia de cor. Não importava o quanto eu tentasse esquecê-la, jamais consegui tirá-la do meu coração.

Ela apertou, com delicadeza, o abraço.

— Logan... Essa é a coisa mais estúpida e doce que eu já ouvi.

— O que eu posso dizer. Eu sou...

— Baba. Pura baba.

— Eu ia dizer que sou apaixonado por você, mas imagino que não seja muito diferente.

Ele pegou a mão dela na sua e seus dedos se entrelaçaram em um nó apertado sobre o peito dele.

— Primeira regra do amor: não entre em pânico — ela disse.

— Qual é a segunda regra? Acho que é melhor pularmos para ela.

Maddie ergueu a cabeça e abriu um sorriso malicioso.

— Nada de ficar se debatendo.

Maddie tinha acabado de esticar o pescoço para lhe dar um beijo apaixonado nele quando alguém bateu na porta.

— Sra. MacKenzie? Está aí dentro?

Logan beijou o alto da cabeça dela.

— Eu gosto de ouvi-la chamando você assim.

— Eu também — Maddie apoiou o queixo no peito dele e sorriu. — Eu acho que é melhor ir ver o que ela quer.

— Não se incomode — Logan ergueu a voz: — Pode entrar.

Soltando um guincho de susto, Maddie tentou levantar da cama, mas ele firmou o braço ao redor dela.

— Fique onde está. Esta não será a última vez que as criadas vão nos pegar na cama juntos. É melhor ela ir se acostumando.

— Sou eu quem precisa se acostumar com isso. — Maddie sentiu o rubor se espalhando pelo pescoço. Mas não se moveu.

Se Logan a queria do lado dele, era lá mesmo que iria ficar. Sempre.

Quando a criada entrou, Maddie permaneceu aninhada ao lado de Logan.

— O que foi, Becky?

A moça não se abalou com a situação.

— Eu... eu sinto muito perturbá-la, madame. Mas chegou uma visita.

— Uma visita?

— Sim, Sra. MacKenzie. É um homem.

— Um homem? — Levantando-se sobre o cotovelo, Maddie trocou um olhar de surpresa com Logan. — Você está esperando alguém?

— Não a menos que você esteja.

— Esse cavalheiro disse o nome? — ela perguntou para Becky.

A criada sacudiu a cabeça.

— Esqueci de perguntar. Oh, Sra. MacKenzie. Ele parece tão...

— Grande?

— Não. Estranho.

Maddie ficou completamente perdida.

— Por favor, faça-o aguardar na sala de visitas, Becky. E peça à cozinheira para preparar um chá. Eu vou descer em um instante.

Depois que a empregada saiu, Maddie deu um olhar confuso para Logan.

— Não consigo imaginar quem possa ser.

— Preciso ficar com ciúmes?

— Bem, é melhor você ficar sabendo: da última vez que recebi um cavalheiro inesperado... — Sorrindo, ela baixou os olhos para as mãos unidas sobre o peito dele. — Aconteceu isto.

— Está decidido. — Logan soltou a mão dela e sentou na cama. — Vou descer com você.

— Logan, eu só estava brincando. Você tem que ficar de cama. Não precisa disso.

— Eu vou descer com você — ele repetiu, usando seu tom de comando mais severo. Logan pegou a camisa e a vestiu pela cabeça, franzindo o rosto quando passou o braço pela manga. — Só para o caso desse cavalheiro estranho tentar algo impróprio.

— E se ele tentar, o que você vai fazer? Sangrar em cima dele? — ela riu.

Mas ele não. Logan lhe deu um olhar solene. Não era o olhar de um inválido, mas de um guerreiro.

— Eu vou estar morto no meu túmulo antes que pare de lutar por você, Madeline. Mesmo assim, vou mover sete palmos de terra para encontrar um modo.

Oh! Acalme-se, coração.

— Muito bem, então.

O que ela podia fazer quando ele dizia coisas assim? Maddie sabia que não conseguiria fazê-lo desistir. Se Logan estava decidido a se levantar mesmo convalescente, de nada adiantava continuar discutindo. E, sendo honesta, ela se sentiu reconfortada de vê-lo saudável e de pé.

Eles se vestiram devagar. Maddie afivelou o kilt na cintura dele e o ajudou a ajeitar a camisa sobre o tronco enfaixado. Apesar dos protestos infantis de Logan de que podia se arrumar sozinho, Maddie insistiu que ficasse sentado enquanto ela domava o cabelo revolto dele. Depois que ficou apresentável, os dois atravessaram lentamente o corredor de braços dados.

A identidade do homem na sala de visitas foi uma verdadeira surpresa.

— Eu sou o Sr. Reginald Orkney — ele anunciou.

Becky tinha razão; o homem parecia tão deslocado em sua sala de visitas às 11h da manhã quanto Maddie se sentiu no salão de bailes do Lorde Varleigh. Ele vestia um paletó de tweed, calças azul-escuras e botas de sola grossa. Quando o casal entrou na sala, o Sr. Orkney se levantou da cadeira, tirou o chapéu da cabeça e os cumprimentou com uma reverência profunda.

— Bom-dia, Srta. Gracechurch. — Ele fez nova reverência na direção de Logan. — Capitão MacKenzie.

— Na verdade — ela disse —, agora somos Capitão e Sra. MacKenzie.

— É mesmo? Ora! — O Sr. Orkney bateu as mãos, surpreso. Infelizmente, o gesto achatou o chapéu que ele continuava segurando em uma das mãos. Constrangido, ele jogou a coisa no chão e a chutou para baixo de uma cadeira. — Desejo felicidades aos dois.

E então ele não deu sinal de que iria dizer mais alguma coisa.

— Sr. Orkney, a que devemos o prazer de sua visita? — Madeline perguntou, após um momento de silêncio.

— Oh. Sim, isso. Estranhamente, não estou certo de que a visita tenha um propósito. Sabe, Srta. Gracechurch, ou Sra. MacKenzie, devo dizer, confesso que vim na esperança de um relacionamento com você.

A tensão na sala subiu para um nível mais alto.

— Você quer um relacionamento com ela?! — Logan falou com a voz carregada de um ciúme lindo.

O Sr. Orkney pareceu ficar um pouco assustado.

— Não um relacionamento afetivo, não! — O homem logo se emendou. — Ainda que ela possa ser linda, eu já tenho minha esposa. Oh, céus! Parece que estou fazendo uma confusão danada. — Ele pigarreou e recomeçou. — Sra. MacKenzie, eu vim na esperança de estabelecer um relacionamento profissional com a senhora. Contratá-la como ilustradora.

Logan relaxou.

— Não há motivo pelo qual você não possa contratar os serviços da minha esposa. Embora sejamos recém-casados, ela pretende continuar ilustrando. — Ele olhou para Maddie. — Não é?

— Com toda certeza — ela respondeu.

— Bem, é excelente ouvir isso — o Sr. Orkney respondeu. — Privar o mundo de tanto talento seria uma verdadeira tragédia.

— Mas Sr. Orkney, tem certeza de que quer me contratar? Talvez ainda não tenha recebido minha carta. Houve um tipo de atraso com as lagostas.

— Sim, sim. Mas isso não tem muita importância. Este é um novo projeto, sabe. Você pode ter notado que sou um tipo de naturalista diferente de Lorde Varleigh e seus amigos. Eu não pretendo aprisionar os animais e trazê-los para a Inglaterra. Prefiro estudar e registrar minhas descobertas na natureza. Meu objetivo para esta viagem é registrar os moluscos e crustáceos nativos das Bermudas.

— Bermudas. Minha nossa! Que aventura.

— Deveras. Eu vim para lhe perguntar se você, Srta. Gracech... Sra. MacKenzie, estaria disponível para se juntar à nossa expedição como ilustradora.

Maddie demorou um momento para conseguir falar. O Sr. Orkney queria que ela fizesse parte de uma expedição às *Bermudas*?

O Sr. Orkney coçou a orelha.

— Receio que a coisa toda esteja um tanto adiantada. Nós não planejávamos partir até o fim deste verão. Mas semana passada recebemos a oferta de transporte por meio de um navio que parte de Port Glasgow na próxima quinta-feira. Eu não poderia desperdiçar essa oportunidade.

— Na próxima quinta-feira? Então está me pedindo para partir...

— Imediatamente... — Ele fez uma expressão de pesar. — Receio que sim. Depois que aprontar sua bagagem, nós iremos daqui até Glasgow, e usaremos o resto do tempo para obter os suprimentos para a viagem. A senhora poderia levar um acompanhante, se assim desejar. Minha esposa fará essa viagem comigo e sei que ficaria contente tendo uma companhia feminina.

Quando a cabeça de Maddie parou de girar, ela conseguiu responder.

— Essa parece ser uma oportunidade empolgante, e estou honrada que tenha pensado em mim. Mas, como sabe, sou recém-casada e meu marido está se recuperando de um ferimento. Não posso simplesmente...

A mão de Logan apertou o braço dela.

— Quanto tempo ela ficaria longe? — ele perguntou.

— Cerca de seis meses — Orkney respondeu.

Logan concordou com a cabeça.

— Você nos dá um momento para discutirmos a questão?

— Mas é claro! — O homem fez outra reverência, ainda mais baixa.

Maddie seguiu Logan até o corredor, confusa. O que havia para discutir? Ele não precisava convencê-la a desistir, se era o que pretendia. Ela já tinha manifestado a intenção de recusar a proposta.

— Eu acho que você deve ir — ele disse.

— O quê?!

— Eu acho que você deveria acompanhar o Sr. Orkney na expedição às Bermudas.

Ela não podia acreditar naquilo.

— E quanto a tudo que dissemos um para o outro em Beltane? — ela perguntou. — Tudo que fizemos na cama naquela noite? Se você esqueceu de tudo, deve se lembrar, pelo menos, de vinte minutos atrás.

A boca de Logan se retorceu em um sorrisinho.

— Acredite em mim, não vou me esquecer dos vinte minutos atrás enquanto eu viver. Ainda assim, acredito que você deva ir.

— Eu pensei que você queria que nós ficássemos juntos. Para sempre.

— O que eu *quero* é abraçá-la bem apertado e nunca mais deixar que saia da minha vista. O que eu *quero* é passar cada momento do dia com você e passar cada momento da noite agarrado com você. Eu te amo loucamente. Mas também sou racional o bastante para saber que quero tudo isso porque tenho problemas de confiança.

— E eu entendo isso.

— Eu sei que entende, minha jovem doce. Isso não muda o fato de que o problema a ser superado é meu. — Ele a pegou pelos ombros. — Esta é uma oportunidade incrível. Uma expedição para Bermudas. Ilustrar diretamente na natureza e não a partir daquelas coisas mortas e empoeiradas que mandam para você. Uma oportunidade de viajar e estabelecer sua carreira. É o que você tanto desejava.

— Mas... Logan, eu não quero...

— Você quer ir. — Ele passou o dorso dos dedos no rosto dela. — Eu vi o seu estúdio, *mo chridhe*. Aquele mapa desbotado com todos aqueles alfinetes. Você não pode me dizer que não quer ir.

— Parte de mim talvez queira — ela admitiu. — Mas eu toda quero ficar com você.

— Eu não vou fugir.

— E seu eu estiver grávida?

— É improvável, depois de tão poucas vezes. Para quando você espera suas regras?

— A qualquer dia, agora.

— Então você vai saber com certeza antes de o navio zarpar. Enquanto isso, pode começar a se preparar. Uma oportunidade dessas não aparece todo dia. O Sr. Orkney pode ser sua melhor chance de ir atrás de seus sonhos.

— Meus sonhos? — Ela arqueou uma sobrancelha. — Desde quando você acredita em sonhos?

— Digamos que seja algo recente.

— Se você quer saber a minha opinião, *você* está com medo. Está com tanto medo que eu possa querer ir embora que prefere me afastar.

— Talvez você tenha razão. — Ele deu de ombros. — Você diz que me ama, mas eu não consigo parar de pensar... Como pode ter certeza? Eu a conheço há anos, mas você me conhece há algumas semanas e agora vai desistir da chance de uma vida? Como vou saber que você me quer mesmo? Quem sabe você não continua se escondendo atrás da sua história?

— Então nunca vou me livrar desse fardo. Porque um dia eu inventei um oficial escocês, você nunca mais vai confiar de verdade que eu te amo?

— O que estou dizendo, Madeline, é que se você for atrás do seu sonho e voltar para mim...? Vou confiar nisso.

Ela ficou olhando para ele por um longo momento. Eles não podiam viver assim, sempre duvidando um do outro, sempre questionando se a ligação deles era uma união verdadeira feita pelo amor ou um acordo de conveniências. O coração deles estaria ligado como duas peças de um quebra cabeça? Ou seria apenas os medos dos dois? Maddie o amava. Tinha certeza disso, mesmo que ele não tivesse. Mas a menos que ela quisesse viver o resto da vida à sombra dessa dúvida, ela tinha que convencê-lo disso. Maddie iria aos confins da terra. Ao inferno, se fosse necessário. Em comparação, Bermudas não parecia tão distante.

— Deixe-me perguntar uma coisa. — Logan virou o rosto dela para si. — Se ele tivesse aparecido aqui dois meses atrás, antes de eu entrar na sua vida... o que você teria dito? Acho que nós dois sabemos a resposta.

Maddie admitiu para si mesma. Ela sabia muito bem o que teria respondido. Depois que ela ponderou dessa forma, tudo ficou claro. Antes que tivesse tempo de se arrepender, ela voltou à sala de visitas.

— Sr. Orkney, posso ir hoje com você.

Capítulo Vinte e Sete

Logan não gostava de ociosidade. Fazia uma semana que Maddie tinha partido com o Sr. Orkney e ele já estava quase enlouquecendo de tédio. E, é claro, sentindo muita falta da esposa. Ele não sabia como fazer para sobreviver a seis meses daquela forma. Pelo menos os homens pareciam perceber que ele precisava de companhia. Foi como nos velhos tempos de campanha. Eles se sentaram ao redor da lareira à noite, bebendo uísque e falando dos amores perdidos e do futuro de suas vidas.

Logan levou a mão ao bolso e tocou o canto de um papel dobrado. Ele o encontrou enfiado em sua bolsa na noite em que Maddie partiu com o Sr. Orkney. A mera visão de um papel com a caligrafia dela fez sua cabeça reviver certas lembranças. Seu coração deu um salto familiar. Seria aquilo mais uma carta? Ele desdobrou o papel e encontrou algo muito melhor. Um desenho. Aquela gatinha marota. Ele não abria o desenho quando estava na companhia dos outros, mas estava sempre com ele. O esboço em carvão parecia quente como uma brasa no bolso do seu colete, ameaçando queimar o tecido do forro.

Ele destampou a garrava de uísque para servir mais um copo. Então pensou melhor e pôs a garrafa de lado. Depois de coçar o queixo, ele decidiu que deveria tomar banho e se barbear. Se ele não tomasse cuidado, quando Maddie voltasse encontraria um bêbado maluco com barba de um metro de comprimento. E ela *iria* voltar para ele. Logan tinha que acreditar nisso ou enlouqueceria.

De repente, Grant ficou agitado.

— O que é isso? O que aconteceu?

Logan pensou se deveria pronunciar sua ladainha habitual para tranquilizá-lo: *estamos na Escócia, a guerra acabou, vamos para Ross-shire amanhã, etc.* Mas então ele pensou melhor. Em vez disso tudo, ele pôs a mão no ombro do amigo.

— Você sofreu um ferimento, *mo charaid.* Isso atrapalhou sua memória. Nós voltamos da guerra a salvo. Sua família não teve a mesma sorte. Mas eu estou aqui e sempre vou lhe dizer a verdade. Pergunte-me o que quiser.

Mas Grant o surpreendeu.

— Eu sei onde estamos, capitão. E estou começando a encaixar as peças do restante. Eu só queria fazer uma pergunta. Onde está Madeline?

Ninguém conseguiu responder. Se os outros se sentiam como Logan, estariam se perguntando se ouviram direito.

— Onde está Madeline? — ele repetiu.

— Ela... bem, ela foi viajar.

— Viajar? Por que ela faria uma coisa dessas?

— Eu falei para ela ir. — Logan coçou o rosto. — Eu a mandei para as Bermudas para desenhar criaturas marinhas com um naturalista.

Grant ficou quieto por um instante e então falou as palavras que todos – inclusive Grant – pareciam estar pensando:

— Seu vagabundo *estúpido.*

Logan ergueu as mãos em um gesto de autodefesa.

— O que mais eu poderia fazer? Ela tem talento. E sonhos. Eu não quero atrapalhá-la. Ela vai voltar.

Ele tinha que se agarrar a esse pensamento. Ela iria voltar. Ela *iria.* Ou não?

Callum coçou a cabeça.

— Bem, eu entendo por que você queria que ela fosse. Mas não consigo entender por que você não foi com ela.

Ir com ela. Logan teve que admitir que essa ideia nunca lhe ocorreu.

— Eu não podia ir com ela.

— Por que não?

— Nós acabamos de nos acomodar em Lannair. Eu sou o senhor do castelo, agora. Alguém precisa cuidar da propriedade. E vocês, rapazes, precisam de mim aqui. — Ele olhou para os homens. — Não precisam?

A única resposta que ele obteve foi uma série de pigarros e uma bota raspando o chão de pedra para frente e para trás. Então, os homens não precisavam dele.

— Entendo — ele disse, contrito.

— Não é que nós estamos *querendo* você longe — Callum disse. — Mas nós somos adultos, todos nós. Podemos nos defender. As casas estão quase prontas; as sementes estão plantadas. Até Grant está melhorando.

As palavras foram ditas para consolá-lo, mas Logan se sentiu vazio por dentro. Se os verdadeiros sonhos de Maddie estavam escondidos nas margens das cartas, os dele estiveram escondidos nas bordas de seus planos. Não era terra que ele queria. Era uma família. Laços de sangue. Amor. Aquele bando de soldados destroçados à volta dele era a única família que Logan conhecia. Ele cuidava deles do mesmo modo que cuidaria de seus parentes. Com Maddie fora e os homens sem precisar dele... quem era Logan, mesmo?

— Pensei que nós éramos irmãos — ele disse. — Um clã. *Muinntir.*

— Claro que somos — Rabbie disse. — E isso que é bonito nos laços de irmandade, *mo charaid.* Eles se estendem. Por milhares de quilômetros, se for preciso. Você pode contar conosco para cuidar deste lugar enquanto leva sua esposa para uma lua de mel.

Uma lua de mel. Que ideia. Logan não tinha pensado nisso. Homens que saíram de onde ele saiu não têm férias. Só podem pensar no agora. Viajar de navio com Maddie através de águas azuis cristalinas, vendo a brisa remexer o cabelo moreno e solto dela. Fazer amor em praias de areia branca. E, finalmente, eles poderiam fazer aquele passeio pela praia.

— Que dia é hoje? — ele perguntou.

— Quarta-feira — Callum respondeu.

Logan ficou em pé e chutou a cadeira para o lado.

— Então ainda dá tempo. Eu posso alcançar o navio antes que ele zarpe.

Os homens entraram em ação.

— Esse é o espírito! — Rabbie disse. — Vou preparar seu cavalo.

Callum trouxe o casaco dele, que Logan vestiu com cuidado. Ele passou as mãos pelas mangas vermelhas antes de ajeitar o cabelo com os dedos. Ele não estava de meia nem colete ou gravata. Não havia tempo para nada disso.

— Como eu estou? — ele perguntou para Callum enquanto enfiava o pé esquerdo na bota.

— Você parece uma coisa que um gato selvagem arrastou pelo pântano — Callum respondeu.

Logan deu de ombros. Não havia nada que ele pudesse fazer no momento. Ela precisava aceitá-lo do jeito que estava. Ou não.

— Espere, espere. — Munro bloqueou o caminho dele. — Para ter alguma chance de chegar de carruagem a Glasgow a tempo, você teria que partir... — o médico de campo consultou seu relógio de bolso — ...doze horas atrás. Como seu médico, não recomendo que vá cavalgando. Não com esse ferimento recente.

Logan encarou Munro com um olhar duro.

— Médico ou não... se dá valor à própria vida, não vai tentar me segurar.

— Como eu disse, estava falando como seu médico. — Munro lhe deu um sorriso maroto. — Como seu amigo e irmão, eu lhe desejo boa viagem. Vá com Deus.

Logan agradeceu a Munro com um aceno de cabeça.

— Mas a probabilidade maior é que você não consiga alcançá-la.

— Eu sei. Mas tenho que tentar. E se for tarde demais... — Ele enfiou o pé direito na outra bota. — Acho que só vai me restar escrever cartas para ela.

— Cartas? — uma voz feminina ecoou pelo salão. — Oh. Que pena, bem que eu gostaria de tê-las recebido.

Maddie.

Oh, a expressão no rosto de Logan quando ele se virou. Ela a guardaria no coração para sempre. Os olhos dele estavam vermelhos, como se não dormisse há dias. Ele também não tinha se barbeado. O cheiro de uísque pairava no ar. A camisa estava desabotoada e o cabelo desgrenhado. Sem Maddie ele era o retrato do abandono. Ela adorou aquilo. E o amou mais que nunca.

— Você está aqui — ele disse, parecendo confuso.

— Estou aqui.

Ele se aproximou. Devagar. Como se tivesse medo que, caso se aproximasse demais, rápido demais, poderia afugentá-la. Maddie sorriu. Ela não iria a lugar algum. Ele parou a alguns passos de distância. Então ficou ali durante um momento, deixando que seu olhar passeasse por toda ela.

— Você está linda — ele disse, passando a mão no rosto.

— Você está horrível — ela respondeu, sorrindo.

— Por que você está aqui? A expedição foi adiada?

Ela negou com a cabeça.

— Cancelada?

— Não.

— Você não está gr... — O olhar dele desceu para a barriga de Maddie.

— Também não. — Ela sacudiu a cabeça e sorriu.

— Então você mudou de ideia quanto a viajar com o Sr. Orkney?

— Na verdade, eu nem mesmo cheguei a Glasgow.

O rosto dele assumiu uma expressão sombria.

— Aquele vagabundo do Varleigh não...

— Logan... — Ela deu um passo à frente e pôs a mão no peito dele. Quente e duro como sempre. Era tão bom tocá-lo. Tão essencial e necessário. — Isso vai ser mais rápido se você parar de tentar adivinhar e apenas me deixar falar.

Ele abriu a boca para retrucar, e então a fechou. Maddie aproveitou a deixa.

— Você me pediu para pensar no que eu teria respondido ao Sr. Orkney se ele tivesse me convidado para ingressar na expedição dele dois meses atrás. E eu soube de imediato qual teria sido minha resposta. Teria sido *não*. Eu estaria intimidada demais, receosa demais. Eu teria ficado presa como um espécime morto. Minhas asas teriam murchado e virado pó. O único motivo de eu sequer pensar em ir... foi você.

— Então por que voltou?

— Porque você queria que eu fosse atrás do meu sonho. E meu sonho não está em Glasgow nem nas Bermudas — ela explicou. — Eu fiz o que deveria ter feito na noite do Baile dos Besouros. Pedi desculpas ao Sr. Orkney e fui para Edimburgo, onde apresentei meu portfólio para o Sr. Dorning. Ele é o editor que está trabalhando na enciclopédia, como você deve se lembrar.

Logan concordou com a cabeça.

— Você estava certo, Logan. Eu tenho ambição. Eu quero fazer algo grandioso com meu talento. Mas a enciclopédia era o trabalho que eu queria desde o começo. Então mostrei meus desenhos ao Sr. Dorning e coloquei meus serviços à disposição do projeto dele.

— E...? — Logan arqueou as sobrancelhas.

— E... — Ela sorriu. — Ele me deu o trabalho.

Logan não conseguiu mais se segurar. Ele a pegou nos braços e a tirou do chão, girando-a em um círculo. Maddie sentiu como se estivesse voando. E mesmo quando ele a colocou de volta no chão, seu coração continuou nas alturas.

— Suas costelas — ela disse, lembrando-se de repente. — Tenha cuidado. Lembre-se do que Munro falou sobre seus pulmões.

— Meus pulmões estão ótimos. É o meu coração que vai explodir. De orgulho. Isso é maravilhoso, *mo chridhe!* — Ele se virou para os homens. — Rapazes, a Sra. MacKenzie vai ilustrar uma enciclopédia. Quatro volumes inteiros. Deem os parabéns a ela.

Os homens a parabenizaram com sinceridade, o que deixou Maddie muito feliz.

— Agora despeçam-se dela — ele disse.

— Despeçam-se? — Maddie olhou para ele, confuso.

— Sim. — Ele a puxou para perto e sussurrou em seu ouvido: — Depois que eu a levar para o nosso quarto, eles ficarão sem vê-la por duas semanas.

— Oh! — Ela sentiu o rosto esquentar.

Ele acompanhou aquela promessa com um beijo ardente doce e com gosto de uísque. Ela correspondeu mergulhando no abraço dele. Ela não precisava de rede de proteção nem cabos de segurança. Daquele momento em diante ela iria se jogar com tudo. Maddie se recusou a deixar que ele a carregasse para o quarto. Mas ele a puxou pela mão, deixando-a sem fôlego enquanto subiam a escadaria em espiral. Quando os dois chegaram ao quarto, finalmente, ela estava tonta de alegria e desejo.

Eles caíram juntos na cama. Logan atacou o vestido dela no mesmo instante, soltando os botões com uma das mãos e levantando as saias com a outra. Eles fizeram amor com movimentos lentos e cautelosos. Em parte devido ao estado de saúde dele, e em parte para saborear a intimidade. Nenhum dos dois tinha pressa para acabar. Ao terminar, ele continuou dentro dela, enquanto Maddie o abraçava bem apertado.

— Você está pensando mesmo em me manter aqui por duas semanas? — ela sussurrou.

— Talvez mais.

— Não posso ficar na cama para sempre, sabe. Tenho trabalho a fazer. E eu acho que preciso avisá-lo... que em breve meu estúdio vai estar lotado de besouros, libélulas, mariposas e muito mais.

Ela o sentiu estremecer.

— Não se preocupe. A maioria vai estar morta.

Ele fez uma careta para ela.

— A *maioria*?

— E as pessoas quase nunca morrem de picadas de insetos.

— *Quase* nunca?!

Maddie o provocou passando o rosto no peito dele.

— Respire. Apenas respire.

Logan encostou a testa na dela. Por um instante, foi só o que eles fizeram: respirar. Trocar o ar, inspirando e expirando, até que não havia mais a respiração dele ou dela, mas *deles*.

— Eu te amo — ele disse.

— Eu também te amo.

— Eu senti muita falta de você, *mo chridhe*. Fui um imbecil ao deixá-la partir.

— Oh, você foi o Capitão MacImbecil.

Ele deu um pequeno sorriso. Depois sua expressão ficou séria.

— Eu só não queria impedir que você fosse atrás dos seus sonhos.

— Mas é isso. Você nunca conseguiria fazer isso. — Ela o encarou no fundo dos olhos, tão azuis quanto o céu das Terras Altas. — Logan, *você* é o meu sonho. Sempre foi. Você sabe disso. O maior desejo do meu coração. E embora a fantasia que eu criei seja maluca... — ela passou os braços pelo pescoço dele — ...a realidade de nós dois é muito melhor.

Epílogo

Ele ainda precisou de alguns meses, mas depois que se recuperou dos ferimentos, e quando o sol do verão esquentou o ar, Logan finalmente conseguiu arrastar a esposa para uma lua de mel de verdade. Ele a levou para o litoral. Nove anos depois que eles se "conheceram" na praia de Brighton. Antes tarde do que nunca. Ele conseguiu encontrar um chalé bem decorado perto de Durness, situado em uma praia larga de areias brancas, com uma vista perfeita dos crepúsculos rosados. Não era Brighton nem Bermudas, mas era lindo, isolado e deles.

Levando em conta que aquelas eram as primeiras férias que ele tinha planejado e tirado na vida, Logan ficou orgulhoso do que conseguiu. Todas as tardes eles caminhavam juntos pela areia. Maddie recolhia conchas e as desenhava em seu caderno. Logan lhe deu um anel de casamento de ouro, que ele gravou com as iniciais dos dois. Mais de uma vez eles fizeram amor sobre o xadrez azul e verde do kilt dele aberto sobre a areia branca.

E se despediram de dois amigos queridos.

— Adeusinho, Fluffy — Maddie sussurrou. — Tome conta dela, Rex.

Eles soltaram as lagostas no oceano e lhes desejaram boa viagem, além de milhares de filhotes saudáveis. Enquanto olhavam a água azul que se estendia ao longe, Maddie pegou a mão de Logan e entrelaçou seus dedos.

— Lembra de quando você segurou seu primeiro filho nos braços?

Ele a puxou para perto e beijou aqueles lábios doces e macios.

— Acredito que me lembro muito bem. Pelo que me lembro, foi daqui a nove meses.

Ela riu.

— Na verdade seis meses, acho.

— O quê? — espantado, Logan ergueu a cabeça e a observou. — Já? Ela concordou com a cabeça.

— Mas... — Ele vasculhou a memória em busca de evidências. — Mas você nem vomitou.

— Um pouco no começo. Tia Thea me deu um tônico.

Ele soltou a mão dela, recuou um passo e a encarou, esfregando o rosto com as mãos. Que Deus o ajudasse. Logan pensou que iria desmaiar.

Ela mordeu o lábio.

— Confesso que eu pensava que você reagiria com mais entusiasmo.

— Não está me faltando entusiasmo. Eu quero abraçá-la apertado, girá-la e deitá-la no chão e fazer amor com você. Mas de repente fiquei com medo de fazer tudo isso. — Ele engoliu em seco. — Você está grávida. É uma condição delicada.

— Delicada? — Ela sorriu. — Logan, a criança que eu carrego é sua. Tenho certeza de que ela pode sobreviver a tudo. Incluindo amor.

Ele fez um carinho delicado na clavícula dela.

— *Mo chridhe*. Meu próprio coração.

Ela pegou a mão dele e a colocou em sua barriga.

— Aqui dentro tem outro coraçãozinho, agora. É um pouco de você e de mim, e muito de alguém que nós vamos ter que esperar para conhecer. Mas Logan... — os olhos dela procuraram os dele — ...isto significa que nós somos uma família.

Os joelhos dele então fraquejaram.

Ele a puxou para si, agarrando-a apertado para esconder as emoções avassaladoras que sentia. Mais tarde ele culparia a areia trazida no vento por seus olhos vermelhos. No momento, ele enfiou o rosto no cabelo dela e murmurou promessas: *Tu és carne da minha carne, sangue do meu sangue.*

As mesmas palavras que usou para dedicar sua vida à Madeline, Logan sussurrou para seu filho no ventre da mãe. Aquela criança nunca passaria fome, nunca sentiria frio. Nunca saberia a dor do medo e da escuridão. Não enquanto Logan tivesse ar nos pulmões e vida em suas veias.

E quanto a amor... Mesmo quando seu coração parasse de bater, seu amor não teria fim. Ele a abraçou enquanto uma onda veio e banhou seus pés.

Então ele pegou a esposa nos braços e a levou para casa.

Agradecimentos

Como sempre, tenho uma tremenda dívida de gratidão com minha resignada editora Tessa Woodward; sua assistente intrépida, Elle Keck; meu agente fantástico, Steve Axelrod; a assessora de imprensa extraordinária Jessie Edwards e toda a equipe da Avon Books, incluindo, mas não apenas: Erika Tsang, Pam Spengler-Jaffee e Tom Egner, que deu a este livro uma capa linda.

Lindsey Faber, você é maravilhosa e brilhante. Obrigada.

Brenna Aubrey, Carey Baldwin, Courtney Milan e Leigh LaValle são os melhores amigos que uma escritora poderia sonhar em ter. Para Zoe, Nico e Bree — obrigada por segurarem minha mão e me abraçarem quando eu precisava, mesmo que virtualmente.

Todo meu amor para o Sr. Dare e a família Dare inteira (incluindo os gatinhos) por sua paciência interminável e pelo carinho reconfortante.

Por último, mas não menos importante, meu muito obrigada a todos os meus leitores.

Romance com o Duque
Tessa Dare

Tradução de A C Reis

Izzy sempre sonhou em viver um conto de fadas. Mas, por ora, ela teria que se contentar com aquela história dramática.

A doce Isolde Ophelia Goodnight, filha de um escritor famoso, cresceu cercada por contos de fadas e histórias com finais felizes. Ela acreditava em destino, em sonhos e, principalmente, no amor verdadeiro. Amor como o de Cressida e Ulric, personagens principais do romance de seu pai.

Romântica, ela aguardava ansiosamente pelo clímax de sua vida, quando o seu herói apareceria para salvá-la das injustiças do mundo e ela descobriria que um beijo de amor verdadeiro é capaz de curar qualquer ferida.

Mas, à medida que foi crescendo e se tornando uma mulher adulta, Izzy percebeu que nenhum daqueles contos eram reais. Ela era um patinho feio que não se tornou um cisne, sapos não viram príncipes, e ninguém da nobreza veio resgatá-la quando ela ficou órfã de mãe e pai e viu todos os seus bens serem transferidos para outra pessoa.

Até que sua história tem uma reviravolta: Izzy descobre que herdou um castelo em ruínas, provavelmente abandonado, em uma cidade distante. O que ela não imaginava é que aquele castelo já vinha com um duque...

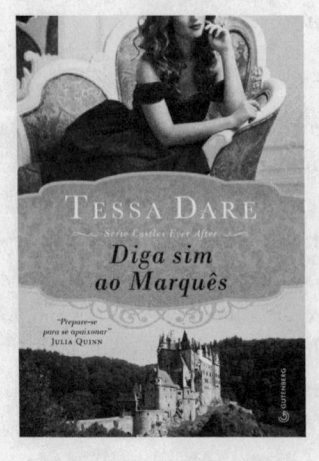

Diga sim ao Marquês
Tessa Dare

Tradução de A C Reis

Aos 17 anos, Clio Whitmore tornou-se noiva de Piers Brandon, o elegante e refinado herdeiro do Marquês de Granville e um dos mais promissores diplomatas da Inglaterra. Era um sonho se tornando realidade! Ou melhor, um sonho que algum dia talvez se tornasse realidade...

Oito anos depois, ainda esperando Piers marcar a data do casamento, Clio já tinha herdado um castelo, amadurecido e não estava mais disposta a ser a piada da cidade. Basta! Ela estava decidida a romper o noivado.

Bom... Isso se Rafe Brandon, um lutador implacável e irmão mais novo de Piers, não a impedisse. Rafe, apesar de ser um dos canalhas mais notórios de Londres, prometeu ao irmão que cuidaria de tudo enquanto ele estivesse viajando a trabalho. Isso incluía não permitir que o marquês perdesse a noiva. Por isso, estava determinado a levar adiante os preparativos para o casamento, nem que ele mesmo tivesse que planejar e organizar tudo.

Mas como um calejado lutador poderia convencer uma noiva desiludida a se casar? Simples: mostrando-lhe como pode ser apaixonante e divertido organizar um casamento. Assim, Rafe e Clio fazem um acordo: ele terá uma semana para convencê-la a dizer "sim" ao marquês. Caso contrário, terá que assinar a dissolução do noivado em nome do irmão.

Agora, Rafe precisa concentrar sua força em flores, bolos, música, vestidos e decorações para convencer Clio de que um casamento sem amor é a escolha certa a se fazer. Mas, acima de tudo, ele precisa convencer a si mesmo de que não é ele que vai beijar aquela noiva.

Uma noite para se entregar
Tessa Dare

Tradução de A C Reis

Spindle Cove é o destino de certos tipos de jovens mulheres: bem-nascidas, delicadas, tímidas, que não se adaptaram ao casamento ou que se desencantaram com ele, ou então as que se encantaram demais com o homem errado. Susanna Finch, a linda e extremamente inteligente filha única do Conselheiro Real, Sir Lewis Finch, é a anfitriã da vila. Ela lidera as jovens que lá vivem, defendendo-as com unhas e dentes, pois tem o compromisso de transformá-las em grandes mulheres, descobrindo e desenvolvendo seus talentos. O lugar é bastante pacato, até o dia em que chega o tenente-coronel do Exército Britânico, Victor Bramwell. O forte homem viu sua vida despedaçar-se quando uma bala de chumbo atravessou seu joelho enquanto defendia a Inglaterra na guerra contra Napoleão. Como sabe que Sir Lewis Finch é o único que pode devolver seu comando, vai pedir sua ajuda. Porém, em vez disso, ganha um título não solicitado de lorde, um castelo que não queria, e a missão de reunir um grupo de homens da região, equipá-los, armá-los e treiná-los para estabelecer uma milícia respeitável. Susanna não quer aquele homem invadindo sua tranquila vida, mas Bramwell não está disposto a desistir de conseguir o que deseja. Então os dois se preparam para se enfrentar e iniciar uma intensa batalha! O que ambos não imaginam é que a mesma força que os repele pode se transformar em uma atração incontrolável.

Uma semana para se perder
Tessa Dare
Tradução de A C Reis

O que pode acontecer quando um canalha decide acompanhar uma mulher inteligente em uma viagem? A bela e inteligente geóloga Minerva Highwood, uma das solteiras convictas de Spindle Cove, precisa ir à Escócia para apresentar uma grande descoberta em um importante simpósio. Mas para que isso aconteça, ela precisará encontrar alguém que a leve. Colin Sandhurst Payne, o Lorde Payne, um libertino de primeira, gostaria de estar em qualquer lugar – exceto em Spindle Cove. Minerva decide, então, que ele é a pessoa ideal para embarcar com ela em sua aventura. Mas como uma mulher solteira poderia viajar acompanhada por um homem sem reputação?

Esses parceiros improváveis têm uma semana para convencer suas famílias de que estão apaixonados, forjar uma fuga, correr de bandidos armados, sobreviver aos seus piores pesadelos e viajar 400 milhas sem se matar. Tudo isso dividindo uma pequena carruagem de dia e compartilhando uma cama menor ainda à noite. Mas durante essa conturbada convivência, Colin revela um caráter muito mais profundo que seu exterior jovial, e Minerva prova que a concha em que vive esconde uma bela e brilhante alma.

Talvez uma semana seja tempo suficiente para encontrarem um mundo de problemas. Ou, quem sabe, um amor eterno.

A dama da meia-noite
Tessa Dare
Tradução de A C Reis

Pode um amor avassalador apagar as marcas de um passado sombrio?

Após anos lutando por sua vida, a doce professora de piano Srta. Kate Taylor encontrou um lar e amizades eternas em Spindle Cove. Mas seu coração nunca parou de buscar desesperadamente a verdade sobre o seu passado. Em seu rosto, uma mancha cor-de-vinho é a única marca que ela possui de seu nascimento. Não há documentos, pistas, nem ao menos lembranças...

Depois de uma visita desanimadora a sua ex-professora, que se recusa a dizer qualquer coisa para Kate, ela conta apenas com a bondade de um morador de Spindle Cove – o misterioso, frio e brutalmente lindo, Cabo Thorne – para voltar para casa em segurança. Embora Kate inicialmente sinta-se intimidada por sua escolta, uma atração mútua faísca entre os dois durante a viagem. Ao chegar de volta à pensão onde mora, Kate fica surpresa ao encontrar um grupo de aristocratas que afirma ser sua família. Extremamente desconfiado, Thorne propõe um noivado fictício à Kate, permitindo-lhe ficar ao seu lado para protegê-la e descobrir as reais intenções daquela família. Mas o noivado falso traz à tona sentimentos genuínos, assim como respostas às perguntas de Kate.

Acostumado a combates e campos de batalha, Thorne se vê na pior guerra que poderia imaginar. Ele guarda um segredo sobre Kate e fará de tudo para protegê-la de qualquer mal que se atreva a atravessar seu caminho, seja uma suposta família oportunista... ou até ele mesmo.

A Bela e o Ferreiro

Novela da Série Spindle Cove
Tessa Dare
Tradução de A C Reis

Diana não precisava mais temer suas próprias emoções. Ela queria viver intensamente. E iria começar nessa noite.

Diana Highwood estava destinada a ter um casamento perfeito, digno de flores, seda, ouro e, no mínimo, com um duque ou um marquês. Isso era o que sua mãe, a Sra. Highwood, declarava, planejando toda a vida da filha com base na certeza de que ela conquistaria o coração de um nobre.

Entretanto, o amor encontra Diana no local mais inesperado. Não nos bailes de debute em Londres, ou em carruagens, castelos e vales verdejantes... O homem por quem ela se apaixona é forte como ferro, belo como ouro e quente como brasa. E está em uma ferraria...

Envolvida em uma paixão proibida, a doce e frágil Diana está disposta a abandonar todas as suas chances de um casamento aristocrático para viver esse grande amor com Aaron Dawes e, finalmente, ter uma vida livre! Livre para fazer suas próprias escolhas e parar de viver sob a sombra dos desejos de sua mãe.

Há, enfim, uma fagulha de esperança para uma vida plena e feliz. Mas serão um pobre ferreiro e sua forja o "felizes para sempre" de uma mulher que poderia ter qualquer coisa? Será que ambos estarão dispostos a arriscar tudo pelo amor e o desejo?

Este livro foi composto com tipografia Electra e impresso
em papel Off-White 70 g/m² na Formato Artes Gráficas.